**Comme une chanson populaire**

Suzie Lucien

# Comme une chanson populaire

Roman

En application de l'art. L.137-2.-I. du code de la propriété intellectuelle, toute reproduction et/ou divulgation de parties de l'oeuvre dépassant le volume prévu par la loi est expressément interdite.

© Suzie Lucien, 2025

Édition : BoD · Books on Demand, 31 avenue Saint-Rémy, 57600 Forbach, bod@bod.fr
Impression : Libri Plureos GmbH, Friedensallee 273, 22763 Hamburg (Allemagne)

ISBN : 978-2-3225-7413-1
Dépôt légal : Août 2025

*A Mélanie*

*« Un éclair... puis la nuit ! - Fugitive beauté*
*Dont le regard m'a fait soudainement renaître,*
*Ne te verrai-je plus que dans l'éternité ? »*

— À une passante - Baudelaire – 1855

# PLAYLIST DU LIVRE À SCANNER

# BRITNEY

*Playlist 1 – Zaza Fournier - Les mots bleus en toc - Album Zaza Fournier - 2008*

Britney, tel était mon nom. Je n'étais ni américaine, ni blonde. Ce n'étaient pas des fées qui s'étaient penchées sur mon berceau, mais bien des auxiliaires et des sage-femmes, gênées qu'un joli poupon si brun se nomme ainsi. Je vous passe les sarcasmes et autres quolibets dont on avait pu me couvrir avec un prénom pareil durant ma tendre jeunesse. Mais la vie était plutôt bien faite, il m'avait forgé une carapace et, partout où je passais, l'on se souvenait de moi. J'étais aujourd'hui responsable adjointe dans une grande librairie franchisée. Comme quoi le prénom ne faisait pas le métier. On m'avait souvent imaginée secrétaire, rêvée strip-teaseuse, fantasmée infirmière, mais le plus souvent, les yeux devenaient ronds comme des billes quand après avoir parfaitement conseillé deux trois livres, la cliente ou le client me demandait mon prénom. Là, c'était le choc. Comme s'il n'était pas concevable d'être cultivée et passionnée et s'appeler Britney. Mais je ne reprochais rien à mes parents. Je les aimais profondément sans jamais le leur dire. J'étais bien trop farouche et pudique. Mes plaisirs à moi c'était le vin rouge et corsé sur le bout de mes lèvres, la burrata fondante sur le creux de ma langue, le vrombissement du moteur de ma voiture et les routes enneigées. J'aimais enchaîner les cigarettes mentholées et rire à gorge déployée. J'étais en somme une épicurienne qui aimait la vie mais très peu les gens. Ma responsable aimait commencer chaque réunion d'été par un questionnaire de Proust. Elle disait que cela permettait d'accueillir la personne venue en renfort pour les vacances, qu'elle sache qui on est et inversement. À la question : « ce que je déteste par-dessus tout » , cela les avait tous amusés – et je ne voyais absolument pas pourquoi - j'avais répondu : « le sable ». Le soleil était mon ennemi et la plage avec lui. Ces grains minuscules collant à ma peau parsemée de crème solaire mettaient mes nerfs à rude épreuve. Je reconnaissais ne pas toujours être de bonne composition. Les autres à petite dose : en effet, j'avais aussi mes défauts. Je râlais quinze fois par jour, et je râlais vingt fois plus contre les râleurs. Je ne pleurais jamais en public et j'aimais quand tout était propre. J'avais peu d'amis mais ils le valaient bien. On n'était jamais mieux servi que par soi-même.

Quant à l'amour, je m'en fichais comme de mon premier biberon quand celui dont on ne pourra pas prononcer le nom avait débarqué dans ma vie huilée. Du haut de mes 23 ans, j'étais retombée comme en 17. J'entendais par ici : mes 17 ans. Vous savez : les papillons dans le ventre, les attentes interminables, le petit rictus au coin des yeux, les nuits sans fin, les lendemains trop courts. Des mains qui parcourent, des bras qui manquent.

Le premier à m'avoir tout fait connaître. Le premier à assassiner mon cœur. « Retombée comme en 17 » avait malheureusement un double sens : comme la première guerre, je vécus la mienne, intérieure et funeste, ma vie telle un champ de mine. Mon visage accablé de larmes comme autant de tranchées. Tout le monde me répétait à l'envi que ce n'était qu'un incident de parcours, un passage nécessaire pour devenir adulte, une broutille, moi j'avais mal, même en fermant les yeux. Et un jour, je l'espère, vieille et décrépie, il me reviendrait en mémoire, comme mes pires et mes plus beaux souvenirs. Le corps qui vibre comme jamais et les sensations qui perdurent à l'intérieur des veines.

Nous étions juste des amants et je faisais semblant de ne rien attendre mais surtout et avant tout, je n'entendais rien. Une autre avait pris place ; Je ne voulais pas savoir si c'était encore vrai, car je ne voulais plus jamais entendre le son de sa voix. J'étais désormais comme du cristal, au moindre choc, je pouvais voler en éclats. Il m'avait abandonnée après un an d'exaltation à me susurrer que j'étais unique. Il n'était pas plus affable que moi, ni plus tendre mais je croyais être spéciale. Depuis, je me sentais vide. Cela faisait maintenant un peu plus de deux ans que je vivais à moitié.

C'est alors que quelqu'un, ou plutôt une voix, m'avait sortie de ma torpeur.

Au travail, un matin. J'avais loupé le réveil. Levée à 9h30 pour embaucher à 9h30. Seule jusqu'à 11h. Ma responsable allait me faire passer un sale quart d'heure et le pire c'était l'amende. Dans la galerie où je travaillais : on ne faisait pas de cadeaux ! Vous n'ouvriez pas à l'heure ou vous fermiez trop tôt, le tarif était au prorata du m2 et chez nous cela grimpait à 500 euros. Et ma responsable me l'avait toujours répété : « je ne tolère aucun retard Britney ! Si toi ou tes collègues n'ouvrez pas à l'heure, votre porte-monnaie sera mis à contribution ! ».

Elle avait quand même du cœur : elle acceptait quelques excuses comme les enfants malades, l'accident de voiture, le feu dans la maison… bref les impondérables. Les yeux qui ne s'ouvraient pas parce que les oreilles restaient sourdes le matin ne trouvaient jamais grâce aux siennes. Et je n'avais aucune bonne excuse... Même en faisant au mieux, je savais que je serais en retard.

J'enfilais à vitesse grand V une nouvelle culotte et mon soutien-gorge, mon jean de la veille, le tee-shirt tout prêt repassé pour aujourd'hui et un grand verre d'eau. Je m'astreignis ensuite à un ravalement de façade express, un petit brossage de dents en règle et je fonçai vers ma porte d'entrée à 9h50. Comme je faisais bien de me doucher chaque soir !

Sur la route, j'appelai tout de suite le poste de sécurité de la galerie pour savoir quel serait mon sort. Je tombai alors sur une voix grave et chaleureuse. Pas comme les autres que j'entendais auparavant, mollassonnes. Lui avait un débit dynamique et joyeux. J'étais en panique et il le comprit aussitôt.

— Bonjour, excusez-moi, je travaille chez Prismaculture. Je suis en retard, je n'ai pas ouvert à 9h30, je suis tellement désolée...

— Prismaculture ? Je fus client fut un temps... me dit-il avec une voix suave et bienveillante, ronde et charnue.

Un bavard.

— Ah oui... lui dis- je, légèrement agacée, en marquant un temps. D'accord... mais là je suis vraiment en retard... le rembarrai-je, pressée.

— Vous avez eu un souci ? se reprit-il.

— Oui un souci de réveil, grommelais-je.

— Ah, me dit-il presque amusé. Vous avez fait la fête ?

— Même pas... c'est ça le pire… dis-je navrée.

— On est tous des êtres humains… respirez… ça va aller…

Son ton apaisant parvenait presque à canaliser ma peur. J'étais accrochée à ses mots comme à une bouée de sauvetage. Soudain, les larmes vinrent. Doucement, puis plus fortes et incontrôlables. Moi, Britney, 25 ans, et pas un seul heurt en public, moi, Britney, la reine des mouchoirs toujours secs, moi, Britney, je me mis à hoqueter avec au bout du fil un inconnu.

Il comprit ma détresse. Je lui expliquai mes réparations récentes sur ma voiture à cause d'un chauffard incapable de tenir son volant, mon découvert déjà plus tellement autorisé, mon voyage annulé pas remboursé à cause des dernières grèves de contrôleurs aériens et le pompon, le vétérinaire pour l'asthme de mon chat… bref je déballais en bloc ma vie… et bien sûr ces cinq cents euros comme une nouvelle épée de Damoclès au-dessus de ma tignasse brune. J'étais dépitée… mon banquier allait me maudire pour toujours.

Il marqua un silence, eut un rire étouffé, sembla se reprendre et me dit la chose suivante qui eut le don de me sortir de mon état second.

— Vous avez des enfants ?

— Non surtout pas, quelle horreur… pourquoi cette question ?

— Parce qu'une gastro foudroyante du petit avant d'embaucher ça tient la route… -sa voix riait- mais là, je doute que tout ceci passe… Il marqua un silence. Cela dit je suis navré pour tous vos soucis.

Il semblait sincère.

— Merci… dis-je dépitée.

— Vous savez quoi, on va faire quelque chose. Je vais faire comme si vous aviez ouvert à l'heure. Je n'ai rien vu. Vous ne m'avez pas appelé. On ne s'est pas parlé. Vous ne connaissez pas mon nom, je ne connais pas le vôtre…

— Sûr ?

— De ne pas connaître votre nom ? !

— Non ! Vous êtes sûr de vouloir taire cet événement ? me repris-je

— Bien sûr !

— Vous avez pitié de moi ?

— Absolument.

Je l'entendis rire de façon franche.

— Et surtout c'est exceptionnel, rajouta-t-il.

Ce bougre avait réussi à me faire sourire de plus belle.

Je me sentis soudain plus légère.

— Je dois vous laisser, j'ai beaucoup de travail. Passez une bonne journée… Il marqua un temps. Hésitant. De mon côté, je voulais qu'il reste. Il s'était produit un sentiment de bien-être dans mon atmosphère de stress. Il reprit sa phrase comme suspendu à une attente et me dit simplement :

— Bonne journée Madame...

Et voilà… j'étais au volant, seule, son timbre sensuel m'avait quittée.

Il était 10h. Je fonçais vers la boutique. À 11h ma responsable serait là. Nous étions une grande librairie populaire. Je tenais à ce terme qui signifiait pour moi la lecture accessible à tous tandis qu'il faisait hurler le gratin littéraire. Selon ce cercle fermé que je haïssais, une librairie ne pouvait pas prendre plaisir à vendre des best-sellers. Comme ils connaissent mal l'être humain ! Avoir un livre en main était le plus beau des commencements quel que soit le choix de lecture. L'apprentissage des genres demandait un plus long cheminement ou parfois même les bonnes rencontres, et contrairement à ce que ces prétendus érudits pensaient, nous avions tout type de lecteurs. Nous étions également une grosse boutique en termes de taille : plus de 200 m2, trente meubles, huit tables. Travailler en galerie c'était comme travailler sous cloche : il fallait s'habituer. Les premiers mois m'avaient paru excitants : toutes ces lumières, tout ce bruit, toutes ces enseignes : l'empire de la consommation. Au fil des années, cette ambiance m'avait pesé. Je passais souvent mon heure de pause cloîtrée en réserve, des écouteurs vissés aux oreilles pour créer une autre bulle loin des néons et des éclats des roues des caddies franchissant la porte d'entrée. L'hiver, j'entrais seule dans cet univers impitoyable, le jour encore endormi, et j'en ressortais sans avoir vu une touche de soleil. Le calme du matin sans les clients contrastait toujours avec le brouhaha de 9h30 où, dès l'ouverture, s'empressaient les premiers chalands dans les boutiques. Les jours ne se ressemblaient pas, le samedi était le moment des familles et des enfants qui hurlaient. La semaine nourrissait les personnes sans emploi, les mères au foyer, les retraités ou les gens comme moi, en travail décalé. Le soir vers 20h, c'était encore un autre climat, le temps paraissait ralentir et j'appréciais être de fermeture moi qui n'étais pas matinale. Nous étions sept à faire tourner notre commerce. Sept à vendre, conseiller, fidéliser, encaisser, mettre en rayon, ranger, nettoyer, passer des commandes, anticiper... Sept à se démener chaque mois pour atteindre notre chiffre d'affaires et nos primes, à mettre en avant tel ou tel auteur, inconnu ou non, à proposer avec conviction divers produits et services pouvant plaire à nos clients. Nous avions une méthode de vente proactive : aller à la rencontre des clients pour les conseiller. Cependant nous ne mettions pas moins de cœur à la tâche pour fidéliser nos lecteurs. Cela se ressentait donc dans notre quotidien et en particulier dans notre management. J'avais pour mission quotidienne d'animer en ce sens cette grande équipe et ma responsable avait une exigence envers moi à la hauteur de cette ambition. Ce but commun nous unissait et nous étions fiers de faire découvrir à nos clients les artistes de l'ombre, faisant ainsi danser leurs mots dans la lumière. Chaque année, nous avions un voyage à gagner. Les trente premières librairies Prismaculture du réseau partaient se dorer la pilule au soleil. Cinq jours rien qu'entre collègues. Laurène visait l'excellence et avait l'obsession du service client, son magasin était toujours dans les quinze premiers. Nous étions déjà partis à Chypre et en Martinique, et nous visions cette année l'Italie. Ce projet nous rassemblait et nous rapprochait car nous étions tous très différents et comme les sept nains nous avions tous notre caractère.

Il y avait Reta. Reta Garbeau. Cela ne s'inventait pas ! S'en compter que personne n'avait jamais osé lui demander mais il semblerait que ces parents n'aient pas compris le véritable prénom de l'actrice si tant est qu'il y ait un hommage. Reta aurait été au côté de « Blanche Neige » : « Simplet », c'était un fait et non un reproche. Je n'avais jamais compris pourquoi ma responsable chantait ses louanges et l'avait embauchée pour les remplacements d'été. Reta était étudiante en langues mais surtout pour la forme car en vérité elle n'avait pas la langue dans sa poche. Une bavarde sans expression. Son flux était monotone, comme si elle était constamment en manque de sommeil. Ses cheveux noir corbeau tombaient en dégradé sur ses épaules. Son corps était svelte. Elle n'était pas forcément très jolie mais son assurance lui valait les regards. Sa petite ficelle dépassait souvent de ses jeans taille basse et ses soutien-gorge rose fluo étaient souvent visibles à travers ses tee-shirts moulants. Cela me faisait horreur. Je ne la détestais pas, elle n'était pas méchante mais je me serais volontiers passée d'elle. Elle avait mon âge mais évidemment nous vivions chacune dans un monde différent.

Ensuite il y avait ma responsable : Laurène. 42 ans, une petite brune très belle, en couple avec une femme depuis six ans. Une mère pour moi mais un caractère volcanique. Si tout roulait, elle avait le sourire mais si c'était un mauvais jour, gare à la bête qui rugissait. Tous aux abris ! Un détail pouvait la rendre irascible. Un ordinateur trop lent, un collègue en retard de trois minutes, un livreur mal luné, une pile de livre oubliée dans un coin. Elle était capable de ne pas nous adresser la parole durant une journée entière mais nous retenions sa tendresse immense, présente la plupart du temps. Je la comprenais depuis maintenant deux ans et nous avions trouvé notre rythme de croisière. C'est elle qui m'avait tout appris et donné ma chance. Elle, ce serait « prof. »

Venaient ensuite Lucie et Selma, deux magnifiques blondes : respectivement 32 et 55 ans. « Atchoum » et « Joyeux » sans aucun doute. Elles étaient comme cul et chemise, travaillaient ensemble depuis un long moment et se voyaient en dehors. Quand l'une voyait la vie en noir, l'autre lui remontait le moral et inversement. Lucie savait tempérer la fougue de Selma. Selma était toujours de bonne humeur et l'équipe l'adorait pour cela. Elle n'avait pourtant pas une vie des plus évidentes. Au cours de quelques déjeuners dans la galerie, elle se confiait parfois sur les déboires qu'elle avait traversés. Elle ne se plaignait pas mais se plaçait comme une victime ordinaire. Le midi, il était habituel de prendre les pauses à deux. C'est ainsi que nous avions tous appris à nous connaître et nous apprivoiser. Il fallait composer. Parfois, il y avait de grands silences, parfois nous nous disions des banalités. Selon les duos, les joies étaient plus ou moins grandes ; entre elle et moi, c'était cordial car je savais par Laurène qu'elle avait toujours désiré mon poste et qu'elle me l'enviait. J'avais donc toujours pris des distances naturelles avec elle, prenant soin de ne rien confier de ma vie intime. Selma était divorcée mais toujours très apprêtée pour son âge, dévoilant toujours de jolies tenues, des robes vaporeuses ou des tailleurs cintrés. Elle dégageait une certaine classe et n'hésitait pas à commenter les beaux hommes discrètement. Son manque de confiance l'empêchait cependant d'aller au-delà des commentaires même si elle pouvait plaire sans aucun doute. Je restais cependant méfiante à son égard. Selma pouvait aussi être manipulatrice et orgueilleuse. Elle ne le montrait pas à tous mais je le percevais cela dans certains de ses actes. Quant à Lucie, elle, était toujours souriante et sincère. Discrète, parfois même effacée, cette fille était d'une profonde honnêteté comme on n'en voit plus. Elle faisait toujours en sorte de ne pas faire de vagues si un client lui parlait mal. Elle gardait son calme et trouvait des solutions. Je connaissais en revanche très peu son univers personnel. Je la voyais travailler avec passion et je pouvais déceler une certaine personnalité à travers ses attitudes mais cela se cantonnait à un aspect purement professionnel. Auprès de moi, elle s'épanchait peu sur sa vie et ses attentes.

Ensuite il y avait Édouard, 28 ans, beau garçon, élancé et mince, à la peau mate, réservé et bosseur, jamais un mot plus haut que l'autre ou s'il était haut, c'était pour dire des choses intelligentes, bourrées de sens et d'humour. J'hésiterais entre « Timide » et « Prince charmant » ou éventuellement « Dormeur » pour son coté calme car il n'avait cependant pas le même enthousiasme que moi pour les longues grasses matinées. Enfin, il y avait mon amie Pauline, une grande bavarde. Aussi rousse que j'étais brune. Pas la plus belle sur le papier mais un charme magnétique et comme le charme ne se fânait pas, elle était en réalité sublime. Elle avait 26 ans, même date d'anniversaire à un an près. Nous avions été embauchées à deux mois près et elle, ce serait « Blanche-Neige » ; rêveuse et romantique : l'inverse de moi. Mon yin quand j'étais yang.

Vous avez deviné ? « Grincheux » m'allait comme un gant. Mais derrière ce masque, il y avait aussi un marshmallow.

Cet homme au bout du fil, qui était-il ?

Sa voix m'avait retourné le cerveau. Je devais me taire. Pas même un mot à Pauline.

10h15. J'allumai les lumières, installai les caisses et lever de rideau !

Le téléphone sonna soudain, déchirant le silence.

— Tout va bien ?

C'était lui.

— Oui super, merci. Pas un seul client n'attendait devant la grille.

— Si en vérité, il y en a eu un, vers 10h, juste après votre appel pendant « ma tournée ». Je lui ai dit que vous vous étiez fait agresser par un chien mais que vous alliez bien et que vous seriez là vers 10h30.

Je ne pus m'empêcher de rire.

— J'adore l'excuse ! « *Médor a pris un Lexomil, ça va beaucoup mieux* » ! lui dis-je, hilare, en prenant une voix solennelle. Il marqua un temps d'arrêt et explosa de rire. Un rire plein de chaleur, de bonne humeur et de malice.

— Je vous laisse, bonne journée Madame !

Et voilà, il était déjà reparti dans les méandres des télécommunications...

À 11h, j'avais déjà bien avancé les mises en rayons, reçu plusieurs clients. Quand Laurène arriva, elle ne pouvait pas se douter de quoi que ce soit.

À 12h, je pris ma pause et Édouard embaucha.

# PAULINE

*Playlist 2 – Filles faciles- Goldman -Album
Entre clair et gris foncé – 1987*

Du haut de mes 26 ans, je regardais le monde avec l'émerveillement des premières fois. Mordue de livres en tout genre, j'avais atterri au sein de cette grande librairie d'abord en stage puis Laurène, ma responsable m'avait embauchée. Je pensais m'orienter vers l'édition mais c'est ici que je m'épanouissais. J'étais ce genre de personnalité qui courbait l'échine tel un roseau la plupart du temps mais je ne manquais pas de tempérament pour autant et je ne me laissais rarement marcher sur mes petits pieds taille 36 si on provoquait ma colère. Le proverbe disait que tout ce qui était petit était mignon mais je ne croyais en aucun cas être quelqu'un de mignon. C'est vrai, au fond, l'étais-je vraiment ? Les gens louaient mon sourire contre vents et marées, mon optimiste contagieux quand il s'agissait des autres et mes cheveux roux flamboyant. Ma coupe au carré et mes bonnes joues laissaient parfois penser aux gens que j'avais presque dix ans de moins. Britney et moi avions en commun notre fraîcheur et notre naturel. Pour le reste, nous étions opposées. J'admirais sa franchise, quand moi je pouvais tourner dix fois ma langue dans ma bouche avant de parler, bien que je sois une vraie pipelette ; elle était casanière et quelques sorties ou randonnées suffisaient amplement à son bonheur. Elle me manquait. Quelques jours qu'elle était partie rejoindre sa famille dans l'Aveyron et elle ne revenait pas avant trois semaines. Cela dit elle en avait bien besoin de vacances ; ces derniers temps, les problèmes s'accumulaient et elle supportait mal la chaleur de son petit appartement. C'est elle qui avait insisté pour valider mon stage puis mon CDI auprès de Laurène. Elle m'avait toujours soutenue et me soutenait encore et toujours. Je n'accumulais pas les déboires matériels comme elle, moi, j'entassais les histoires à dormir debout dans des tiroirs au fond de ma tête. Je rencontrais un homme et je donnais tout, tout de suite comme si demain n'existait pas. Je remplissais les vides, je comblais les brèches, je me contentais des miettes, je me suffisais de ce qui s'offrait et cela faisait hurler Britney qui me trouvait inconsolable à chaque clap de fin. J'enviais Britney qui avait cette faculté pour attirer tous les hommes. Mais pauvres bougres qu'ils étaient, elle n'en avait que faire de leur petit manège. Le seul à avoir réussi à percer sa paroi de verre était aussi à mes yeux le plus grand abruti de la terre puisqu'il l'avait aussi quitté. J'ignorais la raison car elle avait tout gardé pour elle.

De mon côté, le sort s'acharnait car le dernier garçon en date qui avait trouvé grâce à mes yeux était l'embauche de Laurène pour les congés de deux étés consécutifs. Laurène m'avait toujours prévenue : « la pire des erreurs en entreprise est de tomber amoureuse d'un de ses collègues ». Avec Joël, pourtant, je ne pus lutter longtemps. Juin à septembre multiplié par deux. Huit mois où l'on apprit à se découvrir, huit mois où notre goût pour l'écriture nous rapprocha. Huit mois où chaque matin je m'apprêtais pour lui, chacun de mes gestes lui étant destiné. Il faisait papillonner mes yeux. Le voir provoquait en moi des émois sans cesse renouvelés. Avec sa carrure imposante malgré une taille moyenne, je l'avais de prime abord pris pour un fan de salle de sport, concentré sur sa personne avant les autres. Je m'étais trompée. Cette erreur était une belle surprise et l'importance que je lui donnais grandissait face à cette méprise. Je n'imaginais pas qu'il puisse être poète. C'est cet aspect de sa personnalité qui me séduisit bien avant sa peau très mate, ses cheveux mi-longs noirs et sa barbe bien coupée, façon d'Artagnan moderne. Entre deux clients, nous avions un passe-temps : écrire des alexandrins ou des haïkus. J'aimais son calme apparent, son regard coquin, son sourire immense et son humour affirmé. Joël m'électrisait. Je pensais sincèrement à une réciprocité, je transformais des regards en signes, je croyais des moments restés après la fermeture avec moi uniquement dans le but de me séduire… Un jour, par message puisque nous nous écrivions régulièrement le soir, j'avais osé demander : « La solitude ne te pèse pas toi ? À moi, terriblement ! »

« Non, pas forcément, regarde ! Je t'ai toi, la petite sœur que je n'ai jamais eue ! », voilà sa réponse. Cela m'avait paralysée et achevée. Des nausées m'avaient alors envahie, me donnant le tournis. Il avait fallu admettre et j'avais continué à jouer le rôle de la bonne amie avec Joël. Il n'avait rien su et ne le saurait jamais. Après son CDD et avant de tenter le CAPES, il insista auprès de Laurène pour faire embaucher sa nouvelle petite amie, Reta, dont il s'était véritablement épris. Il ne cessait de l'encenser du matin jusqu'au soir. Autant vous dire combien je la portais dans mon cœur. Elle était mon opposée : vulgaire, avec un regard inquisiteur et terne.

Nous étions donc un soir d'été quand un homme entra, refermant le chapitre de mes pensées. J'étais seule et j'allais fermer boutique dans cinq minutes.

Il m'afficha son plus beau sourire.

— Bonjour, je viens pour les issues de secours.

— Les issues de secours ?

— Oui je suis le chef de la sécurité incendie. Je sais je n'ai pas la tenue, je ne devrais pas être là mais pour diverses raisons, je suis là provisoirement dans les boutiques.

— D'accord et ça va durer longtemps votre truc ? Parce que je dois emmener Magnificat chez le vétérinaire.

— Magnificat ? À 20h30 chez un vétérinaire ?

— Magnificat est un chat... soupirais-je. Oui une urgence...

— Je vois... et il m'adressa un grand sourire, presque moqueur.

— Vous trouvez ça drôle ? rétorquais-je.

— Pas le moindre du monde... mais on ne vous a pas prévenu pour les issues ?

— Non j'aurais dû être au courant ?

— Eh bien j'ai prévenu une de vos collègues qui devait informer celle ou celui qui fermait ce soir.

— Sûrement Reta, elle est toujours à côté de la plaque.

— Sûrement.

Et il me dévisagea encore, presque mielleux, toujours souriant.

— Je vous laisse fermer tranquillement et je reviens pour couper le courant, j'en aurai pour une minute. À tout de suite... vous êtes ?

— Heu… je suis ?

— Votre prénom.

— Ah... Pauline.

— Alors à tout de suite Pauline. Je reste devant la grille.

— Vous allez rester là pendant que je compte ?

— Sauf si ça vous ennuie.

— Ça ira... maugréai-je.

Dix minutes après avoir compté, trié, rangé, j'avais enfin terminé ma clôture. Il avait continué à jeter quelques regards vers moi durant ce moment, ce qui m'avait embarrassée profondément, faisant même trembler mes mains. Je détestais qu'on m'observe sans raison.

En revenant, il avait cependant réussi à me dérider assez vite. Après avoir effectué son travail, il jeta un œil aux photos dans la réserve.

— Vous êtes une sacrée équipe. Les agents de sécurité ne tarissent pas d'éloges sur vous.

— Ah oui c'est vrai, on est proches d'Eugène et Mathias. Enfin surtout Lucie, Mathias est son voisin de palier, lui répondis-je.

— Je l'ignorais. Ils ne me font pas part des détails. Tiens à tout hasard, vous avez des livres de Baudelaire ?

— Oui un ou deux mais... j'adore Baudelaire ! dis-je ravie, presque émue.

— Ah alors je vais peut-être vous décevoir, je connais juste de nom rapidement mais ma mère l'aime beaucoup et c'est bientôt son anniversaire.

Après quelques conseils sur des titres à commander, il prit congé en me saluant très poliment avec toujours ce sourire suspendu aux lèvres. Me promettant de revenir passer commande.

# RETA

*Playlist 3 – Je suis de celles - Bénabar -Album
les risques du métier – 2003*

C'était grâce à Joël que j'avais été embauchée ici. Laurène, sa responsable, l'aimait beaucoup et lui avait fait confiance pour me recruter l'été. J'avais énormément de difficultés à rester chez moi : ma mère m'insupportait et mon père laissait faire comme à son habitude. Joël était une bouffée d'oxygène. Il m'apaisait et il me faisait planer, dans tous les sens du terme. Ces derniers temps cependant, il était affairé dans son concours pour le CAPES et me consacrait beaucoup moins de temps. Je me sentais donc parfois seule. Je le rejoignais dans son minuscule appartement et il me regardait à peine. J'avais besoin de vibrer et de plaire et si au début, j'étais son monde, je n'étais plus qu'une fenêtre pour s'échapper parfois. Il m'arrivait de l'attendre des heures au restaurant et de rentrer seule parce qu'il s'était endormi sur son bureau. Au travail, j'étais parfois isolée. Selma me choyait comme une princesse et ma responsable me couvait telle une poule mais Britney et Pauline me détestaient. Au départ cela m'avait minée car j'avais tout fait pour m'intégrer : ces deux-là étaient comme des pies aimantées et m'adressaient rarement la parole. Joël avait donc fini par lâcher le morceau : Pauline en pinçait pour lui et bien qu'il lui ait évidemment expliqué qu'ils seraient uniquement bons amis, elle insistait régulièrement pour le voir. Pour ne pas la froisser, l'imaginant fragile, il tentait de préserver cette amitié pour éviter des souffrances inutiles. Je n'étais pas dupe, il appréciait Pauline malgré tout. J'avais donc fini par la prendre en pitié. Quant à Britney, Joël m'avait prévenue : elle était lunatique et hautaine. Depuis juin, je faisais donc en sorte que leurs silences me passent au-dessus de la tête et je serrais les dents quand il revoyait quelques fois Pauline pour des ateliers d'écriture ou autre délire littéraire.

Une après-midi où je travaillais avec Édouard, un agent de la sécurité que je ne connaissais pas se présenta. Je connaissais bien Mathias, le voisin de Lucie mais pas cet homme. Mathias : mon amant. Je n'étais pas de celles qui attendaient l'amour, la tendresse et les caresses, je venais à leur rencontre. Et si j'étais déçue, je trouvais toujours mon bonheur ailleurs. Mathias n'avait demandé que des aventures de quelques soirs et cela m'allait à la perfection. Il avait beau posséder un corps splendide sculpté dans du bronze, son visage m'attirait cependant nettement moins que celui de Joël. Mathias était blond, la peau diaphane, les cheveux longs et bouclés relevés en chignon sur le sommet du crâne mais il avait surtout un ego surdimensionné aussi grand que sa pauvreté de langage. Cela dit, il savait s'y prendre pour séduire. Je savais également que beaucoup de femmes travaillant dans la galerie avaient déjà vu « le loup ». Cela ne me touchait pas, ce n'était pas mon affaire. J'aurais pu quitter Joël mais je lui devais une fière chandelle pour m'avoir prêté beaucoup d'argent, je lui en devais encore et il semblait s'accommoder à me voir quelques fois. Je pensais aussi à tort ou à raison que Joël m'avait dans la peau. Joël était plus qu'une petite histoire. Mathias demeurait donc un amant idéal. Du bon temps juste comme il en faut pour survivre. Cet agent de la sécurité aujourd'hui face à moi, en revanche - pour les avoir souvent tous vus et observés - je ne le connaissais pas.

— Comment se fait-il que vous soyez sans la tenue habituelle rouge et noire des agents sécurité incendie de la galerie ? le piquai-je, puisqu'il me regardait, lui aussi intrigué.

— Je suis le chef de la sécurité incendie, je suis là en renfort. dit-il sur un ton serein.

Il m'avait chargée de prévenir qu'il passait vérifier les issues de secours deux jours plus tard mais j'avais oublié de le dire à Pauline étant donné que nos échanges se résumaient aux basiques : bonjour/au revoir. En le voyant, l'étincelle s'était rallumée. Il était courtois, bienveillant et très bavard. Il avait feuilleté quelques livres de cuisine et je lui avais proposé mon aide. Il avait ri, d'un rire gracieux. Selon ses dires, il aurait pu éditer ces propres recettes tant il cuisinait : son passe-temps. Il me demanda tout de même si j'avais des livres sur la cuisine japonaise.

— Envie d'évasion ? lui avais-je soufflé droit dans les yeux, utilisant une voix plus sensuelle qu'à l'accoutumée.

— On en a tous besoin, non ?

— M'en parlez pas, j'ai raté mon voyage pour la Grèce à cause des grèves, maintenant je ne rêve plus que de trouver une nouvelle date mais ce ne sera pas pour de suite, je bosse ici tout l'été. Va falloir que je m'arme de patience.

Il observa mes yeux, sourit et referma le livre consulté.

— La Grèce... maisons blanches, ciel bleu, adorables habitants, l'odeur des oliviers dans l'air...

— Vous voulez me faire rager ? dis-je en le taquinant.

— Non ce n'était mon intention mais je comprends votre déception... j'adore voyager.

Et nous parlâmes quelques minutes de ses différentes expériences à travers le monde. Cela suffit pourtant à me faire rêver.

— Allez courage... Je retourne travailler. N'oubliez pas de prévenir votre collègue, d'accord ? Vous êtes ? me demanda-t-il, souriant.

— Reta. Et vous, vous êtes ?

— M Javelot. Nicolas Javelot. Bonne journée Reta.

— Javelot comme le sport ?

— En effet !

Il s'effaça doucement et de mon côté, j'étais fière d'avoir un indice clef. Le soir, après différentes tentatives, je l'avais trouvé sur les réseaux. Javelot, cela lui allait si bien. Il m'avait transpercée. Il accepta ma demande dans l'heure qui suivit ma petite montée d'adrénaline.

# LUCIE

*Playlist 4 - Lucie -Pascal Obispo -Album Superflu – 1996*

« *Lucie…* » Combien de fois m'avait-on chanté cette chanson ? Elle m'allait bien : les livres, j'étais tombée dedans toute petite comme Obélix dans sa potion. Également, le terme « *Dépêche-toi* ». Oui je l'avouais, je disais aussi très souvent ce mot… à mes enfants : sept et trois ans. Deux bolides, deux têtes d'ange. Je les aimais autant qu'ils m'épuisaient. Il m'arrivait de perdre pied. Mon mari heureusement m'aidait au quotidien mais je me faisais vite dépasser. J'étais vite anxieuse aux moindres bobos, aux moindres rendez-vous médicaux, aux moindres cris, au moindre bout de pâte à modeler jetée par terre avec hargne… où était le temps pour moi ? Perdu dans les limbes. Affublée d'un nouveau prénom répété désormais cent fois par jour, j'étais leur monde, j'avais perdu mes nuits. Bien évidemment, je n'avais aucun regret, ils étaient mon sel, mon ciel, mon avenir, mon urgence, mon envie de me lever le matin mais il m'arrivait de ne plus trouver ma place. Mathias mon voisin et agent de la sécurité avait failli un temps me faire oublier tout cela et réveiller en moi la jeune femme vibrante que j'avais pu être. Une infime seconde où j'avais failli faire voler cet univers en éclat pour un plaisir fugace, incomparable aux joies simples de mon couple et de ma vie de famille. J'avais toujours mis des distances avec Mathias, freiné ses avances et jamais il n'avait pu imaginer mes doutes. J'avais fantasmé des images. La réalité m'avait rattrapée heureusement et cela restait en moi comme un simple moment d'égarement. Devant tant de froideur, il avait abandonné la partie et j'étais devenue la confidente de ses nuits agitées. C'est ainsi qu'il se vanta sans se cacher de sa dernière conquête : Reta, ma collègue, cette jeune fille timide aux apparences aguicheuses. J'étais réellement surprise car je la savais déjà prise. Je m'étais bien gardé de lui en parler ou d'émettre des jugements. Premièrement, je ne la connaissais pas bien, deuxièmement, cela ne me regardait pas. Cela ne me peinait pas pour Joël car pour une fois, il tombait sur plus forte que lui au jeu des amants éconduits. Cependant je fus encore plus surprise en voyant Reta discuter et tourner autour d'un autre homme, agent de la sécurité lui aussi. Lui, je ne l'avais jamais vu de ma vie il y a encore un mois et désormais il passait tous les deux ou trois jours. Que cherchait-il ? Il y avait forcément une histoire derrière tout ça et cela m'amusait tout comme cela m'agaçait. Je les enviais de leur liberté de plaire à quiconque et je vivais parfois par procuration leur échange de regards. Bientôt, ma responsable

Laurène verrait ce manège d'un mauvais œil, elle détestait que quelqu'un puisse venir déranger la quiétude de son équipe.

Un matin, je fis pourtant sa rencontre.

— Votre responsable est là ?

— Oui tout à fait, elle est en réunion téléphonique, voulez-vous que je l'appelle ?

— Non surtout ne le dérangez pas, je repasserai. Vous êtes ?

— Lucie.

— Vous avez des livres pour une enfant de deux ans, Lucie ?

— Bien sûr, qu'est-ce que vous recherchez ?

— Aucune idée ! Et il rit. C'est pour l'enfant d'un ami. Et je n'y connais pas grand-chose.

— Suivez-moi, les enfants c'est mon domaine, j'en ai deux et croyez-moi c'est un travail à plein temps !

Il sourit et après quelques conseils, il me promit de repasser après le travail pour acheter les deux choix que je lui avais présentés. Ce qu'il fit le lendemain. Toujours enjoué, je devais avouer qu'il était bel homme. Il avait un petit air de Vincent Cassel avec ses lèvres minces et son nez imposant. Un charme évident.

# LAURENE

*Playlist 5 - Excessive - Carla Bruni - Album Quelqu'un m'a dit - 2002*

Voilà quelques jours que ce monsieur passait dans ma boutique.

S'adressant à moi et affublé d'un grand sourire :

— Bonjour, avez-vous pu faire ce que je vous ai dit ?

— Oui tout est réglé, je n'aurai plus besoin de faire appel à vos services ! lui répondis-je, fière.

— C'est parfait alors. Et il sembla satisfait.

J'étais véritablement rassurée. J'avais bien assez d'ennuis en ce moment et il ne cessait de passer régulièrement. J'avais actuellement les nerfs en pelote. Ma compagne voulait un enfant, un enfant de moi, à 42 ans ! Je n'aimais pas les enfants et de toute façon, j'en avais déjà six à demeure 35h, cinq jours sur sept. Mon équipe, mes bébés. Souvent, je les malmenais, souvent je haussais le ton, souvent je dépassais les bornes, mais souvent je les maternais, je les choyais. Ce travail c'était toute mon énergie, ma passion, ma came. J'aimais vendre des livres, j'aimais mes clients que j'appelais la plupart par leurs prénoms. J'aimais parfois me poser un instant, prendre du recul sur ma boutique et constater avec sérénité : un chiffre d'affaires en augmentation, des clients fidèles, une rentabilité présente, une équipe convaincue, et l'amour des livres en plein cœur du bilan. J'avais réussi à mêler respect du lecteur et commerce. Pas une ombre au tableau. Pourquoi s'embêter d'un enfant en plus, d'un chouineur qui plus est, d'une couche ambulante ? À voir les cernes de Lucie, je ne l'enviais pas.

Pourtant, avoir des enfants était de l'ordre de mes désirs quand j'étais enfant. Petite, entourée par mes parents et recevant beaucoup d'amour, je pensais vouloir un jour un petit bout qui me ressemblerait. Je voulais faire comme eux. Mais très tôt j'avais regardé les filles différemment de la façon dont elles, me regardaient. Elles m'attiraient, me subjuguaient, me captivaient. À 14 ans, en pleine crise d'adolescence, il y avait eu une certitude et cela m'avait effrayée et peinée. C'était l'époque où tout un chacun ne parlait que de son premier baiser avec la langue ou de ses premières fois avec le sexe opposé. Penser à une autre fille me semblait de l'ordre du désirable mais aussi de l'interdit. Alors très tôt, j'avais créé un personnage. Je m'étais très vite dévergondée et j'avais flirté avec différents garçons, jusqu'à l'overdose. J'avais eu en prenant mon indépendance des fréquentations douteuses, des garçons drogués et paumés qui me faisaient oublier qui j'étais et ce que je voulais véritablement. Après avoir touché le fond, après avoir dû effectuer une cure de désintoxication à 21 ans, après avoir rencontré des psychologues bien décidés à me remettre sur pied, je crachais enfin la vérité aux yeux de tous : oui j'aimais les femmes. Contre toute attente, ceci était loin d'être un problème pour ma famille. Ils avaient accepté après l'émotion et le choc. Ils étaient certainement soulagés de retrouver leur fille dans un état convenable et la nouvelle devenait dérisoire aux yeux de l'angoisse passée. Souvent, il arrivait que Pauline, dans un accès de rage après avoir subi une nouvelle fois l'affront d'un jeune homme me dise ces choses-là : « je devrais faire comme toi, aimer les femmes, cela a l'air tellement plus simple ! », comme si cela était un choix ou une option. Des milliards de fois, j'aurais voulu être comme mes parents, se choisir et que tout soit simple. Pour mes propres parents, évidemment, ce n'était pas simple. Rien n'était simple pour personne. Un couple c'était s'apprivoiser et faire de la place à l'autre. Et ce privilège n'était pas réservé à un sexe. Ce qui était facile en revanche c'était d'aimer. Bien évidemment j'étais trop jeune pour penser ainsi. Je n'avais pas choisi, les choses étaient ainsi. J'aurais aimé ne pas connaître les regards blessants, moqueurs, les injures que je connus lors de mes premières relations en couple avec une femme. Les sourires gênés. Finalement, ce qui m'avait aidé à dépasser tout ça c'était la force de caractère que je m'étais forgée et tous ces livres que j'avais lus pendant ma cure. Je n'aimais pas tellement les livres étant petite mais eux m'avaient choisie. Et en eux, j'avais trouvé des chemins, des univers, des images. Des mondes dans lesquels je m'étais bercée avant de m'endormir à coup de cachets. Les mots m'avaient sauvée, et écrire m'avait souvent libérée. Par mon mérite et ma pugnacité, j'avais eu ce poste de responsable à Prismaculture moi qui n'avais qu'une expérience de responsable en boulangerie. Il avait fallu déménager à plus de 300 kilomètres, prendre mon envol pour de bon. Tout cela m'avait menée vers Lætitia. Lætitia qui avait eu comme moi les mêmes doutes mais n'avait connu que des relations avec des femmes, qui n'avait jamais joué un faux jeu. J'admirais sa franchise, son entièreté. Aujourd'hui, j'étais heureuse avec Lætitia. Mais je ne pouvais lui faire un enfant parce - que j'étais toujours l'enfant au fond, tapie là, à regarder le monde comme à travers la vitre d'un aquarium enviant ceux nageant en eaux libres.

Je lui avais alors proposé d'adopter un chien. Ce n'était absolument pas pour remplacer ou compenser l'envie d'un enfant. Un animal ne remplaçait pas un être humain mais il pouvait le compléter, être un bon compagnon de route. Au début de notre histoire, elle m'avait suppliée d'adopter un labrador pendant une balade dans un salon spécial chiot. Devant mon refus catégorique, elle avait fini par abandonner. Ses arguments n'avaient pas tenu la route. Je me suffisais de nous et je ne comprenais pas. Désormais je voulais plus que tout la rendre heureuse, stopper mon égoïsme. J'allais donc prendre un chien et m'adapter à lui. Et s'il y en avait une qui pouvait m'aider, c'était Britney. Je savais que sa mère tenait un élevage de labradors destiné aux chiens guide d'aveugle, dans l'Aveyron. Me restait plus qu'à lui demander de m'en apporter un à son retour. Pour moi, sa mère ferait une exception à son protocole.

## SELMA

*Playlist 6 - Volo – Comme tout le monde - Album Jours Heureux - 2007*

La solitude me guettait chaque soir dans mon appartement. La journée j'étais dynamique, énergique, dévouée, débordante d'optimisme et de gratitude. J'étais la personne qui faisait illusion à la perfection. Au fond, je donnais le change. Je ne vivais que pour les autres. Ces autres qui me reflétaient pourtant si peu. Isolée dans mon chagrin, je consacrais mon temps libre à ma sœur handicapée depuis toute petite, à ma mère l'élevant seule depuis le décès de mon père il y a plus de quinze ans, à mon frère divorcé avec deux enfants à charge deux fois par semaine. « À charge » : quel mot triste ! Mes neveux étaient mes soleils, mes bouffées de bonheur. Ils étaient tout sauf une charge. Ils se chargeaient au contraire de faire de ma vie un éblouissement. Je riais avec eux et je vieillissais avec eux. J'avais peu d'amis mais j'avais Lucie. Elle aurait pu être ma fille que je l'aurais aimé tout pareil. Nous avions l'habitude de nous rejoindre une fois par mois avec ou sans les enfants pour un café, un cinéma, un restaurant. Un rituel bien huilé qui fâchait son mari Sandro qui me traitait, en riant gentiment, de voleuse. Ils se voyaient déjà peu et je savais que ce n'était en rien simple pour lui de me la laisser mais ces sorties nous apaisaient elle et moi. Sandro en avait conscience, comprenait et puis et surtout il avait de la tendresse pour moi. Lucie lui avait raconté mille fois mon histoire : les désirs de grossesse avec mon mari, puis les envies devenant de la rage folle après quatre ans et trois FIV échouées puis la rage se muant en obstination huit ans plus tard. Mon mari refusait l'adoption. Nous attendions un miracle. Tout ça pour, au bout du compte, ne plus se reconnaître, ne plus se comprendre, ne plus aspirer à porter nos envies dans la même direction, se perdre et se séparer. J'avais plongé dans le chagrin. Ne pas enfanter fut la plus grande des blessures invisibles de ma vie. La plaie sans cicatrice d'une chose qui n'a pas eu lieu. Certaines femmes ne désirant pas d'enfant tombaient enceinte, quand moi pleine de désir de maternité, suppliant la terre entière, invoquant tous les dieux, j'en étais privée. J'avais cette frustration ancrée en moi, ce vide immense, ce trou béant comme le sentiment d'être incomplète et inaboutie. Heureusement j'avais eu Lucie. Parce qu'elle était souvent morose, j'avais pris pour habitude de la remettre sur pied oubliant de la sorte mes ennuis. J'étais depuis dix ans chez Primasculture. J'avais vu Lucie débuter un été et y être restée. J'avais trouvé ce travail et il avait été ma soupape. Laurène savait et me choyait. Au fond, Laurène me ressemblait :

nous n'avions pas d'enfants et l'équipe était comme nos protégés à couver.

Britney était en vacances et toujours quand l'un de nous venait à manquer, il y avait un vide à combler. Et un jour, pendant son absence, Pauline, Reta et moi étions justement en train de nous interroger sur qui serait l'homme qui décrocherait enfin le cœur de cette jeune femme exigeante quand un petit moineau fit son entrée dans la boutique.

Le soleil était au plus haut, les portes du centre étaient grandes ouvertes et nous étions collés aux entrées. Le pauvre oiseau s'était d'abord cogné contre notre vitrine puis avait décidé, assommé, de se faufiler derrière nos meubles en arrière-caisse. Affolées, nous avions tenté pendant plus d'une heure de le sortir de sa cachette, rien n'y faisait. Il était temps d'appeler la sécurité de la galerie : les Playmobil, comme j'aimais les appeler pour plaisanter. Tous vêtus d'un sweat rouge orné d'une bande noire, d'un pantalon de même couleur, de rangers au pieds et d'une ceinture comportant trousseau de clefs et talkie-walkie, ils étaient la patrouille du centre. Tous les connaissaient : clients comme salariés. Ils étaient comme les supers héros mais sans la cape et avec une démarche nonchalante.

C'est un homme grand, cheveux courts aux yeux clairs qui vint, assez rapidement, je dus l'admettre. Il observa chacune de nous avec attention. Je fus surprise de voir Reta s'approcher de lui et lui coller une bise en lui susurrant un : « ça va ? » pétillant. Décidément elle avait le feu aux fesses cette petite. En juin, elle tournait autour de Mathias et riait avec lui à gorge déployée. Avait-elle rompu avec Joël ? Je lui en toucherais deux mots : un loup à la fois comme on disait chez moi.

La tâche n'était pas aisée, le moineau se faufilait entre les meubles quasiment inaccessibles. « Beau Playmobil » tentait de l'appâter avec des gâteaux trouvés dans notre réserve mais l'animal à plumes continuait à piailler et n'en faire qu'à sa tête.

J'étais émue pour ce moineau, il était comme moi : coincé dans sa vie.

Et m'adressant aux filles je lançai, soulagée :

— Heureusement que Britney est en vacances, elle n'aurait pas supporté le savoir prisonnier, elle aurait fait une crise de nerfs !

Aussitôt, le jeune homme s'était figé et m'avait toisée.

— Qui est Britney ?

— Heu notre responsable adjointe. Pourquoi ?

— Oh pour rien, Britney ce n'est pas commun.

— En effet, on le lui dit tout le temps !

— Et vous, vous êtes ?

— Selma, lui dis-je. Cet homme était bien curieux. Charmant mais curieux.

Après avoir démonté une partie du mobilier et au bout de vingt longues minutes où je vis Pauline et

Reta n'avoir de cesse de lui parler, il délivra l'oiseau.

— Formidable ! lui dis-je, vous êtes fabuleux mon garçon !

— Ce fut un plaisir Selma. Votre oiseau est libéré, je vous laisse donc tranquille. Passez une bonne soirée Mesdames et n'hésitez pas si besoin.

Et il avait souri avant de tourner les talons dans une démarche guillerette tel un guerrier serein après avoir combattu et vaincu.

# EDOUARD

*Playlist 7 - Les gens qui doutent- Anne Sylvestre - Album Comment je m'appelle – 1977*

J'étais réservé il est vrai, peu causant il est vrai, mais quand je parlais, les oreilles se tendaient et l'on m'écoutait, comme lorsque l'on se concentrait pour découvrir un conte. Cela faisait des semaines que je le voyais venir, tous les deux trois jours. Tout le monde s'agitait, s'imaginait être celle au cœur de ses attentions. Seulement, moi, je savais tout et je ne disais rien. J'attendais sagement. Il me tardait que tout se sache. Certaines allaient tomber des nues mais ce n'était pas à moi de dire ce que j'avais promis de taire. J'étais le gardien des secrets. Joël m'avait ainsi confié que si Laurène l'avait tant en affection c'était parce qu'un soir en sortant du travail alors qu'ils faisaient la fermeture ensemble, elle avait retrouvé sa compagne sur le parking et l'avait embrassée tendrement. Un homme l'avait alors insultée lourdement avec des mots dégoulinant de haine se plaignant de voir sous ses yeux deux femmes s'aimer. Le sang de Joël n'avait fait qu'un tour et il avait agrippé cet homme au langage grossier pour lui demander des excuses. Tout penaud, l'homme s'était enfui en courant après avoir balbutié un pardon. Laurène s'était sentie humiliée et avait fait promettre à Joël de ne rien dire à personne. Depuis lors, elle le portait définitivement dans son cœur. Car ici, tout le monde trompait son monde. Joël, sous ses airs de Don Juan inapte à l'amour, n'aspirait en réalité qu'à une véritable relation tout comme Britney. Selma semblait toujours de bonne humeur alors qu'elle maudissait parfois Lucie en silence de se plaindre de ses enfants, elle qui en aurait tant voulu. Pauline jalousait Britney de l'admiration qu'elle produisait souvent auprès de la gent masculine. Lucie enviait Reta de pouvoir passer d'un corps à un autre sans sourciller. Reta enviait Lucie d'être si brillante ; Britney enviait mon calme olympien. Personne n'était jamais tout à fait satisfait mais nous formions une sorte de famille. Il y avait à prendre et à laisser. Seule Laurène nous avait choisi comme une mère qui élève ses petits. Et les frères et sœurs ne sont pas obligés de s'aimer : seulement s'apprivoiser. De mon côté, j'aimais leurs petits défauts : Lucie qui me racontait le moindre détail de la vie de ses enfants, du vomi sur le chemisier au brossage de dents bâclé, détails qui j'avoue avaient tendance à me laisser distrait. Britney qui râlait constamment quand elle avait trop chaud ou trop froid, Pauline et son trait d'eye-liner toujours mal tracé et ses histoires à dormir debout. Laurène qui m'oppressait quand elle soupirait fort parce que je ne comptais pas assez vite ma caisse. Le soir quand je rentrais dans mon petit deux pièces retrouver Ella, mon amoureuse, j'aimais lui raconter ce qui ne se voyait pas. Ella : ma divine, ma sublime, ma muse. Avant d'être un couple, nous étions des colocataires. Son annonce m'avait séduite : « jeune femme, 31 ans et presque toutes ses dents, douée pour faire des ourlets et en études pour espérer vendre du Dafalgan dans quelques années, cherche coloc pour partager le loyer du super appart dans lequel je vis. Pas sérieux (se) (mais quand même si tu as un brin de folie c'est mieux !) s'abstenir ». Elle ne voulait pas tellement d'un homme mais je l'avais convaincue. Lors de mon « entretien », elle m'avait demandé pourquoi moi et pas un autre ? Je lui avais cité Musset et sa tirade bien connu extraite de la pièce On *ne badine pas avec l'amour*. Pourquoi ce texte ? Pour lui montrer mon courage face à la complexité des relations hommes-femmes et aussi un peu pour étaler ma culture. Je l'avais fait rire mais il lui avait semblé important de préciser que son annonce n'avait pas vocation matrimoniale. Je l'avais rassurée : chacun ses histoires, chacun son intimité. Je pouvais faire venir des amis ou un flirt et inversement pour elle, mais nous devions toujours nous prévenir à l'avance et les ébats étaient autorisés seulement si l'un de nous deux s'absentait. Nous partagions le même frigo, la même salle de bain, mais aussi nos amours naissants. Je lui contais mes incertitudes et mes envies, elle, ses déboires et ses aspirations. Mes six ans de moins ne faisaient pas de moi une cible potentielle, j'étais un « bébé » disait -elle. Nous n'étions jamais tout à fait célibataires en même temps et puis un jour, de fil en aiguille, il y eut quelque chose de différent. Elle et moi, nous nous étions trouvés et pas juste devant la télé ou autour d'un café. Elle était devenue ma place centrale quand j'étais devenue son idéal. *Ella avait ce supplément d'âme. J'avais sans doute cet indéfinissable charme. Et désormais en commun une petite flamme.*

## PAULINE

Après l'épisode du moineau, je m'interrogeais sur Nicolas. Il était avenant, gentil, courtois et n'avait de cesse de passer dans notre boutique. Il m'intriguait. Était-ce un psychopathe à la recherche d'une nouvelle proie à harceler ? Un agent de sécurité missionné par le centre commercial pour dénicher la moindre faille de notre commerce ? Un homme immensément isolé dans son travail à la recherche de compagnie ? Ou simplement l'une ou l'un de nous avait fait battre son cœur… Le soir en rentrant, j'effectuai quelques recherches sur Facebook et tombai rapidement sur son profil. Quelle ne fut pas ma surprise, Reta était déjà dans ses amis. Je savais qu'ils se connaissaient mais pas au point de se suivre sur les réseaux. Quand il repassa deux soirs plus tard à la boutique, je fermais seule. Je me permis de lui dire de se méfier de cette fille, qu'elle était en couple et pas sérieuse.

— Vous êtes proches de Reta, n'est-ce pas ? lui dis-je, à l'affût de plus d'informations.

— Elle vous a dit ça ? me répondit-il surpris par ma question abrupte.

— Pas exactement mais je ne suis pas aveugle.

— Vous vous méprenez. Vous avez du temps libre après le travail ? Je finis dans quinze minutes. Je vous offre un verre ?

Après les révélations qu'il me fit, j'avais appelé Britney mais là où elle était, elle captait mal.

Je lui avais donc envoyé un message.

« Tellement de choses à te raconter ! Rappelle-moi vite ! Tu me manques ma chérie »

# BRITNEY

Mes vacances touchaient à leurs fins. Adieu les longues soirées dans le hamac du jardin à écouter les ailes des abeilles vibrées en sautant d'une fleur à une autre dans l'énorme hortensia du jardin de ma grand-mère. Adieu les matins traînants, les pieds nus sur le carrelage froid de la maison de mes parents, adieu les restaurants avec ma cousine tant aimée.

Entourée par la nature et avec au-dessus de moi un ciel pur, bleu translucide, propre à la nuit qui vient doucement, je songeais. Le bruit du ruisseau en contrebas, les feuilles dans les arbres qui bruissaient, l'odeur au loin de l'ail et du poulet grillé parfumant l'atmosphère, je pensais. Si seulement je pouvais partager ce bonheur que m'offraient les plaisirs simples et qui faisaient de ma vie des joies. Manquaient les bras d'un homme serrant ma taille. Je me voulais sereine, comme on pouvait l'être à huit ans quand les jours semblaient sans fin et quand la seule quête éternelle était le battement du cœur qui s'accélérait et ne cessait de battre à tout rompre. Je rêvais de cette image, de futur. Des papillons dans le ventre il m'en fallait, presque autant que de nicotine dans mes veines. Je ne pouvais me résoudre à rester fière, enfermée, libre à tout prix. Je voulais m'attacher à quelqu'un.

Je n'avais ni frère, ni sœur. Mes parents m'avaient eu tard et s'étaient contentés de moi. Je leur avais pris toute leur énergie, ils m'avaient donné tout leur amour. Je ne sais pas si mes parents s'aimaient toujours ou si se chamailler à longueur de temps était leur façon à eux de montrer leurs sentiments. Une chose était sûre : je les chérissais et je leurs devais ce caractère affirmé. Devoir les quitter me rendait terriblement nostalgique pourtant il me tardait de retrouver mon indépendance. Toujours cette ambivalence qui me déchirait en deux. Je préparais mes valises et nettoyais ma voiture quand il me sauta dessus. Eh oui je n'allais pas rentrer seule de vacances cette fois, j'avais un nouveau compagnon de route. Tout plein de vie et âgé de seulement quatre mois, un superbe bébé labrador me lécha le visage.

— Tu fais attention à lui sur la route, tu ne roules pas trop vite Britney et dis bien à Laurène de lui trouver rapidement un prénom. Je n'aime pas quand les bébés restent longtemps sans identité, m'avait averti ma mère, le visage crispé.

En attendant, elle l'avait surnommé Crapouille. Je l'avais prévenu de ne pas trop s'attacher, il était sûr que Laurène lui donnerait un prénom d'humain. Ma chef avait déjà évoqué la possibilité de le baptiser « Marcel ». Comme Marcel Cerdan à qui elle vouait un culte.

« Marcel ! Viens chercher le bâton… Marcel viens manger tes croquettes ! »

J'en riais d'avance. J'avais convenu d'emmener Marcel Crapouille le samedi avant ma reprise. Impossible de le laisser en compagnie de Magnificat dans mon 25m2. Pas de carnage chez moi. Selma allait le bisouiller. Laurène marquerait son territoire à grand renfort de voix sortie de ses tripes : « tsss c'est MON CHIEN ! ! !», Edouard observerait placide, Lucie et Pauline s'extasieraient sur sa robe chocolat. Quant à Reta, elle voudrait des caresses. J'imaginais la scène. L'équipe m'avait manqué. Manquerait juste la voix, la seule ombre au tableau.

J'y avais évidemment repensé à cette voix et à tous les fantasmes autour que je m'étais faite pendant ces trois semaines. J'avais imaginé un visage, des yeux, des bras, un torse sur les mots entendus. Je n'avais que des souvenirs sonores et des intonations pour créer une personne. Je l'emmenais avec moi dans mon imaginaire et le film ainsi modelé était toujours sensuel.

Je mourais d'envie de demander à Pauline ou Lucie si quelqu'un s'était présenté pour moi mais je m'étais ravisée, je ne pouvais rien dire. Seul Edouard avait fini par comprendre. Il avait décelé mon anxiété ce marabout ! Il avait posé quelques questions insidieuses et j'avais craqué. Je lui avais dit le retard, la conversation au téléphone. Je le savais muet comme une carpe. Pauline était plus volubile et pipelette après quelques verres, je ne voulais prendre aucun risque lors de nos soirées entre collègues. Edouard m'avait conseillé la sagesse, le fait de se fier au destin : si je devais être amenée à le revoir, il reviendrait. Cet Edouard... Je lui enviais sa zénitude en toutes circonstances. Au fond, il devait bien rire de moi. Pauline était apparemment heureuse au vu de son dernier message, peut-être une nouvelle rencontre ? Enfin elle allait oublier Joël et retrouver sa joie de vivre. Elle m'avait manqué !

Samedi 18h. Je passai le seuil de la boutique avec Marcel Crapouille tenu en laisse à mes baskets ou plutôt devrais-je dire mes jolies chaussures à semelles compensées. Le voyage avait été chaotique, il avait un peu pleuré puis aboyé trente interminables minutes. Enfin, il avait dormi le reste du trajet, j'avais la tête en compote. Un homme, grand, mince, peau bronzée et yeux verts, se tenait vers le fond du magasin en pleine discussion avec Pauline. À peine étais-je arrivée qu'il m'avait fixée et ne m'avait plus lâchée une seule fois du regard. Tout en embrassant Laurène qui jubilait de rencontrer son chien et faisant une bise à la belle Selma, je le vis s'approcher, Pauline à ses côtés. Mon amie me sauta au cou tout en me délivrant de nombreux compliments puis elle s'effaça discrètement pour caresser Marcel Crapouille et me laissa presque seule avec lui.

— Bonjour !

— Bonjour.

Je m'agaçais. Pourquoi m'observait-il ainsi avec tant de ferveur ?

— Ce chien a l'air adorable, il n'aura pas besoin de Lexomil lui ! me souffla-t-il près de mon oreille.

Mon sang ne fit qu'un tour, mon visage tourna au pourpre et je vis Pauline sourire de toutes ses dents.

# NICOLAS

*Playlist 8 – Doux – Jean-Jacques Goldman – Album Entre clair et gris foncé - 1987*

Huit ans que je travaillais dans cette galerie. Huit ans que j'en voyais passer des têtes, des visages… l'effet qu'elle m'avait fait ce jour-là, il y a un an, je m'en souvenais encore. Moi le chef de la sécurité incendie, elle ne m'avait pas regardé. Elle m'avait simplement vu.

J'avais commencé très jeune dans ce métier : à 21 ans. Agent sécurité incendie pendant cinq ans dans différents lieux, j'avais grimpé les échelons au fur et à mesure grâce à mon investissement. Mon 1m93 ne ressemblait pas à ce que j'étais à l'intérieur : j'étais quelqu'un qui ne demandait pas à attirer l'attention ; ce que j'aimais, c'était observer. J'aimais observer et protéger, tel un super héros qui ne se montre jamais qu'en costume. Oui c'était assez pathétique. Quand j'avais eu sept ans, j'avais pour obsession de sauver des vies. Cela pouvait paraître banal et illusoire mais quand on est enfant, on a tous les droits et avec un père absent et porté sur la boisson qui plus est. Mon rêve précisément, c'était être pompier. Mais une myopie était venue tout gâcher. Je ne pardonnais toujours pas mes yeux verts de m'avoir fait ce coup-là.

Cependant, il avait fallu se résigner et si j'avais commencé ce métier d'agent de sécurité un peu par dépit, j'avais fini par l'aimer. L'aimer sans doute trop. Mes précédentes compagnes m'avaient presque toutes quitté pour ces raisons. Presque évidemment : elles avaient sans doute aussi détesté ma susceptibilité et mon côté solitaire. Mon égoïsme précisément auraient-elles employé. Des horaires de nuit, des horaires décalés, des astreintes… et pas l'once d'une envie de changer d'emploi. Je m'étais accommodé au silence du poste de surveillance une fois le soleil couché, les ambiances festives du week-end quand les clients étaient excités et détendus, les habitués de la semaine, les journées à arpenter de long en large les allées commerçantes. Prévenir, surveiller, sensibiliser, contrôler, accompagner. Je m'étant tant investi que me l'on m'avait confié rapidement plus de responsabilités jusqu'à devenir chef. Aîné d'une famille nombreuse et assez pauvre, j'étais la fierté de ma mère qui nous avait élevée seule ou presque. À dix-huit ans, je voulais quitter cette vie et être indépendant. J'aimais mes frères et sœurs et j'aurais donné tout l'or du monde pour ma mère, mais avant tout j'aspirais à vivre pour moi. J'appris très tôt à me débrouiller en cumulant tous les petits emplois possibles et en fin gourmet que j'étais, je dus vite mettre la main à la pâte pour me faire à manger. C'est ainsi que je me découvris une véritable passion pour la cuisine. J'étais plutôt doué admettons-le ! On pouvait me reprocher beaucoup de choses mais certaines amoureuses regrettaient mes plats raffinés. J'excellais dans les plats complexes et épicés, nappés de sauce et d'arômes. Mais mon plat le plus réussi était sans aucun doute le couscous au poulet. Un régal pour les papilles. Mais revenons à nos moutons !

J'allais avoir 32 ans, nous étions la veille de mon anniversaire. Je me lamentais encore le matin de cet état pataud dans lequel je m'enfonçais. Depuis mon divorce avec une Américaine rencontrée lors d'un voyage, je donnais moins rapidement ma confiance aux femmes. Je n'en restais pas moins désireux de rencontrer ma moitié mais je m'étais peut-être effacé du monde des rencontres. Je n'étais pas assidu aux réseaux sociaux même si j'avais un profil, sans parler des sites de rencontres que j'avais tentés une fois et qui ne me reverraient pas de sitôt ! Oui j'étais toujours heureux mais il manquait évidemment une chose à ma vie : quelqu'un avec qui la partager. Des amis je n'en manquais pas, des passe-temps non plus mais le temps semblait long malgré tout. Je rêvais de choses simples, je rêvais de quotidien avec une femme... « sauter dans les flaques et la faire râler, bousiller nos godasses et se marrer » notamment ! j'en venais même à regretter les innombrables disputes avec Mary, mon ex-femme.

En France, elle s'était véritablement servie de moi pour trouver un travail et un cercle d'amis pour m'annoncer un an plus tard ne plus rien ressentir pour ma personne. Elle s'était révélée beaucoup plus superficielle que lors de notre rencontre. Elle passait désormais sa vie sur Instagram à montrer son corps sous toutes ses coutures. Nous n'avions plus rien en commun, et le divorce se fit dans le plus grand des calmes. J'avais maintenant uniquement de la tendresse à l'évocation de son prénom et dans des moments de solitude extrême, il m'arrivait, je dois l'admettre, de regretter l'euphorie de nos débuts. Ce n'était pas elle qui me manquait, mais bien ce petit quelque chose qui naît au fond des tripes et se termine par un baiser insolent.

La veille de mes 32 ans donc, j'étais dans un état passable. Je devais effectuer la tournée des boutiques afin de vérifier que les registres de sécurité soient correctement remplis. Et c'est elle, ce jour-là, qui me reçut. Belle comme tout, des cheveux bruns longs et épais lui tombaient sur ses épaules. Elle me faisait penser à Sophie Marceau à la fin des années 1980 : du tempérament mais aussi beaucoup de sensibilité. Elle portait une magnifique robe longue couleur corail qui seyait à la perfection ses formes généreuses et je dois dire que je ne pus m'empêcher de glisser un œil bienveillant dans ses courbes délicates. Elle sentait un mélange de tabac froid et de magnolia. Elle semblait déterminée dans sa façon de se mouvoir. Ses gestes étaient vifs et elle m'attrapa en un éclair le fameux registre.

— Je vois qu'il est très épais ! Vous gardez tout ! lui dis-je, moqueur.

— Oui ma responsable est très méticuleuse, elle conserve tout, dit-elle. Cet accent chantant dans le fond de sa voix m'envoûtait.

Soupir d'exaspération suivi d'un sourire :

— Je vous en supplie dites-moi que je DOIS le trier ! me pria-t-elle en riant, de ses rires francs et honnêtes que j'aimais tant chez les gens.

— À ce point ? Et bien si un ordre de ce type peut vous rendre heureuse alors je n'ai plus qu'un mot : rangez-moi ça tout de suite ! et je lui rendis son regard malicieux.

— Très bien ! Dès que vous me le rapportez, je m'en occupe ! conclut-elle.

Je ne sais pas ce qui me plaisait le plus chez elle : son enthousiasme, son sourire, sa fraîcheur ou le tout mais elle me conquit dès lors.

Comme j'étais dans la réserve du magasin, je me mis à regarder les photos accrochées au mur. Des photos de montagne principalement.

— Saint Lary, n'est-ce pas ? lui dis-je.

— Exactement ! Vous connaissez ?

— Oui j'y ai vais assez souvent, je suis très fan !

— Vous voyez la fontaine avec le sapin... je prends une photo chaque année devant ! me dit-elle.

— Oh oui je vois très bien ! Et les bains au Sensoria avec vue sur la montagne ?

— Oui c'est magnifique… j'aimerais qu'on m'accroche à un arbre là-bas pour y demeurer le restant de mes jours !

Nous étions toutes dents dehors en train de contempler les photos sans dire un mot quand un jeune homme entra pour venir la soustraire à notre entrevue.

— Désolé, tu peux venir s'il te plaît, j'ai un souci avec Mme Plot, tu la connais, elle demande encore un cadeau !

Et le jeune homme me toisa du regard de haut en bas.

— D'accord, j'arrive. Vous avez tout ce qu'il vous faut ? dit-elle avant de me congédier.

— Oui c'est parfait pour moi. Et je pris sous mon bras le dossier.

Elle ouvrit la porte, me salua rapidement et me laissa quelques instants avec ce jeune garçon.

— N'y pense même pas, elle est prise ! me dit aussitôt, avec un clin d'œil amusé, ce beau garçon à la peau mate et à la barbe bien coupée. Aussi musclé qu'un athlète de haut niveau mais pas très grand en taille, il en imposait par sa confiance affichée ; je lui répondis du tac au tac :

— Pourquoi ? elle vous intéresse ?

Mais en guise de réponse, je n'eus qu'un sourire gêné. Il n'osa pas en rajouter et retourna sur la surface de vente d'un pas pressé.

Depuis, presque un an s'était écoulé. J'avais dû m'absenter pour une autre galerie commerçante dont j'avais aussi la responsabilité. En sourdine, je songeais à elle mais je n'osais plus revenir. Convoiter la femme d'un autre très peu pour moi et non merci. J'avais bien des amourettes mais rien de passionnant.

C'est pourquoi lorsque ce matin-là de juillet, je reçus un appel de la boutique Prismaculture avec au bout du combiné un accent chantant, je ne pus me résigner à laisser cette voix dans l'embarras et la détresse. Après tout, j'étais le chef et je pouvais prendre la décision de ne pas informer la direction du centre.

Ce matin-là, je passais donc vers 12h30 afin de la couvrir jusqu'au bout. Je n'avais pas la certitude que ce soit elle au téléphone, mais une forte intuition.

— Bonjour. Votre collègue qui a ouvert ce matin est-elle là ?

— Britney ? Non elle en pause, pourquoi ?

— Rien de grave, rassurez-vous. Ce matin, il y a eu une panne d'électricité. Tout s'est rétabli un quart d'heure après mais le téléphone de votre boutique et internet ne fonctionnaient plus. Elle ne pouvait plus faire d'encaissements et elle était en panique. Elle m'a appelé et je suis venue voir. Heureusement que je suis grand, j'ai rebouté votre box. Attention cependant, une box placée à trois mètres de hauteur ce n'est pas commode et c'est surtout interdit.

— Oui bien sûr… bafouilla ce que je compris être la responsable du magasin. Nous avions autrefois un étage et personne n'a songé à la mettre ailleurs depuis les travaux.

— D'accord, tâcher d'en parler à votre entreprise rapidement. Je ne serai pas toujours disponible ! Je repasserai bientôt pour vérifier que vous avez réglé ce problème.

La dame acquiesça et se mit à pester entre ses dents : « c'est que notre siège ne nous aide pas beaucoup ! Ah il faut être rentable ça oui, mais quand il s'agit d'effectuer des travaux, il n'y a plus personne ! Je vais m'en occuper personnellement moi de cette box ! ».

Je saluai poliment et tournai les talons. Britney donc. Un prénom unique et particulier. Un prénom américain. Par son accent du Sud, je doutais que la nationalité le soit aussi. Britney, donc, ne devrait pas avoir de soucis pour ce retard…

Britney m'obnubilait. Je m'étais mis en tête de passer régulièrement jusqu'à la revoir. Je n'avais prévu aucun plan. Je n'avais pas la moindre idée de ce que j'allais lui dire. Pas la moindre idée de sa réaction. J'avançais dans la pénombre mais je sentais qu'il fallait aller au bout de la démarche.

Je passais deux jours plus tard, m'étant arrangé pour que ce soit moi, et moi seul qui fasse la vérification des issues de secours. Une formalité régulière dans mon métier. Et en passant, je tombai nez à nez sur une jeune fille brune à la moue boudeuse. Elle était seule et rapidement je ne vis pas Britney. J'étais déçu mais pas désappointé. Je sentis rapidement que je lui plaisais car elle me souriait et me regardait droit dans les yeux à chaque parole que je prononçais. Son attitude tournée vers moi trahissait ses attentions. Elle était aguicheuse mais je dois dire touchante d'une certaine manière comme si c'était une banalité pour elle de se mettre en avant comme on vendrait une marchandise. Nous avions échangé deux trois mots sur les voyages mais je n'osais pas lui demander quoi que ce soit sur sa responsable adjointe. Elle m'avait pourtant tendu une perche avec son histoire de grèves d'avions. J'aurais pu facilement en profiter pour dévier là-dessus mais j'avais envie d'être discret. Le soir, quelle ne fut pas ma surprise, elle m'avait contacté sur les réseaux sociaux, moi qui m'y rendais si peu, avec un simple paysage en guise de photo de profil et deux ou trois publications d'articles politiques relayés. Mais les notifications ne manquaient pas de me rappeler que j'avais un compte et de possibles demandes d'ajout. Je savais pertinemment ce que cette invitation virtuelle engendrait mais je voulais en savoir plus sur Britney. Il fallait que je profite de cette occasion sans offenser Reta. Elle démarra rapidement des échanges et des conversations avec moi. Elle me parlait de son compagnon Joël qui ne s'intéressait plus à elle et de surcroît qui ne la touchait presque plus. Je l'avais troublée. Elle voulait me voir en dehors de la galerie. Il avait fallu stopper net. C'est ainsi que je lui avais annoncé dans le plus grand des calmes que mon esprit était déjà occupé par une autre et qu'il était absolument inutile d'insister. Cela ne l'empêchait pas de m'écrire. Il m'arrivait de la faire parler de l'équipe mais rien qui me permettait d'en savoir plus sur Britney, elle ne l'appréciait pas et n'avait pas voulu s'épancher sur le sujet. En revanche, j'appris que Britney était très proche de Pauline, une de ses collègues. Et comme la vie était bien faite, ce fut Pauline qui m'accueillit pour le contrôle des issues de secours. Une jeune fille peu commode aux premiers abords et que je semblais véritablement agacer. Elle pensait peut-être que je cherchais à la courtiser ce qui était à l'opposé de mes intentions. Cependant, encore une fois, les mots ne vinrent pas ce jour-là et je ne sus comment lui parler de son amie. Pourtant confiant en temps normal, je perdais le contrôle de mes émotions concernant cette jeune fille dont j'avais désormais le nom et prénom grâce aux informations notées sur le registre de sécurité. Ces précieuses données ne me suffirent pourtant pas : mes recherches sur le net furent infructueuses. Elle n'avait absolument aucun compte ou alors un très bien caché : des Britney Fabre, il ne devait y en avoir pourtant qu'une !

Je passais régulièrement devant sa boutique : à mon grand désarroi, seule son absence brillait. Elle n'y était jamais. Je la supposais donc en voyage, peut-être riant aux bras d'un bel homme, parfois je m'inquiétais qu'elle puisse être souffrante ou pire encore qu'elle ne travaille plus ici. Il fallait que je revoie cette fameuse Pauline. J'étais donc passé un matin prétextant rencontrer sa responsable pour m'assurer que la box avait été mise au bon niveau. Ce fut une autre jeune femme que je rencontrais, en présence d'un garçon que j'avais lui déjà vu, très discret.

Cette jeune femme se nommait Lucie et je la trouvais extrêmement sympathique. Sa responsable était en réunion téléphonique et j'en profitai pour demander des conseils de livres pour les enfants d'un de mes amis. Ce qu'elle fit de façon très professionnelle : Britney avait une équipe visiblement charmante. À son image.

Ce fut un oiseau qui me permit de revoir Pauline mais aussi de faire la connaissance d'une dame plus âgée que les autres membres de l'équipe : Selma. Cette femme était guillerette, semblait pleine de cœur mais était aussi visiblement blessée par la vie :

ses yeux tombants et ses rides sur son visage étaient comme des marques de chagrins, comme un sac à dos trop lourd qu'on aurait porté trop longtemps sur ses épaules. Quand j'avais libéré le petit moineau, elle s'était presque émue aux larmes. Je l'avais sentie à fleur de peau. Tout comme Pauline.

Mais il me manquait toujours l'essentiel. Qui était Britney ? Son âge, sa vie ? Ce coup de foudre en valait-il la peine ? Était-elle éprise d'un autre ? Cette quête me portait chaque jour un peu plus.

C'est un soir où je passais, presque par hasard à la sortie du travail devant sa boutique, que j'appris la vérité. Pauline était seule et dès qu'elle me vit entrer et après m'avoir salué, elle me parla de Reta. Selon elle, Reta me côtoyait en dehors de la galerie, à ses yeux nous étions forcément proches. Elle s'était fait un monde et j'avais aussitôt pensé à une méprise. Il ne manquait plus que je me sois trompé et que Pauline soit la personne au téléphone. Je lui proposai d'aller boire un verre en tout bien tout honneur dès qu'elle aurait baissé le rideau.

L'endroit choisi par ses soins était un restaurant à l'autre bout de la galerie. Une pizzeria déjà bruyante à cette heure et comme nous mourrions de faim, nous mangeâmes finalement. Ma première question fut la suivante :

— Je vais vous surprendre mais avant toute chose, votre chat fait-il de l'asthme ?

Elle fut totalement interloquée et ses yeux s'écarquillèrent, yeux qu'elle avait bleus et translucides.

— Je vous demande pardon ?

— Oui je répète : votre chat fait-il de l'asthme ?

— Heu … non ! Pour la simple raison que je n'ai pas de chat !

— Mais vous m'aviez dit emmener votre chat chez le vétérinaire un soir, lui dis-je étonné.

— Vous avez bonne mémoire dis donc ! J'ai parlé d'un chat, et non du mien : NUANCE ! En l'occurrence je parlais de Magnificat, le chat de ma collègue dont j'ai la garde pendant ses vacances. Mais pourquoi la vie du chat de ma collègue vous intéresse-t-elle ?

— Vous connaissez Britney, n'est-ce pas ?

— Oui … il y a souci avec Magnificat ?

À sa mine déconfite, je l'imaginais en train de faire défiler dans sa tête les pires images de Magnificat en danger alors que j'allais lui confier tout autre chose : la situation avait le mérite d'être risible. Je me sentais, il faut l'avouer, un brin pathétique à dîner avec une quasi inconnue pour évoquer une autre presque étrangère mais je sentais que cela était nécessaire. J'étais porté par une sorte de frénésie comme si le bonheur était à portée de main. Et je dois dire que je n'avais pas l'habitude de courir après les femmes, mais c'était plus fort que moi.

— Il n'y a aucun souci avec Magnificat, rassurez-vous. Du moins, pas à ma connaissance car je n'ai pas encore eu l'occasion de rencontrer cette charmante boule de poil.

Elle s'esclaffa :

— Charmante c'est vite dit ! Elle peut être très agressive, elle est très possessive avec Britney ! Mais revenons à elle justement, vous la connaissez ?

— Non pas vraiment… mais vous visiblement oui, répondis-je, mal à l'aise.

J'avais repris une mine sérieuse et ne pouvant continuer à tourner autour du pot :

— Je vais être franc avec vous : votre amie, votre collègue, Britney donc … . J'hésitais puis j'ajoutais :

— Elle m'a plu. Voilà, c'est aussi bête que ça !

Elle me fixa droit dans les yeux, pantoise, inexpressive puis ouvrit enfin la bouche et d'un air presque écœuré me répondit :

— D'accord, tout simplement … ! Incontestablement : oui bien sûr !

Sa voix prenait de l'ampleur et elle continua plus fort :

— Pourquoi n'y ai-je pas pensé ? Elle vous plaît bien sûr, je comprends mieux cette discussion, cette approche !

Après avoir marqué un temps et regardé droit dans les yeux, elle se mit à rire de façon démentielle puis se reprit et plus tristement ou amèrement me dit :

— J'aurais dû le parier… Britney, y a-t-il un homme qui lui résiste ? Y a-t-il un homme à qui elle ne plaît pas ?

Je ne savais que dire et ce que cela voulait insinuer.

Je restais donc muet la fraction d'une seconde :

— Elle a quelqu'un dans sa vie ?

— Britney ? Non, pas le moindre… elle a son travail dans sa vie, son chat, sa famille… mais un homme ? Non ! Elle n'a pas envie de s'encombrer d'un macho assisté qui oubliera que les tâches ménagères se partagent et qu'elle n'est pas une secrétaire ! Et honnêtement, je la comprends !

— C'est comme ça que vous voyez les hommes ? lui dis-je circonspect.

— C'est la vision de Britney. Je la partage assez je dois dire. Ils ne sont pas tous ainsi, mon père par exemple c'est un modèle d'indépendance et d'autogestion mais beaucoup sont des égoïstes, des adultes bloqués à l'âge de l'adolescence, il faut tout leur dire, leur indiquer, les porter à bout de bras, bref !

— D'accord, d'accord. À chacun ses expériences.

— Oui et l'avantage quand on les multiplie c'est d'avoir suffisamment de preuves pour y croire !

Cette Pauline ne manquait pas de caractère sous ses airs apaisés.

Puis elle renchérit :

— De toute façon, vous avez déjà Reta qui vous fait les yeux doux, vous cherchez à conquérir toute l'équipe ?

— Alors concernant Reta, il y a méprise. Effectivement, je lui plais, c'est un fait, mais ce n'est pas réciproque et même si elle est adorable, je lui ai clairement dit que cela n'irait pas plus loin. Cela ne l'empêche pas par ailleurs de me dire bonjour...

Elle me coupa net.

— Elle est en couple et continue de vous aguicher, vous trouver ça « adorable » ? Vraiment ?

Je la sentais révoltée, bouillonnante d'amertume, si elle avait pu cracher sa colère dans l'assiette elle l'aurait fait.

— Je ne suis pas là pour juger, je lui ai dit ce que j'avais à lui dire.

Son visage s'apaisa et elle se retint de dire quelque chose.

— Et... Britney, comment s'est passé ce coup de foudre si je peux me permettre ?

— Et bien un jour je suis passé à la boutique il y a presque un an pour chercher un registre de sécurité et c'est elle qui m'a servi. Et je ne peux pas l'expliquer, mais elle m'a subjuguée.

Enfin si, je pouvais : je l'avais trouvé drôle, pétillante, solaire, affable, vivante mais je m'abstenais de m'étaler devant son amie visiblement jalouse.

Je repris de plus belle :

— Je l'ai trouvé étonnante, vraiment différente des autres, c'était sûrement le bon jour, le bon endroit, je ne sais pas !

Elle souriait et semblait refréner un rire.

— Vous semblez être un romantique, pas certaine que vous soyez son genre !

Devant mon visage soudain fermé, elle trouva bon de me rassurer :

— Je vous taquine ! Elle va vous adorer ! Vous aimez cuisiner ?

— J'aime ça en effet ! Pourquoi ?

Choquée, elle ouvrit de grands yeux :

— Vous plaisantez ? Vous allez complètement lui plaire, mon dieu, si elle savait ! Mais attendez, ça fait un an qu'elle vous plaît et c'est seulement maintenant que vous vous bougez les fesses ?

— Votre collègue m'a dit qu'elle était en couple à l'époque.

— Une collègue ?

— Non un homme.

— Un homme ?

— Un homme oui… il avait l'air de défendre sa place lui aussi…

— Ah bon ? Comment était-il physiquement ?

— Je dirai brun, peau mate…

— Édouard ? ? ça me semble étrange tout de même…

— Aucune importance. Vous savez quand elle revient ?

— Oui lundi justement !

— Parfait ! Je tâcherai de passer alors.

— Vous souhaitez que je lui parle de vous ?

— Non j'allais y venir, s'il vous plaît. Je sais que je vous ai déjà importuné avec mes questions mais maintenant c'est à moi de faire le reste.

— Aucun problème, je peux le comprendre.

Nous avions fini nos plats depuis dix minutes et je lui proposai un dessert qu'elle refusa. Entre chaque bouchée et quelques banalités sur son travail, je la voyais m'observer comme pour sonder la personne que j'étais.

Nous nous séparâmes sur le parking. Nous étions jeudi. Dans quelques jours, je reverrais Britney, enfin.

## PAULINE

Britney était une véritable chanceuse qui ne percevait pas sa chance. Elle faisait l'admiration des hommes sans trébucher, sa simple voix évoquait des baisers et j'étais jalouse à m'en damner. Nicolas m'aurait peut-être plu sans elle dans mon décor, sans elle dans mon cœur. Dès qu'il avait évoqué son prénom, je l'avais banni de ma liste des possibles potentiels élus de mon cœur. Contrairement à elle, je touchais vite les étoiles et je touchais encore plus vite le sol. Un regard, une étincelle et je me voyais presque la bague au doigt. Nicolas était fou d'elle, il en transpirait presque sans la connaître tout à fait. J'aurais aimé que Joël puisse ressentir la même chose pour moi. Je pensais à Reta... Reta qui séduisait d'autres cœurs. Joël qui ne se doutait de rien. À défaut d'être sa dulcinée, j'étais son amie, je me devais de lui dire qu'elle était malhonnête et qu'elle papillonnait. Je savais que Joël sous ses airs à ne pas s'engager attendait bien plus d'une relation. Je connaissais toute sa vie. Et sa vie le poussait toujours à chercher des femmes mais pas moi visiblement. Pauvre de moi qui m'amourachais toujours des mauvais numéros. Je gardais espoir qu'il finisse par ouvrir les yeux et qu'il s'aperçoive que nous étions faits pour partager bien plus que des bouts de papier griffonnés ou des cafés bus jusqu'à deux heures du matin.

Ce besoin incommensurable d'amour, j'avais beau cherché, je ne savais pas d'où il venait. Mes parents m'avaient choyée et me choyaient encore, bien que séparés et remariés. Mes deux sœurs étaient mes piliers. Des amis j'en avais une liste tout plein mon carnet. Seule dans mon lit le soir la solitude était immense. Ma vie était remplie par ma passion pour la poésie et l'écriture, les séances de cinéma autant de fois que possible et Britney et moi partagions l'amour des restaurants. Mon travail me comblait bien que certains clients me rendent folle de rage quand ils se comportaient de façon déplacée. La politesse ne devrait pas être une option. Je prenais sur moi 90% du temps mais quand on me titillait beaucoup trop, je pouvais vriller sans me reconnaître. La rage me faisait devenir incontrôlable. Dans ces cas-là, impossible de mâcher mes mots. Je me fondais dans le décor pour ne pas faire de vague mais gare à celui qui attisait le bouillon intérieur. Mon premier amour m'avait quittée pour une autre. J'avais toujours pensé que j'avais fauté, mal fait. Il m'avait dit que je n'étais pas aussi bien qu'il espérait. J'avais 19 ans il est vrai, mais cela m'avait marquée. Plus j'approchais de la trentaine, plus j'angoissais. Je voulais partager à tout prix et pour ça, j'enfilais le costume de l'autre, les chaussures de l'autre. Ce que l'autre affectionnait devenait à moi aussi ma passion. J'avais ainsi fait de la moto en montagne, m'étais faite tatouer un motif tribal dans le dos, avait bu de la tequila paf dix soirs de suite, et avait échappé de peu à un faux mariage à Las Vegas. À force de vouloir plaire à tous, je ne me plaisais plus à moi. Et cercle vicieux quand tu nous tiens, je ne plaisais plus à personne. Je devenais un simple passetemps. Je me brûlais les ailes mais je n'avais visiblement pas assez mal alors je continuais à me faire marcher sur les pieds. Je reconnaissais de ne pas avoir été très diplomate ce soir avec Nicolas et même un peu vulgaire. C'était sûrement ce verre de vin bu bien trop vite et à jeun qui ne m'avait absolument pas réussi. Quant à Édouard, je m'interrogeais. Pourquoi aurait-il menti à Nicolas ? Pourquoi lui aurait -il dit que Britney était en couple ? À ce moment-là, elle n'était déjà plus avec l'autre imbécile.

J'avais profondément envie de changer et j'avais envie de voir Joël ; les deux propos étaient antinomiques, je savais ; Quelques jours auparavant, lors d'une fermeture, je m'étais une fois de plus trop épanchée sur ma vie personnelle auprès de Lucie. J'avais tendance à me confier en permanence à toute l'équipe dès que j'étais en duo. Lucie, facile à amadouer et sans doute dans le but de me consoler également, m'avait confié combien Reta était proche de Mathias, comme pour me rassurer sur la légèreté de sa relation avec Joël. J'avais alors questionné, insisté. Elle avait fini par cracher le morceau et valider mes certitudes : Reta trompait Joël. Je devais donc lui ouvrir les yeux. Je ne pouvais le laisser dans le mensonge. Si je n'étais même que son amie, j'avais pour vocation de le protéger à défaut de pouvoir l'aimer ; j'appelai donc Joël. Et j'entendis un bonjour dur et lointain.

— Il faut que je te parle de Reta, lui dis- je.

— Ça tombe à pic, moi aussi, ça ne peut plus durer tout ça...

Je le sentais froid, distant, voire un peu en colère. Il avait dû découvrir.

— Alors tu es au courant ?

— Évidemment… ça fait maintenant deux mois et ça devient pesant pour tout le monde. Rendez-vous au Café des Anglais samedi soir à 21h si tu es disponible.

— Bien sûr que j'y serais.

— Je m'en doutais. Alors ce soir-là, comme d'habitude, le premier qui arrive commande pour l'autre. Un mojito framboise sans glaçons pour toi, un whisky St Georges pour moi.

J'avais ensuite appelé Britney pour lui dire qu'enfin Joël allait ouvrir les yeux et enfin me revenir libre, et puis lui dire également qu'un bel homme était à sa recherche mais une fois de plus ce fut le répondeur qui décrocha. Elle devait mal capter dans sa campagne profonde. Alors comme je détestais les monologues, je fis simple sans donner de détails.

# NICOLAS

Vendredi après-midi, je vis Pauline courir vers moi au milieu de la galerie.

— Nicolas, bonjour ! haleta-t-elle, visiblement impatiente de me souffler quelque chose.

— Britney sera là plus tôt que prévu. Elle sera à la boutique samedi à 18h. Je vous laisse trouver une bonne excuse pour être sur place. Ma responsable débauche précisément à ce moment-là mais sera sans doute bien occupée.

Je me mis à sourire bêtement sans discontinuer.

— Vous serez là également ?

— Oui je finis à 19h30. Je serai la bonne excuse ? me susurra-t-elle avec un clin d'œil. Devant mon regard ennuyé, elle rebondit :

— Rassurez-vous, j'ai l'habitude !

Et sans que j'aie le temps de répondre, elle continua son monologue :

— J'ai pensé à tout donc je vous ai apporté un document sur le contrôle des extincteurs. Vous n'aurez qu'à me le rapporter.

Elle était d'excellente humeur, comme marchant sur des nuages.

— Je suis dans d'excellentes dispositions, profitez-en et surtout ne me remerciez pas, je sais, je suis parfaite !

Elle riait de bon cœur.

Elle tourna les talons et fit légèrement onduler sa robe rose qu'elle avait courte.

— À bientôt Nicolas !

Samedi. Ce samedi que j'avais échangé à contre cœur pour donner la possibilité à un collaborateur d'assister à un mariage. Je devais finalement une fière chandelle au hasard. Ou pas.

Dans quelle histoire allais-je m'engouffrer tête la première ? Mais l'affaire avait assez duré. Je voulais la regarder, capter ses yeux, ses expressions ; déceler une quelconque réponse.

J'avais regardé ma montre trois cent fois, fait les cent pas dans la galerie, balbutié des réponses rapides à mes employés et eu les pensées bien ailleurs.

À 17h45, j'étais là. Pauline vint aussitôt me saluer. Reta était occupée avec un client mais me fit un timide signe de la main.

— Vous nous rapportez le rapport sur les extincteurs c'est ça ? Ne bougez pas, j'appelle ma chef.

Elle hurla le prénom Laurène à travers la boutique qui sortit en trombe de son bureau.

— Encore vous ? Que puis-je faire pour vous ? Je suis attendue et je débauche dans dix minutes.

— Tenez je vous rends le rapport sur les extincteurs, tout va bien.

Je me dirigeai ensuite de nouveau vers Pauline qui voulait me montrer son dernier coup de cœur. Elle cherchait à gagner du temps, et pour revoir Britney j'aurais donné tout le mien.

C'est là qu'enfin, elle franchit le seuil tenant en laisse une petite créature absolument adorable. Mais Britney prenait le pas sur tout.

Son allure dans son pantalon fluide et son top moulant, sa démarche énergique et ce sourire à ravager les ténèbres… qu'elle était belle, comme dans mes souvenirs, comme dans mes envies, comme dans mes désirs. J'aurais tout donner pour qu'elle soit déjà à moi. Le moindre bout de sa peau mise à ma vue m'électrisait.

Sa responsable sortit du bureau, s'exclama à la vue du chien et se confondit en embrassades en tout genre. Selma ne put s'empêcher de s'approcher et de caresser l'animal, Reta observait la scène de loin, amusée et Pauline attendait que son amie soit disponible car toutes l'entouraient, elle et le chiot.

Délivrée de l'étreinte, elle se tourna vers son amie qui lui fit une longue accolade.

— Waouh tu es superbe, bronzée… rayonnante !

Elle se décala enfin et s'approcha du chien pour faire diversion et nous laisser seuls au monde.

Britney me vit enfin et je plantai alors mes yeux dans les siens. Il était temps qu'elle comprenne et advienne que pourra !

Je lui fis une remarque sur le Lexomil qui serait visiblement inutile à ce chien inoffensif.

Elle s'arrêta net et me regarda avec plus d'attention, sembla perdre pied, rosit légèrement, remit ses longs cheveux derrière ses oreilles et sourit en baissant les yeux.

— Bonjour, me souffla-t-elle.

— Enchanté ! Nicolas ! Nicolas Javelot... comme le sport ! Sans me départir de ma joie.

— Vous avez l'intention que je vous crée une fiche client ? plaisanta-t-elle en usant d'un rire cristallin et enfantin comme pour se détendre, tout en regardant au sol, un léger pas en arrière. Comme je souriais toujours en la dévisageant, elle releva son visage vers moi sans perdre de son éclat :

— Enchantée également… Moi c'est Britney. Britney Fabre, comme ça se prononce !

Elle semblait excitée mais aussi nerveuse et perdue. Il était possible que je lui déplaise. Certes, je n'avais pas de difficulté à plaire de façon générale, rien ne supposait qu'il en soit de même avec elle.

— Les vacances ont été bonnes ? lui dis-je.

— Oui merci…

Je la sentais paniquée intérieurement.

— Après votre appel, j'ai tenté de vous revoir pour vous dire que l'opération « réveil tard » avait fonctionné mais vous étiez aux abonnés absents.

Et elle sourit soudain avec plus de sérénité.

— Est ce que je peux me permettre de prendre votre numéro de téléphone ? Si la grille est fermée à 9h30, je pourrais vous joindre… . Qu'est-ce que vous en pensez ?

Elle regarda rapidement autour d'elle et se mit à rire. D'un rire nerveux puis d'un rire sincère ; je percevais un semblant de désir retenu.

— J'en pense que c'est une excellente idée ! se réjouit-elle.

— Dites-le moi à voix haute, j'ai une excellente mémoire, lui proposais-je en me penchant vers elle.

Après m'avoir dicté les chiffres trois fois et distinctement, la pression redescendit un peu plus. Elle semblait être sur la même longueur d'ondes.

— Je vous laisse chère Britney Fabre. Très heureux de vous avoir revu.

Elle ne répondit rien, me sourit et ne put s'empêcher de tirer sur son petit haut léopard pour l'ajuster sur sa poitrine.

Rapidement, je la saluai ainsi que le reste de l'équipe pour ne pas éveiller les ragots. Reta ne nous avait pas lâchés des yeux. Je me doutais que de l'extérieur, je devais passer pour le plus grand des jolis cœurs auprès de Prismaculture. Tant pis. Le jeu en valait la chandelle.

## BRITNEY

Le moins que l'on puisse dire c'est que tout cela avait été hors de mon contrôle.

Je ne m'étais pas préparée et je n'étais pas prête. Et c'est sans doute cela qui avait apporté tant de charme à la scène. Je l'avais tant de fois imaginé, fantasmé, rêvé, tentant de coller des visages sur le timbre de sa voix. J'étais loin de savoir que je l'avais en réalité déjà croisé. C'était il y a environ un an, et pour cause, si mon corps était là, ma tête était ailleurs, souffrant à n'en plus finir de m'être fait piétiner le cœur. Je ne me serais sans doute jamais souvenue de lui s'il ne s'était pas rappelé à moi. Il y avait des moments pour se trouver et il y avait des moments pour vaquer dans une direction opposée, il fallait faire confiance au destin. Cette première rencontre, je m'en souvenais par bribes ; nous avions échangé sur les paysages de la montagne. Il m'avait fait bonne impression mais rien de plus. Aujourd'hui prenait tout son sens. Il me cherchait peut-être déjà quand je courais encore après des chimères. La voix que j'avais entendue lors de mon retard au magasin ne correspondait peut-être pas tout à fait à l'homme que j'avais envisagé. Je l'avais supposé à tort être un séducteur habitué à la conquête et en réalité il reflétait bien plus de simplicité et d'authenticité. Ses cheveux étaient coupés court. Son visage assez anguleux me donnait l'impression qu'il était plus âgé que moi. Il y avait en lui une confiance apparente mais surtout beaucoup de bienveillance et de sensualité. Le rencontrer me fit immédiatement du bien. Comme une bouillotte qu'on met sur soi les soirs d'hiver et dont la sensation vous apaise. Ses yeux pétillants me parlaient sans rien dire et son sourire immense aussi grand que sa taille me séduit aussitôt. Quand il avait parlé du Lexomil, le lien avait été immédiat comme si au fond je n'attendais que ça. Je le trouvais vraiment séduisant, charmant, j'en perdais totalement mes moyens. Je n'arrivais plus à prononcer un seul mot valable et je dus m'y reprendre à trois fois quand il me demanda mon numéro de téléphone tant je butais sur chaque chiffre. Mon cœur battait la chamade et je crois que malgré le coup de pouce du soleil, j'étais rouge comme une écrevisse. Je me sentais gênée, toute petite devant son assurance. Le monde s'était figé et j'étais incapable de dire ce qu'il s'était passé dans la boutique pendant les deux minutes qu'avait duré cet échange. Alors voilà, c'était si simple ?

Vous discutiez avec un homme, vous vous plaisiez mutuellement sans vous voir, vous vous retrouviez et puis cui-cui les petits oiseaux ?

— Attention Britney ! résonnait ma petite voix interne, reste calme, respire !

Pauline brisa cette bulle de pensée en courant presque vers moi.

— Alors, alors, il te plaît ?

— Ah parce que tu es au courant ?

— Bien sûr… et ce soir je vois Joël à la débauche, il faut AB-SO-LU-MENT que je te rac…

Elle n'eut pas le temps de finir sa phrase car Laurène lui demanda de venir expressément s'occuper d'une cliente qui attendait en caisse, Reta et Selma étant occupées avec d'autres clients.

— Zut, la chef m'appelle !

Elle fredonna la musique du film « Les dents de la mer », ce qui me fit mourir de rire puis elle s'empressa d'ajouter : « Je te tel dès que je peux, juste après mon rendez-vous si possible ! »

C'est ainsi que je restai sur ma faim. Pauline savait donc quelque chose, la cachottière. Bien évidemment, Selma et Laurène jouèrent ensuite les commères et j'eus droit à toute une série de questions et de commentaires : « Qui sait ce sera peut-être lui le bon. Ah ! Notre Britney qui est toute gênée. N'oublie pas, fais-le mariner ! Je suis ravie pour toi ! Il a de très beaux yeux. »

J'avais donné Marcel Crapouille à Laurène, salué et pris congé de mes collègues.

Au fond, personne ne connaissait notre « secret » pour mon retard. Hormis Édouard.

Le soir vers 20h, j'eus le premier tintement caractéristique du message sur mon téléphone.

« Bonsoir Britney, ravie d'avoir pu vous reparler enfin. Nous nous étions déjà vus il y a un moment, m'avez-vous reconnu ? »

« Déjà, je vous propose qu'on se tutoie. Oui je t'ai reconnu. Nous avions parlé de Saint Lary. Maintenant que l'occasion m'en est donnée, je tiens vraiment à te dire merci pour m'avoir évité une belle amende. Mes finances t'en sont très reconnaissantes ! ». Ce fut mon premier message.

« C'est un honneur ! Pour le « tu » et pour « les finances » :o) », me répondit-il alors.

Il avait placé un smiley après son message. Je n'aimais pas les smileys mais je n'aimais pas les textos de toute façon, rien ne valait une belle expression de visage, une odeur, un ressenti, une intonation réelle.

« J'allais oublier l'essentiel : plaisir partagé de se revoir ! » renvoyai-je à mon tour.

« Je ne suis pas très doué pour les longs messages mais je suis très bavard alors je te propose que l'on continue la discussion autour d'un verre. Mardi soir cela t'irait ? Ton heure sera la mienne. » disait son texto.

Je finissais par chance à 19h30 ce jour-là, ni trop tôt, ni trop tard, je confirmai donc avec joie sa proposition.

« Je passerai te chercher directement au magasin, en civil cette fois, je suis de repos ce jour-là. ». Ce message fit battre mon cœur à tout rompre.

Je n'avais jamais pensé à ça : quel type d'homme pouvait être un agent sécurité-incendie en dehors de la galerie ? Ils étaient toujours chaussés de rangers, d'un pantalon noir et d'un tee-shirt rouge. Le mystère serait entier et cela ajoutait du piment au reste. J'imaginais maintenant des scènes entières avec un homme sur lequel j'avais enfin un visage. Je concevais des décors dans ma tête, je me voyais assise à ses côtés, frôlant sa peau et à chaque fois, la température montait intérieurement ! La réalité serait-elle si belle ? Allais-je être si pleine de désir en le revoyant ? Envie de partager mes interrogations avec une seule personne : Pauline. Il était 22h et pas encore de nouvelles d'elle.

## PAULINE

Mon rendez-vous avec Joël avait à peine duré une heure. Une heure suffisante pour sombrer et me perdre un peu plus. Son regard glacial dès mon arrivée, j'allais m'en souvenir. Ce regard noir annonciateur de mauvaises nouvelles. Il tenait à mettre les choses au point, je n'avais pas eu le temps de parler.

Il avait déballé son sac comme on vide une valise pour se sentir léger tout en oubliant qu'il y a les armoires à remplir. Il aimait Reta. Pire il l'admirait. Il savait pour ses écarts, il voulait faire l'impasse sur ses déboires. Je lui avais dit pour sa relation avec Mathias et sa drague ouverte auprès des hommes à la boutique. Il ne m'avait pas crue ; Il s'était mis en colère. J'insinuais des choses mensongères pour qu'il soit écœuré. Je n'étais que vicieuse et perfide. Il était dégoûté par ma jalousie, mon attitude envers elle. Laquelle ? Je ne lui adressais quasiment jamais la parole. C'était bien cela le fond du problème à ses yeux. Mon ingratitude. Les larmes avaient commencé à pointer dans le fond de ma gorge. Puis il s'était mis à parler de mes sentiments. Il n'était pas dupe, j'attendais plus que ce que peut offrir l'amitié homme-femme. J'étais trop gourmande et puisque notre relation m'était insuffisante, il fallait ne plus se revoir, s'éloigner. Je reniflais sans bruit et mon cœur accélérait. Il se leva et me laissa seule. Avant de m'abandonner à mon triste sort, il avait eu la délicatesse de régler l'addition comme un dernier joli geste avant le couteau final. Il était parti et en sortant du bar, à mon tour, quelques dizaines de minutes plus tard, je m'étais effondrée dans le recoin d'une rue, seule, idiote et désemparée. J'avais couru jusqu'à ma voiture, ne percevant plus qu'à travers mes larmes un paysage flou. À l'intérieur de l'habitacle, je m'en étais donné à cœur joie. J'avais pleuré comme un bébé, sans filtres, sans arrière-pensée, presque comme un appel au secours. Après m'être calmée en employant la méthode inspirer/expirer, j'avais songé au dernier acte. Joindre Édouard. Il avait rapidement répondu à mon message et confirmé mes craintes. Le jeune homme qui avait mis en garde Nicolas un an plus tôt au sujet de Britney n'était autre que Joël. « Un brun, peau mate » ... j'avais aussitôt pensé à Edouard bêtement lors de la description de Nicolas alors que Joël et Edouard avaient en commun cette peau caramel à souhait et les cheveux foncés. Quelle idiote ! C'était donc ça que je n'avais pas vu. Joël qui louchait sur Britney, évidemment. C'était donc cela que Britney n'avait pu ignorer. Elle s'était sans doute tue pour m'épargner mais à quoi bon ? À vingt-deux heures quand elle tenta de me joindre, je ne pus répondre. De peur de la froisser, de peur d'être mauvaise. Le message vocal m'annonçait son rendez-vous avec

Nicolas, elle était impatiente de m'entendre pour savoir ce que je savais de lui. Elle n'en saurait rien. J'étais une loque au cœur brisé. J'étais incapable de donner, encore moins d'écouter.

# RETA

Ce soir-là, quand je vis Joël dans son appartement il était déjà tard, presque 23h. La nuit tombait depuis un moment et son visage était aussi sombre que le ciel. Je le sentais très tendu.

La veille nous avions eu une longue discussion, il me voyait au plus mal chaque jour passant. Je lui avais expliqué combien Pauline se montrait désagréable au travail au quotidien. Edouard tel un sage tentait souvent de m'apaiser car elle prenait un malin plaisir à me rabaisser devant les clients. Les autres membres de l'équipe ne se doutaient de rien parce qu'elle s'arrangeait pour m'humilier discrètement, toujours en leur absence. Je voyais bien qu'elle me jalousait, me haïssait et j'avais fini par craquer : je voulais quitter cet emploi au plus vite. Croiser le regard de Pauline, son regard perçant de loup de meute me donnait des ulcères. C'est ainsi que j'avouais à Joël me sentir désespérément seule : son absence me pesait, ses oublis me dénigraient et j'avais beau être éprise de lui, je n'arrivais plus à combler le manque.

C'est alors qu'il m'avait fixée droit dans les yeux :

— Je sais pour Mathias, je sais pour Nicolas et peut-être même qu'il y en eu d'autres ?

Mon silence et mes yeux baissés vers le sol lui donnaient sa réponse. Je n'avais pas nié. Il avait alors hurlé, me suppliant de me dire que c'était faux. Il avait tourné en rond. Il était comme un taureau qui va entrer dans l'arène pour la mort qui l'attend. Je ne pouvais plus émettre de sons. Il m'avait alors secouée par les épaules. Il avait espéré. Il avait attendu. J'étais restée muette. Alors résigné, après de longues minutes à m'observer, il s'était assis la tête entre ses mains, un moment, tandis que je contemplais, hagarde, la couleur de mes lacets. Il avait fini par me prendre dans ses bras. Il m'avait demandé pardon. Pardon pour son comportement. Pardon pour toutes les femmes qu'il avait humilié de la sorte m'avait-il expliqué doucement. Il avait trouvé plus fort que lui pensait-il. Il me faisait comprendre de toute évidence qu'il m'avait peut-être trompé lui aussi. Je n'avais jamais pensé à cela parce que je n'en étais pas à de tels degrés d'implication avec lui. Je pouvais tout accepter avec des œillères. J'aurais crevé de connaître des vérités blessantes. J'aimais vivre dans le déni. La vie comme elle se présentait m'allait, même menteuse ; je connaissais ses palmarès et ses conquêtes mêlées les unes aux autres, il m'avait toujours narré ses histoires passées invoquant sa liberté chérie.

C'est pourquoi il avait ensuite fait s'abattre sur moi un torrent de larmes démentielles. Joël avait dit m'aimer. Et moi ? J'étais bien avec lui, certes. Aimer, au fond qu'est-ce que cela signifiait ?

— Toi je t'aime, toi tu es comme moi ; au fond, c'est sûrement ça qui m'a plu ; je retrouve un peu de moi en toi. On se comprend. On se complète, on est des paumés. Mais on a droit à autre chose tu sais, puisque l'on s'est découverts. Alors je ne vais pas te lâcher. Et toi non plus, tu es d'accord là-dessus ? me demanda-t-il implorant.

Il me tenait le menton avec fermeté en me disant ces mots. J'avais juste enfoui ma tête dans son cou en guise de réponse. J'avais frotté mon nez contre son épaule.

Joël voulait toujours de moi. Mais moi ? Voulais-je de lui ? Il était triste et déçu mais il disait que c'était un retour normal des choses. Il avait l'impression de grandir en me regardant faire parce que cela lui montrait ses propres failles et que de toute façon personne n'était parfait.

Quand il m'avait susurré l'idée de partir au bout du monde à deux, je n'avais pas hésité. Cela me semblait l'évidence. Il reporterait son CAPES à l'année suivante, il était épuisé. Fuir. Fuir sans rien attendre loin du chaos. Est-ce que Joël me plaisait ? Est-ce que je l'aimais de la même façon que lui ? Je n'en savais rien. J'avais juste besoin d'être prise par la main. J'avais juste besoin d'être aimée, chouchoutée, caressée, bordée.

## NICOLAS

C'est avec une joie immense que je m'avançai vers sa boutique ce mardi. La journée m'avait paru longue, j'avais tourné en rond. L'attente était une petite mort, au lieu de vivre l'instant présent, j'avais végété. Mes pensées revenaient toujours à elle et je n'avais l'attention pour rien d'autre. Je m'imaginais lui parlant, l'approchant, la découvrant. Je bouillonnais d'impatience. Pour notre premier rendez-vous, j'avais opté pour un polo vert tendre et un jean. Je voulais me montrer tel que j'étais : simple. Je ne portais aucun bijou, hormis une montre offerte par ma mère à laquelle je tenais absolument. Ce fut Selma qui m'accueillit et à sa mine renfrognée, je vis aussitôt qu'elle était contrariée. Un client tentait de lui expliquer quelque chose et le ton commençait à monter. Pas de Britney à l'horizon, il était pourtant 19h30 pétantes.

— Tout va bien Selma ?
— Oui bonjour Nicolas. Ça va aller oui …
Le client me toisa du regard et soupira.
Dès qu'il fut parti, je me permis de lui demander :
— Peux-tu prévenir Britney que je suis là ?
— Britney n'est pas là.
— Elle n'est pas là ? Je ne comprends pas…
— Elle est rentrée chez elle oui.

— Nous avions rendez-vous, je suis surpris.

— Je ne sais pas, je suis navrée.

— D'accord je vais tenter de l'appeler alors.

— D'accord, me répondit-elle, lasse.

Un client s'avança vers elle et je dus m'éclipser.

Après m'être isolé du bruit, je tentai de l'appeler presque une dizaine de fois sans réponse aucune. Son répondeur s'activait dès le départ. J'avouais être contrarié. Je m'étais fait tout un monde de ce moment et ce n'était visiblement pas réciproque. J'avais attendu dix minutes en espérant son retour comme par enchantement avec une bonne excuse que j'aurais acceptée. Désormais, je voyais les choses en négatif. Je regrettais son manque de sincérité. Elle aurait dû me prévenir qu'elle s'était trompée et ne souhaitait plus me revoir. J'opérai donc un demi-tour et rentrai chez moi.

Je lui envoyais un texto, le dernier :

« Bonsoir Britney, j'aurais aimé que tu aies eu la franchise de refuser ce rendez-vous si c'était pour le manquer. Dommage… je te souhaite le meilleur ».

J'étais écœuré et en colère. Déçu et malheureux. Comme une âme en peine.

# EDOUARD

*Playlist 9 - Je me voyais déjà - Aznavour –
Album Charles Aznavour - 1961*

Si je savais si bien voir ce qu'il y avait au fond des gens, c'est que j'étais moi-même les gens. Ma manière d'être en toile de fond n'était qu'un apparat. Ma vie c'était la scène. Petit, j'étais obèse. À l'école, je fus la cible continue des moqueries et des surnoms en tout genre. Mon quotidien fut un enfer, mes parents savaient mais ignoraient comment agir. Ma soupape ce fut ce professeur de français qui dans mes proses vit plus que des ecchymoses et décida de me sortir de ma chrysalide. Il me proposa de m'inscrire à ses cours de théâtre deux midis par semaine. Au début, j'étais timide mais faire rire ensuite le public, pour des paroles qui n'étaient pas miennes mais empruntées aux meilleurs, fit de moi un véritable acteur. J'étais toujours réservé en classe mais sur scène j'explosais. J'étais sûr d'avoir trouvé ma place. Je devais convaincre mes parents qui venaient d'un milieu rural de m'inscrire dans une école d'art ou dans des lycées renommés mais il fallait passer le bac d'abord. Mention bien en poche, je m'inscrivis en fac de philo, à défaut de mieux, pour développer mon goût pour l'autre, ses travers et ses facettes, habiter au mieux le personnage en attendant le Conservatoire ou le Cours Mathieu. Seulement, là aussi, mes parents freinèrent des quatre pieds. Paris ? La capitale ? Ils avaient peur mais surtout ils n'avaient pas l'argent. Me restait donc à en trouver par des petits boulots triés sur le volet. J'avais mes exigences. Pas de fast food. Pas de métiers agricoles. En revanche, je ne rechignai pas quand on me proposa un poste d'agent d'entretien. Astiquer, ranger, nettoyer, éponger, lessiver, je connaissais désormais mieux que quiconque les rouages du métier du ménage. Britney ne pouvait même pas me concurrencer sur ce terrain même si elle vouait un culte au dieu du balai et du chiffon. Après le ménage, j'avais eu envie d'autre chose. Le destin avait entendu mon souhait. Lætitia, ma collègue au sein de l'entreprise de nettoyage *Dunet* me parla de sa compagne. Son amie Laurène cherchait un CDI à temps partiel dans sa librairie, exactement ce qu'il me fallait pour continuer à assurer les répétitions au sein de ma troupe de théâtre. Britney et toute l'équipe faisaient désormais partie de mon décor. Cela faisait maintenant deux années que j'étais chez Prismaculture et je m'y plaisais énormément. Chaque année j'envoyais ma candidature pour entrer enfin au sein d'une école de théâtre à Paris ou mieux encore pour intégrer le Conservatoire, mon ambition ultime. Cette fois serait la bonne, j'étais prêt à la fois pour loger sur place et à la fois dans ma tête. Ella, ma douce rêveuse, avait enfin décrocher un emploi sur place, dans une pharmacie familiale. Elle m'attendait. Parfois nous discutions de l'avenir.

— Et si je devenais célèbre, je veux dire vraiment, avec mon nom en haut de l'affiche, continuerais-tu à m'aimer, à me suivre sur les routes, au gré des tournages ou des spectacles ?

— J'en profiterais pour ouvrir ma pharmacie itinérante dans les villages où règne le désert médical ! Et le reste du temps, je serais costumière dans tes pièces ou dans tes films ! me répondait-elle alors, fière.

Elle ne manquait pas de suite dans les idées. Elle n'avait peur de rien. Paris c'était notre rêve depuis longtemps. Son métier lui permettait de vivre convenablement et de profiter de toutes les joies de la capitale sans s'inquiéter de quoi serait fait demain. Elle voulait s'amuser, se délecter, se promener, découvrir, papillonner après toutes ces années d'études.

Le jour où je partirais, je le savais, l'équipe me manquerait mais il était plus que probable que je leur donne rarement de mes nouvelles. J'étais de ces hommes qui avancent droit devant sans se retourner sur le passé. Je prenais ce que la vie m'offrait, je me nourrissais des échanges mais avant tout je me voyais comme un passeur, un transmetteur et souvent, une oreille attentive. Au sein de Prismaculture, j'étais la colle entre chaque morceau de puzzle. Le déversoir des déboires, le bureau des larmes. Et j'aimais endosser le costume de ces vies. Je savais qu'un jour tout ceci nourrirait mes personnages et leur donnerait de l'authenticité. Un échange de bons procédés. Ainsi Britney m'avait tout dit pour Nicolas et ce, dès le premier jour. Il ne m'était jamais nécessaire d'insister. Quelques mots et les paroles étaient délivrées. Ce jour-là, Britney ne tournoyait pas comme une libellule partout dans la boutique. Elle était à la fois calme et gênée. Quelques questions bien senties et elle avait avoué le retard et la rencontre au téléphone. Je l'avais apaisée : si l'osmose était réciproque, il passerait au magasin, il agirait pour savoir, aucun doute là-dessus. Quant au retard, je lui avais dit de ne pas se formaliser, Laurène n'était pas aussi dure qu'elle semblait l'être. Laurène, en parlant d'elle, me devait l'adoption de son chien. Un soir où nous fermions ensemble, elle m'avait parlé de son couple sans que je ne demande rien. J'étais certain qu'elle ne confiait strictement rien de sa vie intime aux autres. Mais elle me savait de passage et elle avait très vite cerné qui j'étais : un modèle de discrétion. Elle était ennuyée, sa compagne souhaitait un enfant, pas elle. Je lui avais simplement posé la question : « Fait-on un enfant pour soi ou pour l'enfant ? ».

Elle avait songé, n'avait su répondre. Elle avait balbutié :

— J'ai juste envie de la rendre heureuse, je sais combien je la frustre de cette façon, je ne le supporte plus, les disputes se répètent et je ne sais plus quoi faire. Il était question d'une vie, d'un être qui vivrait avec elle, pas loin d'elle et un jour sans elle. Était-elle prête à lui offrir cet enfant comme on offre un cadeau qu'on ne s'offrirait même pas à soi-même ? Un enfant se faisait à deux. C'était du moins mon avis. Et si pour Lætitia, se passer de ce fruit était impensable alors il fallait mieux la laisser partir pour lui laisser la chance de trouver son bonheur ailleurs.

— J'aime Lætitia, je n'ai absolument pas l'intention de la quitter.

— Dans ce cas, offre-lui un chien. Un chien n'a besoin de s'identifier à aucun être humain, tu pourras être égoïste avec un chien !

Je plaisantais évidemment mais une idée avait germé dans sa tête.

Cette option avait par je ne sais quel miracle convenu aux deux et je trouvais cela très étrange. Lætitia devait toujours espérer, aucun doute là-dessus. Laurène tentait simplement de gagner du temps. Et puis, quand d'autres attendaient un enfant comme on attend la pluie dans le désert, d'autres avaient des enfants comme on sème des cailloux. Et là aussi j'avais eu ma carte à jouer. Mon battement d'aile du papillon.

# LUCIE

J'avais sept ans et ce souvenir m'était toujours précieux. Le jour où j'avais espéré plus fort que tout trouver un jour quelqu'un à qui le dire sans avoir peur de tout perdre. Mon mari, lui, avait exaucé mon vœu.

Mes parents, des gens qui avaient tout bâti de leurs mains avaient aussi tout perdu le jour où les huissiers étaient venus tout réclamer. Une entreprise construite comme un empire puis détruite comme un château de cartes en un claquement de doigt. S'en était suivi le néant, puis des heures difficiles et puis un jour, la remise à l'eau du bateau. Mes parents avaient accepté tous les petits emplois et avaient dû s'absenter régulièrement et surtout avaient dû rentrer tard le soir. Aucune famille sur place : il avait fallu demander à leurs amis ici et là de venir nous chercher à l'école ou nous garder pour quelques heures. C'est là que cet homme, leur voisin du rez-de-chaussée fit de moi sa poupée. Mes parents l'appréciaient, le trouvaient drôle et ouvert d'esprit. Il arrivait qu'il prenne des repas chez nous ou que mes parents le dépannent pour des travaux à son domicile. Cet homme avait un scénario huilé : lorsqu'ils nous gardaient, il posait mes petits frères devant la télé et il me proposait de monter à l'étage faire mes devoirs. Nous ne faisions jamais mes devoirs. Ou bien si, je faisais « mon devoir » comme il disait, celui que font toutes les petites filles. Il disait que c'était notre secret. Il disait que si j'en parlais, on m'abandonnerait. Cela ne dura pas très longtemps, à peine trois mois parce qu'après il déménagea rapidement dans une autre ville pour un poste de cadre mieux payé : une promotion. Ces trois mois furent en réalité les plus longs de ma vie. Mes parents étaient de grands enfants, ils m'avaient eue jeunes, m'auraient-ils crue ? J'avais peur de les blesser davantage tant ils étaient déjà si concentrés à hisser notre foyer hors de l'eau. J'avais craint d'être jugée, peur d'être rejetée, et j'avais honte. Parfois je me répétais que ce que j'avais vécu n'avait pas eu lieu, parfois je me disais que c'était vrai mais que cela devait être normal, parfois aussi je me disais que j'avais dû le mériter parce que j'avais fait des bêtises, des bêtises d'enfant. J'avais des tas et des tas de stratagèmes pour survivre. En vérité, je souffrais atrocement, ce n'étaient pas que des caresses déplacées, des mains appuyées, c'était l'horreur du monde, l'indicible et le tragique. Il n'avait heureusement rien fait à mes deux frères. J'étais la seule à avoir honte, à pleurer tard la nuit dans mon lit, à me sentir sale. Dès lors, j'avais fait le vœu de quitter vite cette vie et ces paysages maudits. Blessée, j'avais tout fait pour faire de brillantes études. Adolescente, les garçons me regardaient et cela me plaisait. J'envisageais la sexualité comme une banalité, de façon atypique comme disent les psychologues pour des gens comme moi. J'avais donc eu vite beaucoup de petits amis. Avec eux, j'étais à la fois vulnérable et débridée. Je me souvenais de ce que le voisin aimait me répéter : « Tu es née pour faire plaisir aux hommes, tu me fais du bien, on ne me fait rien de mal, on s'amuse c'est tout ». J'employais le déni pour ne pas sombrer dans la douleur. Je n'étais pas honnête avec mes émotions. À 20 ans, j'étais enfin dans une autre ville avec un emploi dans un restaurant pour payer mon loyer, assumer ma vie. Mes parents se réjouissaient de voir leur fille indépendante et forte. Ils pensaient sincèrement que j'allais bien. Je le croyais aussi. J'avais toujours tout enfoui. Les livres me permettaient de créer mon monde, de m'y plonger, de m'y noyer, d'oublier ma misère.

Et puis lui, il était arrivé à tâtons dans ma vie. Lui, doucement, calmement, apaisant : Sandro. Celui à qui je dirais oui trois ans plus tard. Il était commis dans le restaurant où je servais les entrées, les plats, les desserts tous les samedis et dimanches midi. Ami puis amoureux. Il avait colmaté les brèches, j'avais enfin réussi à parler, à me libérer du pire : il m'avait comprise, il ne m'avait pas rejetée. Il m'avait aimée telle que j'étais, pas juste pour mes fesses. Il m'avait porté bonheur. Deux adorables bouilles étaient venues alimenter notre feu. Et puis il y avait eu des doutes, des envies. Des désirs enfouis : Mathias. De son coté, Sandro avait quelques rancœurs, blessures. Pas toujours facile de trouver le tempo au quotidien, pas simple de s'accorder. Son travail l'accaparait. Notre force c'était nos perpétuelles remises en question, nos débats, nos ébats ; parfois illogiques, sans aucun doute, mais un brun magique. Mon retard de règles je l'avais seulement compris au bout de cinq jours. Un test et des larmes avaient coulé. Un troisième enfant ? Comment notre couple avancerait-il ? En proie aux doutes, je voulais m'isoler pour faire le point ; j'aurais voulu me confier à Selma mais le sujet grossesse était toujours en proie aux braises. Dans cette optique, une seule personne saurait me guider : Édouard. Cela ne se voyait pas extérieurement mais nous étions proches. À son arrivée, Laurène avait demandé à chacun de remplir son adoré questionnaire de Proust. Un moyen selon elle de se découvrir de façon ludique. J'adorais ce rituel. Un par un nous devions ensuite le lire à haute voix en réunion. Et surprise, à la question : « ce que vous ne supportez pas », lui et moi avions répondu : « l'humiliation ». Un échange de regard et des sourires intimidés avaient ponctué nos « maux ». En aparté, nous avions discuté quelques semaines plus tard à l'occasion d'une sortie d'équipe organisée par Laurène. Après le dîner, il avait proposé de me raccompagner. Cela m'arrangeait, j'avais une peur panique de rentrer tard le soir, seule. Dans la voiture, j'étais revenue sur cette coïncidence. J'avais osé lui demander pourquoi cette réponse.

Il m'avait raconté sans sourciller les moqueries de son enfance à cause de son surpoids. J'étais loin de me douter de cela tant il était mince aujourd'hui. Édouard n'était en plus de cela pas seulement svelte, mais également puissamment musclé tout en étant fin tel un félin. Il était grand, élégant et doté d'un sourire constant. Il était une sorte d'ovni : un visage taillé comme une statue grecque, des yeux noirs en amandes, la peau mate et lisse, beau et rassurant sans jamais profiter de cette grâce comme s'il ignorait véritablement son aura et sa prestance. Je rencontrais des difficultés à l'imaginer rond et rejeté. Il transpirait la force tranquille que seuls les plus grands connaissent ; Il m'avait raconté ensuite les cours de théâtre et ses yeux avaient brillé. Il m'impressionnait. Puis était venu le temps de me retourner la question :

— Et toi, pourquoi détestes-tu « l'humiliation ? »

Il fallait s'en douter et au fond je l'avais sans doute cherché. J'avais baissé les yeux et j'avais expliqué que je ne supportais pas les gens qui abusaient, humiliaient, provoquaient la honte sans que l'on puisse se défendre. Il avait juste soufflé :

— D'accord, un truc personnel je suppose... Je n'insiste pas.

J'avais rétorqué que c'était dans l'enfance, qu'il y avait « prescription », que c'était du passé, rien de plus. Cela l'avait fait vaciller :

— Prescription ? Sache que je DETESTE ce mot, quelle que soit ton histoire. Ce mot a été inventé par les bourreaux et ceux qui les défendent. Prescription c'est un mot pour gagner des batailles. Ils savent que les victimes sont prisonnières, alors ils utilisent ce mot pour retourner la faute. Tu comprends ce que je veux te dire ?

— Oui absolument, je vois très bien, en effet ! Mais je voulais juste dire que c'était il y a longtemps... avait-je répondu, surprise devant cette révolte.

Il avait poursuivi sur sa lancée, incapable de stopper son discours :

— Un acte qui blesse délibérément, en toute conscience, ça ne souffre aucune prescription. Le temps n'efface pas les actes et ne les rend pas plus doux ou moins graves. Et je crois que le pire c'est ceux qui osent dire que les gens qui nous blessent nous apprennent des leçons de vie, qu'ils nous forgent un caractère ou qu'ils nous renforcent. Si les salauds nous apprennent à nous méfier d'eux, aucun intérêt. Les salauds, ce sont eux les fautifs, c'est à eux d'apprendre des leçons ! T'es pas d'accord franchement ?

— Si et des cons on en croise tous les jours, à un plus ou moins grand degré. Personnellement, à part m'insupporter, ils ne m'apprennent rien.

— Totalement ! Ceux qui me donnent des leçons de vie ce sont les gens courageux qui par des actions minimes se battent tous les jours pour sauver des vies ou par exemple ceux qui se lèvent dans un bus pour défendre une femme qui se fait agresser ! Et y en a si peu !

Il était remonté, il était en colère. Il appuyait chacun de ses mots avec une ferveur intense. Je l'avais écouté, médusée. J'étais tellement d'accord avec lui. Et puis il m'avait longuement regardée, droit dans les yeux :

— Désolé de m'emporter mais je déteste vraiment tous les mots qui minimisent les blessures. Ça rassure l'entourage, en aucun cas celui qui les vit. En tout cas, même si tu ne m'as rien dit, je suis sûre qu'il n'y a pas prescription sinon tu n'en parlerais pas avec moi ce soir.

Je n'avais pas nié. Je m'étais contentée de répondre par une vague moue.

Je ne peux l'expliquer mais à ce moment-là, j'étais sûre qu'il avait compris une partie de mon passé. Quelques jours plus tard, à une fermeture en commun, il m'avait juste montré un livre, un documentaire sur une enfance brisée, une petite fille abusée. Il me l'avait glissé doucement devant moi et m'avais juste dit :

— Si c'est de ça dont il s'agit, sache que je suis là, si besoin. Et c'est ainsi que sans rien dire, à un simple hochement de tête navré il avait su, et cela avait été notre secret. Il avait compris mon pessimisme dès les premiers jours, mes sous-entendus a priori nombreux que je ne voyais même plus. Il m'avait cernée. En plein dans le mille. Je le voyais comme une protection. Quand j'avais parlé de cet enfant à venir, il m'avait convaincue de le garder. Quelques paroles. À ses yeux, cet enfant était une évidence. J'étais de celle qui étaient faites pour créer la vie. À ses yeux, j'étais la vie. Sous le vernis triste il y avait de l'amour à donner à foison. Et puis mon mari et moi étions selon lui le symbole des belles histoires à faire soupirer dans les chaumières. Il avait dit tout cela en riant et en se moquant un peu car en vérité il semblait lui aussi très épris d'Ella. Bien évidemment, la décision finale s'était faite entre Sandro et moi. Et au bout du compte, je n'avais pas eu besoin de le convaincre. Il m'avait sauté au cou en hurlant de joie quand j'avais montré les petits chaussons cachés sous ma robe. J'étais maintenant rentrée dans mon quatrième mois, l'échographe en étant presque sûre : ce serait une fille.

# BRITNEY

J'avais fait de mon mieux pour faire l'aller-retour de la boutique à mon appartement. J'avais tergiversé dès 16h quand mon portable avait montré des signes évidents de faiblesse jusqu'à s'éteindre entièrement vers 17h. Pas de chargeur. Personne pour m'en dépanner et pas envie d'en acheter un juste pour un bête oubli. Il me fallait pourtant rassurer mes parents. J'assumais ce rituel quotidien : un coup de fil à mes parents tous les soirs pour s'assurer de mon bien-être. Ils vieillissaient et je ne souhaitais pour rien au monde être de ces gens qui attendent de n'avoir pas fait, pas dit, pas agi, pour regretter. Cette habitude faisait sourire l'équipe qui voyait cela comme une infantilisation. Il me semblait pourtant être dix fois moins dans la dépendance affective que chacun d'eux. Je m'auto-suffisais. L'autre n'était toujours qu'un plus, une valeur ajoutée et non une extension de moi-même. Cette habitude du soir était donc à mes yeux tout sauf une corde accrochée à un piquet. Je connaissais sur le bout des doigts le numéro fixe de mes parents mais ils l'avaient débranché depuis peu à cause des publicités incessantes. À la place, ils avaient opté pour un portable dernier cri et je ne connaissais absolument pas par cœur leurs deux nouveaux numéros. J'avais donc prévenu Selma d'expliquer la situation à Nicolas et qu'il m'attende une dizaine de minutes. Je n'habitais pas loin et à cette heure-ci il n'y avait pas les bouchons des heures de pointe. J'étais partie exprès avant la débauche pour gagner du temps. Laurène n'aurait pas apprécié mais je rattraperais ce quart d'heure un autre jour, exceptionnellement. Comment allait se passer ce rendez-vous ? Pauline ne m'avait donné aucune nouvelle tout au long du dimanche, cela m'avait surprise et déçue. Au travail le lundi, elle s'était montrée sur la défensive. Parler au milieu des clients était difficile. Elle ne m'avait guère apporté d'aide concernant Nicolas. Simplement qu'il connaissait mon prénom et qu'il voulait savoir quand je serais présente. Le reste m'appartiendrait comme elle disait, c'était à moi d'écrire l'histoire. Quant à son tête à tête avec Joël : un échec. Il était amouraché de Reta et il n'y avait plus d'espoir. Elle avait refusé d'en discuter plus. Je n'avais pas insisté. Ce n'était pourtant pas son genre, elle qui aimait s'épancher en temps normal. Cela me peinait de la voir ainsi et à la fois, j'en avais assez de la ramasser à la petite cuillère. Joël avait toujours été une peine perdue, pas même un ami valable. Un dragueur compulsif et imbu de sa personne. Que pouvait-elle lui trouver ? Elle savait forcément qu'il m'avait couru après, toute l'équipe le savait. Elle ne m'en parlait jamais parce qu'elle savait que je m'en fichais et que je le trouvais laid avec ses cheveux gominés et son corps ultra musclé. Pauline mon amie. Un garçon entre nous et déjà les choses changeaient. Je changeais.

Essoufflée, il était presque 19h45 quand je franchis le seuil. Chat noir que j'étais, j'avais eu droit à tous les feux au rouge, sans exception, sur le trajet aller. J'avais donc attrapé au vol mon chargeur posé sur le meuble de mon entrée, envisageant de brancher mon portable à mon retour à la boutique, quitte à passer un appel très rapide à mes parents. Pas de Nicolas à l'horizon et une Selma en compagnie d'un unique client.

Radieuse et impatiente, je me précipitai vers elle :

— Nicolas m'attend quelque part ?
— Non il n'est pas là Britney.
— Tu ne l'as pas vu ?
— Si mais j'étais occupée.
— Mais tu lui as dit que je revenais rapidement ?
— Non j'étais occupée, j'ai juste dit que tu étais partie.
— Comment ça ?
— Comme je te le répète, rien de plus...

Elle était vexée, crispée.

— J'ai eu un client compliqué me dit-elle, tu sais ce que c'est, moi qui suis indulgente, il m'a fait vriller. Monsieur avait oublié son bon de réduction, je ne pouvais pas l'inventer... !

Elle râlait, elle semblait minauder tout en cachant délibérément un agacement profond. De mon côté, je bouillonnais.

Je la coupai net :

— D'accord, tu me raconteras ça plus tard, là j'ai autre chose à faire et entendre si tu vois ce que je veux dire.

Mon ton était désormais tranchant.

J'étais mortifiée, énervée, angoissée, mais je savais avec certitude que ce n'était pas juste un oubli de sa part et je n'allais pas laisser passer ce méfait. J'avais mis du temps à cerner Selma, mais je savais désormais par ses contradictions et ses sautes d'humeur qu'elle pouvait être perfide et menteuse, de façon à ce qu'on la voit en permanence comme une victime et j'avais en horreur ce manque de transparence.

Cela m'apprendrait à compter sur les autres une fois de plus, même ceux en qui on ne croit pas et pour qui, bêtement on se rattache à un espoir.

Terrifiée, je fis demi-tour en quelques secondes, en claquant fort des talons sur le parquet, faisant soulever quelques feuilles au passage posées sur la caisse.

Je ne me donnai même pas la peine de lui dire au revoir.

C'était ridicule mais j'avais envie de pleurer. J'étais rentrée chez moi en trombe. J'avais enfin branché mon téléphone en 4ème vitesse.

Six appels en absence et un message signé Nicolas.

Les mots étaient sans équivoque. Il y avait un énorme quiproquo. J'enrageais contre Selma. Cet épisode avait le seul avantage de me montrer une facette commune avec Nicolas. Nous étions vifs et entiers. Pas de demi-mesure.

Je pris mon courage et composai son numéro. J'attendis le cœur battant à tout rompre entre chaque tonalité avant qu'enfin il ne décroche.

Son « allô » était las.

— Bonjour Nicolas.

— Bonsoir Britney.

— Il va falloir que tu me laisses parler sans m'interrompre parce que je ne te connais pas assez pour te retenir longtemps. Ensuite tu me diras ce que tu veux.

Un silence s'établit.

— Je t'écoute Britney.

Je lui expliquais alors le malentendu, ma batterie à plat, mes parents, mon aller-retour avant la débauche, les feux tricolores contre moi, mon message à Selma passé aux oubliettes. J'avais conclu par une très grande envie de le revoir malgré tout et je m'étais tue.

— Voilà, j'ai tout dit.

Il y eu un instant de flottement, je crus entendre un sourire ou un soupir. Ou les deux.

— Alors Britney, quand tu respireras plus doucement et quand tu auras rassuré tes parents, accepterais-tu de prendre un verre avec moi ?

Évidemment que j'acceptais. Cette fois, je ne montrai pas trop ma joie, il fallait de nouveau me maîtriser. Il passait dans une heure. Une heure pour me calmer. Une heure pour mettre du rouge à lèvres et enlever ces bavures qui avaient fait de mon visage une tête de panda.

# SELMA

J'avais honte. Oui, je plaidais coupable, à 100%. J'avais en vérité une bonne défense mais sûrement aucune excuse. Je ne m'étais pas reconnue. J'avais agi comme Docteur Jekyll et Mr Hyde. Sage le jour, odieuse le soir. Il y avait eu depuis quelques jours un monticule de choses qui s'étaient accumulées et avaient brouillé mon esprit et mon cœur par-dessus le marché.

Lucie, avant qu'elle ne parte en vacances en famille - famille heureuse et soudée - m'avait annoncé la tête basse et les yeux rivés sur ses chaussures, cet enfant à venir. Oh je l'avais serrée dans mes bras. Je m'étais réjouie bien sûr. J'étais véritablement heureuse pour elle. Le soir évidemment, j'avais ruminé. Au-delà de son futur radieux qui l'attendait, je pensais au mien que je n'aurais jamais. Et puis il y avait eu Laurène et son chien. Sa nouvelle lubie pour une vie à trois. Ces joies faciles d'une vie de couple que je ne connaîtrais sans doute plus. Et puis Britney rayonnante, la peau miel et les cheveux sublimes qui avait un rendez-vous galant avec un homme plein de charme. Et puis il y avait ce client qui m'avait insultée : « Vous êtes juste bonne à encaisser ». Au fond, il avait raison même si j'avais eu envie de lui écraser sa petite face rabougrie sur le comptoir pour en faire un tapis. J'encaissais oui. J'encaissais sans rien dire. Le silence est d'or mais parfois il tue. Je devenais ce que j'exécrais autrefois : envieuse du bonheur des autres. On dit qu'un ami se reconnaît non pas à sa présence quand vous êtes mal en point mais quand dans ses malheurs, il sait apprécier votre joie. J'étais une piètre amie, une piètre collègue. Britney ne me le pardonnerait pas, je la savais intelligente et surtout rancunière. Britney dont j'enviais même le poste, moi qui l'aurais tant aimé. Laurène me l'avait refusé ou plutôt l'avait préféré pour Britney qui venait d'une autre boutique. Elle disait d'elle qu'elle avait l'énergie, la gagne, l'envie, les valeurs et puis l'attrait de la jeunesse. Elle voulait un jour la hisser au rang de responsable comme on entraîne un poulain pour la course. J'avais serré les dents et accepté. Britney aimait nous écouter et nous reprendre dans notre façon d'agir. Son but ? Nous faire monter en compétence. J'y voyais là un contrôle infantilisant et inutile. Laurène approuvait cette méthode de coaching puisqu'elle était elle-même passée par là et que cette façon d'agir était dans l'ADN de Prismaculture. C'est vrai, j'admettais sans peine ma liberté à renseigner les clients me sollicitant uniquement, et j'admettais sans difficulté aucune, mon envie de bichonner ceux plus enclins à me répondre positivement que ceux difficiles à convaincre. J'étais malgré tout une excellente vendeuse et libraire ! Laurène disait que j'étais trop sensible pour manager et qu'il était trop difficile de passer de coéquipière à responsable dans la même boutique. Je ne savais pas si elle disait vrai et si cela aurait été laborieux. J'étais chez Prismaculture depuis le début, quand l'enseigne ne s'appelait même pas ainsi, j'étais là avant Laurène. J'étais juste une vendeuse. J'étais restée à ma place. C'était ainsi. Britney était brillante et attachante qui plus est. Je l'admirais. Ce soir-là en voyant Nicolas, je n'avais eu envie d'être gentille pour personne. J'avais menti à Nicolas. Je ne l'avais pas fait contre Britney. Je l'avais fait pour l'injustice. Parce qu'il y a en a pour qui tout réussit et ceux pour qui le bout de chemin est semé d'embûches et de trous et parce-que le Petit Poucet ne retrouve pas toujours ses parents. Mes parents à moi m'auraient-ils reconnue ce soir ? Mon père tout droit parti du Maroc pour vivre en France, ma mère tout droit arrivée de la Norvège pour étudier dans l'Hexagone elle aussi. De cette rencontre improbable fruit de l'amour et de la tolérance, j'étais née. Blonde aux cheveux bouclés, yeux noirs perçants et visage rond. J'étais de partout et de nulle part. Je ne me sentais maintenant plus à ma place. Depuis la perte de mon père et l'abandon de mon mari, j'avais déjà perdu un bout de moi, tourné des pages comme on tourne la porte d'une armoire avec une clef rouillée, tout en difficulté. J'étais triste de m'être comportée de la sorte. J'avais honte, mais des excuses en réalité j'en avais des tonnes.

## NICOLAS

Britney m'avait rejoint en bas de chez elle, dans une rue près de la sienne. Elle ne me faisait sans doute pas encore assez confiance pour me donner son adresse, ce qui était normal. Je la percevais comme un animal craintif que l'on doit apprivoiser avec tact.

Il me tardait de discuter enfin avec elle et elle seule, les yeux dans les yeux, avec les murs comme seuls témoins. Avançant doucement mon véhicule dans la ruelle à cinq cents mètres d'elle, je la vis et la reconnus de dos, dans une tenue superbe : une combinaison noire satinée. Elle tenait une cigarette à la main, à moitié entamée, dont les volutes tournoyaient autour de ses cheveux détachés et sauvages. Ayant sans doute perçu les bruits d'un moteur à l'approche, elle se retourna et je vis son sourire éclairer l'espace. Cette fille m'hypnotisait. J'étais déjà fichu, je l'avais déjà dans la peau. Je descendis ma vitre et lui proposai de monter sur le siège passager afin d'aller ensemble se garer dans un parking. Elle accepta et une fois à l'intérieur, elle s'excusa aussitôt pour ce quiproquo deux heures plus tôt. Elle était fâchée contre Selma et ne pouvait expliquer son geste.

— C'est le geste d'une femme malheureuse, lui avais-je dit.

À ses yeux, elle n'avait aucune excuse, on ne pouvait se comporter de la sorte.

— Selma et toi êtes proches ? lui demandai-je.

— Pas vraiment... enfin je lui faisais un minimum confiance. Elle savait que c'était important pour moi.

À ses mots, elle se rendit compte en avoir trop dit et rougit soudainement.

— Ne sois pas mal à l'aise, j'étais extrêmement impatient de te voir aussi ! tentai-je de l'apaiser. Elle me regarda, gênée mais visiblement rassurée.

J'entrai dans le parking souterrain et me garai. Britney n'avait plus dit un mot. Je la sentais nerveuse.

En sortant de la voiture, je lui proposai de l'emmener dans un bar où j'allais peu mais où je savais l'ambiance tamisée et calme, propice aux échanges.

En chemin, c'est elle qui brisa le silence.

— Je me demandais, comment as-tu su que c'était moi dans la boutique au téléphone ?

— Ton accent typique du Sud. Il t'a trahi ! Le « e » bien appuyé à chaque fin de mot où je ne suis pas censé l'entendre et cette jolie façon de prononcer les nasales : « je mange du pain et du bon vin » ! J'avais ouvert grand la bouche pour l'imiter.

— En effet, je ne suis pas discrète... ria-t-elle.

— Enfin je dois t'avouer que j'ai quand même douté pendant plusieurs jours. Quand je passais en boutique, certaines choses que j'entendais me faisaient me poser questions. Je me disais : imagine, c'est peut-être telle ou telle autre personne que j'ai eu au téléphone finalement !

— Rassure-toi, il n'y a que moi qui prononce les mots de cette façon !

Nous étions arrivés devant le bar.

— Cela t'ennuie si je fume une dernière cigarette ? me demanda-t-elle.

— Pas le moins du monde !

Elle m'expliqua combien ce petit plaisir coupable lui procurait du bonheur. Je pouvais la comprendre, j'avais été fumeur pendant cinq ans mais j'avais ensuite pratiqué du sport et ce n'était pas compatible.

— Quel sport ?

— De l'escrime. Sagesse, contrôle de soi, tactique et agilité. Je continue toujours mais en loisirs.

— Moi je ne fais aucun sport ! dit-elle fière et moqueuse.

— C'est faux, tu marches.

— Oui... me dit-elle surprise. Comment le sais-tu ?

— Tu me l'as dit et j'ai bonne mémoire.

Elle sembla réfléchir comme pour trouver un souvenir enfoui et cria presque :

— Ah bon ? Elle marqua une pause. Ah Oui ! Saint Lary, en effet. Je randonne beaucoup. Nous en avions parlé, chapeau bas ! J'adore marcher, ça m'oxygène et pour le reste, je me dis que je suis jeune, j'ai le temps de me mettre au sport et de m'arrêter de fumer.

— Oui tandis que moi, j'ai déjà un pied dans la tombe c'est ça ? la taquinai-je souriant.

— Je n'ai pas dit ça... et tu ne m'as pas dit ton âge ! ironisa-t-elle,

— Je te laisse deviner.

— Trouve le mien d'abord.

— Toi tu as entre 25 et 30.

— 25.

— Nous avons donc 8 ans d'écart. Tu veux toujours boire un verre avec un vieux ?

Elle poussa la porte du bar et me dit droit dans les yeux :

— Mais plus que jamais ! J'adore les petits vieux !

Elle était beaucoup plus sereine et devenait espiègle.

Je la laissai choisir la table.

Nous discutâmes pendant trois heures de nos vies, de nos envies. Elle était de plus en plus à l'aise.

— Tu sais que tu es la seule Britney que je connaisse et que j'ai connue ?

— Oui c'est normal, c'est fait pour !

— C'est-à-dire ? lui dis-je intrigué.

— Mes parents n'ont pas pu avoir d'autres enfants et le savaient en me mettant au monde. Ma mère voulait un prénom unique et elle aime les chanteuses américaines et puis j'ai un nom de famille ultra classique, enfin disons très présent en Aveyron !

— On peut dire que c'est réussi, affirmai-je.

Elle baissa la tête, remit ses cheveux en arrière et me souffla un merci gêné. J'avais envie de m'asseoir à côté d'elle, de caresser ses épaules et l'attirer vers moi. Mais je devais me calmer et y aller doucement. Elle m'avait expliqué sa dernière histoire en deux mots : « confiance » et « perdre ». Elle avait visiblement passé de longues soirées difficiles enveloppée dans son chagrin. Je voyais qu'elle ne me montrait que la partie immergée d'elle-même. Elle m'avait demandé si l'épisode de l'appel à ses parents m'avait choqué. Évidemment, étant l'aîné de la famille, je savais combien il était précieux de prendre soin du cocon. Je lui avais expliqué l'égoïsme de mon père et combien la vie comble parfois les brèches par hasard. L' appartement dont j'étais propriétaire était le fruit d'une belle rencontre. Hervé Legrand et sa femme Anna avaient été les seuls à accepter de me louer leur logement. J'avais un revenu modeste, pas de garant et l'inexpérience de la jeunesse. Mon discours sérieux, et sans doute mon métier les avait convaincus de me choisir comme locataire parmi dix « candidats ». J'étais heureux dans mon T1 bis, à dix minutes à pied du travail mais la vie n'était pas un long fleuve tranquille. Anna avait découvert un jour l'aventure d'un soir d'Hervé, aventure qu'il regrettait amèrement. Il avait beau avoir supplié, pleuré, imploré le pardon, elle avait très vite demandé le divorce et l'avait sommé de quitter la maison au plus vite. Hervé m'avait appelé un soir de novembre un an et demi après avoir emménagé. Elle ne voulait plus rien en commun avec lui et ils allaient devoir vendre l'appartement. Et pour couronner le tout, le bail touchait à sa fin deux mois plus tard. J'étais dépité et perdu et Hervé l'avait bien compris. Je lui avais alors proposé de m'accorder plusieurs mois le temps de convaincre les banques afin que je sois son acheteur. En échange, et puisqu'il dormait à l'hôtel, je lui proposais de l'héberger le temps qu'il obtienne l'argent de la vente. Je lui avais laissé ma chambre et j'avais dormi six mois sur mon canapé. J'acceptais toutes les heures de nuit pour mettre un maximum d'argent de côté et six mois plus tard, j'étais propriétaire. Hervé m'avait choyé, lavé mon linge, fait à manger. J'avais découvert un homme au grand cœur qui regrettait incontestablement cette erreur qui ne lui permettait plus de voir ses deux fils qu'un week-end sur deux. Britney m'écoutait attentivement et semblait captivée.

— C'est toi qui as un grand cœur ! Je déteste les gens infidèles comme ton proprio, je ne les comprends pas.

— Tu penses que je n'aurais pas dû l'héberger ? lui demandai-je, presque choqué.

— Non je n'ai pas dit ça.

— Tu sais, ce n'est pas moi qui aie été trompé et Hervé est quelqu'un de super. Et surtout, je crois que personne n'est infaillible.

— Je suis totalement différente. Je ne donne pas de seconde chance.

Elle était très tranchante dans ses avis. Cela me surprenait pour son jeune âge. Elle semblait également songeuse et je savais qu'une énorme partie d'elle m'était encore interdite.

Le bar allait fermer et on nous somma gentiment de nous en aller. En chemin, je proposai à Britney de nous revoir rapidement. J'avais envie de prendre sa main tandis qu'elle marchait près de moi mais encore une fois, je calmai mes ardeurs. Patience était de convenance. Après l'avoir raccompagnée, je la sentis hésiter à me faire la bise mais finalement se raviser. Elle me sourit et pris son temps pour sortir de la voiture.

— Je t'écris, lui dis-je. Et la porte se referma dans un claquement léger.

# BRITNEY

La soirée avec lui avait dépassé mes espoirs. Allongée sur mon lit frais, le cœur encore battant, je repensais à tous ses instants à ses côtés. Ma peau moite durant ces quelques heures trahissait mon allégresse et mon envie. Je n'avais pas beaucoup parlé et c'était exactement ce que je souhaitais. Lui en dire le moins possible sur ma personne pour me protéger et le faire parler de sa vie pour étudier l'homme en face de moi. Ses failles, ses possibles faiblesses, ses entourloupes et ses envisageables mensonges. Une grande partie de mes craintes s'étaient envolées à mon retour parce qu'il avait parlé sans trop réfléchir, spontanément, presque comme un jeune enfant. Il avait cette sérénité affichée qui reflétait une forme de conviction en la vie. Comme si au fond il la croyait éternelle et ouverte aux champs des possibles. Il était élégant dans sa sobriété et drôle dans ses attitudes. Enjoué sans être envahissant, malicieux sans être mesquin. J'avais cru cerner une grande force d'âme. Ses yeux souriants plus encore que son immense sourire, il parlait tout le temps avec ses mains comme pour étayer ses propos. Dans sa voiture dans laquelle j'étais montée non sans une pointe d'angoisse, j'avais senti une odeur boisée propre aux parfums d'homme. Il sentait bon ; rasé de près, je sentais qu'il s'était longuement apprêté pour notre rendez-vous. J'aimais cette séduction qui m'était destinée. Cela me flattait, cela me grisait comme une coupe de champagne bue en tout début de soirée le ventre vide. La soirée était passée très vite et j'avais su esquiver les questions gênantes. Désormais je souhaitais le revoir pour découvrir plus ardemment qui il était et si ses intentions étaient honnêtes. Après tout il connaissait peu de choses sur moi et je sentais pourtant un irrépressible désir. Le moindre de ses regards sur moi trahissaient des idées sensuelles. J'étais partagée. Je me sentais l'objet de l'attention mais pas encore tout à fait dans la maîtrise du jeu, trop en spectatrice pour entrer dans la danse. J'attendais impatiemment son message promis. Il arriva seulement vingt minutes après qu'il m'ait déposée.

Quelques mots qui me firent frissonner de plaisir :

« Que dire de cette soirée ? Un mot plus fort que merveilleux existe- t-il ? Si oui : tu as la réponse à ce que j'ai pensé de ce moment avec toi, je te souhaite une nuit parfaite, je t'embrasse, Nicolas ».

Il me tardait d'être à demain pour le croiser dans la galerie. Notre prochain rendez-vous était prévu le samedi soir dans un restaurant choisi par mes soins. Il m'avait dit aimer manger de la bonne cuisine, il ne serait pas déçu. Un homme qui aimait cuisiner, voilà qui était de bon augure pour quelqu'un comme moi qui ne s'était jamais acoquinée avec les poêles et les casseroles mais qui adorait les plats raffinés.

# NICOLAS

*Playlist 10 – Qu'elle soit elle – Jean-Jacques Goldman – Album entre clair et gris foncé - 1987*

Elle avait dû aimer mon message parce que même si elle y avait répondu longtemps après, le sien était extrêmement posé et réfléchi. Je sentais qu'elle avait dû soupeser chaque mot avec soin, preuve d'un attachement à mon égard.

« Merci également pour cet excellent moment à tes côtés. Cela faisait un moment que le temps n'était pas passé si vite et j'aurais repris avec plaisir une louche de minutes supplémentaires (clin d'œil à ton âme de cuisinier !) et puisque tu aimes te délecter, je te propose de te faire découvrir mon restaurant italien préféré samedi. Qu'en dis-tu ? Douce nuit, Britney », disait le joli message de Britney.

Le lendemain, sur pied dès l'ouverture du centre à 8h30, j'avais du mal à me concentrer. Son visage revenait sans arrêt avec bonheur. Ce qui était une aubaine parce qu'une heure plus tôt, j'avais dû recadrer mon équipe et cela m'avait contrarié. Nous avions eu des plaintes pour avoir agi trop mollement lors d'événements ponctuels. Une jeune employée était tombée de son siège et mes hommes avaient mis dix bonnes minutes à arriver. Les boutiques autour voyant leur manque de rapidité avaient prévenu les pompiers qui avaient été plus rapides. Dans la même journée, un chien était resté enfermé dans une voiture et là encore ils avaient tardé, obligeant les clients à faire justice en brisant eux mêmes la vitre du véhiculé incriminé. Ce manque de professionnalisme et d'investissement me faisait souvent partir dans les tours et provoquait en moi une colère qui rendait le recadrage peu commode. Rien ne comptait plus que mon travail. Ce jour-ci, le minois de Britney et ses jolies manières m'avaient ramenées à la raison. J'avais pesé les mots plus qu'autrefois comme si cela avait moins d'intensité et comme si j'avais compris qu'il était sans doute nécessaire d'avoir enfin une soupape de décompression, un bonheur dans ma vie qui relativiserait les contraintes dans mes missions. J'étais un chef exigeant mais jamais tyrannique. Je savais donner des secondes chances mais je ne supportais pas le manque d'implication. Soit on faisait ce métier entièrement avec les inconvénients que cela engendrait, soit on le quittait. Pas de nuance quand il s'agissait du bien-être des autres.

Je m'arrangeai pour passer plusieurs fois devant la boutique de Britney à l'ouverture sans pour autant la déranger. Au début, en milieu de matinée, elle ne me vit pas, bien que postée non loin, mais après sa pause, elle sentit enfin le poids de mon regard et se tourna vers moi. S'ensuivirent des jeux extrêmement réjouissants. Elle continuait à paraître concentrée mais elle prodiguait des conseils aux clients tout en prenant un soin particulier à soigner chacun de ses gestes en jetant à la hâte des œillades vers moi. Quand nos pupilles se croisaient, je faisais semblant de ne plus la regarder et ainsi de suite. Le jeu dura jusqu'à ce qu'elle termine sa journée car je passais ainsi toutes les heures en faisant des rondes dans son « quartier », rêveur et heureux.

**PAULINE**

Depuis mon entrevue avec Joël, il était rare que mes nuits soient douces. Le sommeil venait difficilement car son visage revenait sans cesse. J'avais, comme certains perdent le goût et l'odorat, perdu le goût des choses. J'étais lasse. Reta n'y était pour rien et ne méritait pas mon acharnement à l'isoler. J'étais venue de moi-même demander une discussion : m'excuser platement. Elle ne serait jamais mon amie, elle n'en serait pas néanmoins une ennemie. Pour en avoir une, il fallait avoir des choses à perdre. J'avais définitivement perdu Joël. La vie était ainsi faite et il fallait se résigner. Oublier les moments d'égarement à se projeter, à espérer. Rien de tout cela n'avait été réciproque. J'y avais pourtant cru. Au point qu'un jour, après de nombreux mois d'amitié, d'échanges, de bons mots partagés - que je prenais à tort pour des signaux du garçon qui prend son temps - j'avais voulu lui parler : avouer mes sentiments. J'avais pris mon courage à deux mains, répété cent fois la scène dans ma tête et j'avais frappé à sa porte. Son appartement sur les boulevards, ma voiture garée devant entre deux platanes : j'avais sonné, perplexe, muette. J'avais sonné deux fois, trois fois. J'avais regardé autour de moi comme s'il allait arriver soudainement. Et puis je m'étais résignée, il était absent. J'avais fait demi-tour. Une semaine plus tard, il me parlait de Reta. Je pensais avoir eu un mauvais timing, une malchance. Il n'en était rien. Avant elle, il avait Britney dans le viseur et après ce fut Reta. Je n'avais jamais eu ma place dans cette histoire. Je racontais tout cela à Britney en déballant notre livraison et sans aucun client à l'horizon. Gênée, mal à l'aise et absorbée par mon flot de paroles, elle ne voyait pas Nicolas qui ne l'avait pas lâchée des yeux depuis le matin même. Et je m'étais bien cachée de lui dire : son histoire, elle l'écrirait seule.

# BRITNEY

Pauline me faisait mal au cœur, mais à force de miser sur les mauvais chevaux, elle récoltait les blaireaux. Je ne savais plus quoi faire pour la soulager car depuis que je la connaissais, son cœur d'artichaut s'était déjà meurtri plus de quinze fois, sans compter les histoires sans lendemain pour lesquelles elle avait eu le temps de s'imaginer l'homme avec des enfants. Pauline, mon amoureuse de l'amour. Un bon psy, voilà ce qui lui permettrait sans doute de comprendre cette dépendance aux hommes. J'avais de mon côté un nouveau chapitre à ouvrir. Nicolas n'avait cessé de venir l'après-midi devant ma devanture, l'air de rien. Nos jeux de regards avaient fait monter la température de mes joues sans aucun doute. J'avais désormais de plus en plus hâte de le revoir seule à seul.

Je ne le vis pas le jeudi car c'était mon jour de repos mais j'eus droit à un message :

« Un seul être vous manque et tout est dépeuplé ».

Alphonse de Lamartine évidemment. Il allait tout de même un peu vite en besogne, nous n'avions même pas échangé un baiser. J'étais incapable de répondre dans son sens : Mme Contrôle que j'étais. Je me contentai d'une autre citation bien connue :

« Les meilleures choses ont besoin de patience » d'un auteur que j'affectionnais : Jean Anglade.

Il répondit par un énorme smiley ce qui me fit rire car je lui avais confié dans le bar combien je trouvais ridicule tous ces émojis qui venaient remplacer les mots les mieux sentis.

Vendredi, il passa trois fois devant le magasin. La première fois lorsqu'il me vit inoccupée, il s'arrêta pour me saluer et pour me faire la bise. Une bise lente et appuyée qui me fit vriller et perdre légèrement l'équilibre. Une seconde fois, je le vis pianoter un message tout en étant appuyé contre un mur près de l'entrée de la galerie et tout en plongeant ses yeux dans les miens entre chaque mot. Mes propres yeux étaient également occupés à écouter une mamie me raconter l'Alzheimer de son mari et je dus me concentrer pour ne pas sourire. Je ne vis le message que quelques minutes plus tard : « tu sens très bon » avec plein de smileys. Cela me donna chaud et fit accélérer mon pouls. La troisième fois, en fin de journée, il m'apporta une chocolatine pour mon goûter. Il était absolument attentionné et cela m'effrayait. J'étais l'opposée du romantisme et j'ignorais comment réagir. Je le connaissais à peine. J'avais beaucoup de doutes, d'angoisses, de peurs de me lancer. Qu'est-ce qui m'avait séduit chez lui de prime abord ? Sa voix. Était-ce suffisant pour débuter une histoire ? Certainement non, mais il y avait eu aussi son état d'esprit, son calme… des choses que je ne possédais pas et qui irrésistiblement avaient mis mes sens en alerte. Vouloir, désirer, ce que l'on n'a pas ou ce que l'on souhaiterait avoir. Malin, il dut le sentir car je reçus ce message vers 19h : « ce n'est que pur plaisir, je n'attends rien en échange, à demain, 20h30 devant ton restaurant préféré ».

# NICOLAS

Britney n'était pas une fille facile à convoiter. Elle serrait les vis, bloquait les portes, repoussait de toutes ses forces une intrusion mais regardait quand même à travers le trou de la serrure. Elle était comme une proie qui se serait prise dans ses propres filets. Elle freinait ce qui l'attirait. Je savais qu'il faudrait que je sois patient mais pour elle j'avais tout mon temps.

Cette rencontre aurait pu n'avoir jamais lieu ou mal se vivre. J'aurais pu me tromper sur nos échanges au téléphone. J'aurais pu être désintéressé et purement agréable par pur professionnalisme. L'alchimie aurait pu ne pas avoir eu lieu. Nos pensées auraient pu se disperser ailleurs. J'aurais pu la perdre avant même de la connaître. Tout ceci était arrivé et je m'estimais chanceux. C'était ce hasard qu'il ne fallait pas louper. Cette opportunité qui donnait du sens à la vie. Comment pouvions-nous deviner qu'on se plaisait réciproquement ? Il y avait des choses qui ne s'expliquaient pas et c'est cela qui était beau.

Je voulais ce soir qu'elle en prenne conscience.

Devant le restaurant, je la vis, droite comme un I, une merveilleuse robe longue zébrée, une allure divine et noble sortant une cigarette de son paquet tout en chassant un moustique arrivé inopinément dans son champ de vision. Elle faisait des gestes rapides avec ses mains et s'arrêta net quand elle me vit.

— Alors on se fait agresser ? lui dis-je, hilare.

— On dirait… mais ne me fais pas le coup du garde du corps… très peu pour moi !

J'éclatais de rire.

— Je suis si prévisible ?

— Oui !

Je la sentais surtout mal à l'aise du fait que j'ai pu la surprendre dans un moment de panique.

Assis à notre table entourée d'une sorte d'alcôve, nous étions comme dans un petit nid. Sur les murs grimpaient des décorations florales authentiques, sur la table, un magnifique bougeoir intégré dans un bouquet ornait la table. Nous étions clairement dans un lieu intime, romantique et magique. Je n'étais pas quelqu'un à m'autoriser ce genre de lieu, j'aimais les lieux modestes mais ici, c'était un peu comme entrer chez Britney. C'était la découvrir.

Une fois les cartes en mains, elle parcourut très vite les différents choix par pur plaisir car elle semblait connaître tout par cœur puis les referma d'un coup sec.

Comme une victoire, elle m'annonça :

— Burrata en entrée puis pasta all'amatriciana et un verre de Barrolo, le meilleur ! Et pour toi, très cher ?

— Dis-moi un plat que tu n'as jamais goûté et je le prendrai ! Je suis un homme de risque ! me suggéra-t-il avec passion.

— D'accord… me dit-elle inquisitrice … Elle m'observa et reprit son discours :

— Y a-t-il des choses que tu détestes manger ?

— Non j'aime tout sauf le mouton et la matelote de roussette, un poisson.

— Très bien.

Elle reprit la carte, chercha frénétiquement une idée en faisant bouger ses yeux de haut en bas parmi les choix. Elle plaça son index à la verticale et le posa sur son nez comme pour mieux se concentrer. Elle avait d'ailleurs ce geste à chaque fois qu'elle entamait un long discours, ajouté à cela qu'elle gesticulait ses mains en tous sens. Elle était ravie de la mission que je venais de lui confier et mettait du cœur à l'ouvrage, avec autant d'avidité que si le père Noël lui avait annoncé qu'elle pouvait écrire cent choses sur sa liste.

Triomphale, elle finit par déclarer après deux bonnes longues minutes :

— Pour toi ce sera, minestrone de légumes au lard fumé en entrée, pasta alle vongole en plat principal et un verre de lambrusco rouge, tout ce que je ne prendrai jamais parce que je n'aime pas beaucoup de choses, tu le découvriras mais que cela doit sûrement être bon puisque c'est au menu !

Elle me regardait hilare, avec ce sourire coquin d'enfant : fière de sa bêtise.

— Tu seras obligée de goûter, tu le sais ça ? C'est le petit effet boomerang de ce défi... ajoutai-je, malicieux.

— Et si je refuse ? dit-elle faussement inquiète.

— Tu auras un gage, répondis-je le plus sérieusement du monde.

— Quel sorte de gage ? ria-t-elle.

— Un pique-nique surprise avec moi en montagne. Ne fais pas cette tête : ce sera beaucoup plus risqué. La montagne ça isole et ça creuse, tu le sais bien et il n'y aura que mon festin à déguster.

— Et si je goûte un peu ? Juste le vin ?

— C'est tout ou rien.

— Tu es comme ça ? dit-elle en faisant une fausse moue.

— Oui, quand j'aime les gens, je suis comme ça.

Je fis une pause, bu une gorgée d'eau et de but en blanc lui annonçai :

— J'ai été marié tu sais.

— Non je ne sais pas, me répondit-elle, pas rassurée mais sans expression de colère.

— C'était il y a trois ans. Une Américaine rencontrée lors d'un voyage. J'ai tout donné, beaucoup perdu mais je suis toujours là. On prend des coups, on se cogne, ça fait des bleus mais ça passe !

— Je ne sais pas, pas toujours... dit-elle, songeuse.

— Oui ça je l'ai compris Britney. Mais un jour ce sera derrière toi, un jour même tu en parleras.

Elle se ferma. Au même moment, le serveur prit notre commande.

J'en profitai pour changer de sujet.

# BRITNEY

Nicolas était en face de moi. Il n'y avait rien à faire. Quand il parlait, j'étais apaisée. Il enlevait les craintes et surtout il m'attirait. Quand il m'avait annoncé son divorce, j'avais cru déchanter. Évidemment qu'il avait vécu avant moi et encore heureux d'ailleurs, je n'ignorais pas ses années supplémentaires aux miennes.

Il me raconta rapidement son histoire, j'en étais jalouse et il en profita pour me rappeler combien moi je n'avais pas fermé mes blessures. Il ne les connaissait pas encore mais il les sentait à travers cette carapace.

La soirée fut délicieuse. Il adora son entrée et premier échec, je ne pus goûter, bien trop inquiète devant les légumes mijotés. La mienne était en tous les cas, comme toujours, une jouissance extrême des papilles. Nos plats furent un régal et nos verres de vin nous firent rapidement tourner la tête. *« Mon manège à moi c'est toi »*, criait Edith Piaf dans ma tête.

Toute la soirée, nous avions discuté de notre rencontre, enfin.

— Je peux enfin t'avouer serein que la première fois que je t'ai vue, tu m'as tout de suite séduite , me confia-t-il, presque ému.

— Ah bon, qu'est ce qui t'a séduit ?

— Tout. Ou plutôt toi, ta fausse assurance et ta joie de vivre.

— Oh merde !

C'était sorti tout seul, comme toujours. Je dus me reprendre aussitôt face à son air choqué :

— Oh pardon c'est sorti tout seul ! Je suis vraiment désolée, je ne m'attendais pas à tant, excuse-moi... Je riais, complètement gênée, posant le bout de mes doigts sur mes lèvres comme pour effacer ce qui était sorti. Il pouvait difficilement passer à côté de ma franchise légendaire et de mon franc parler.

— Bref... je t'ai plu quoi ! En résumé disons ! lui dis-je, souhaitant passer à autre chose mais il continua sur sa lancée :

— Toi en revanche je ne t'ai pas laissé ce souvenir... alors quand le téléphone a sonné début juillet et que j'ai cru reconnaître ta voix, j'ai laissé libre cours à mon imagination. Tu ne savais pas qui était au bout du fil mais tu étais enjouée, il y avait un jeu entre nous. J'ai repris espoir. Je suis quasiment passé tous les jours dans ta boutique dans le but de te parler, de me manifester. Bien sûr tu n'étais pas là. Quand Pauline m'a dit que tu étais libre et que tu revenais bientôt, j'étais extrêmement impatient. C'est idiot parce qu'on se connaissait à peine et que tout ça aurait pu finir nulle part mais par chance il y avait une réciprocité ; je l'ai su dès que je t'ai revue quand tu as apporté le chien à ta responsable.

— Tu sais que tu me fais peur ?

— Oui j'en ai conscience mais laisse-toi porter… c'est plutôt chouette ce qu'il nous arrive, non ? Profitons du moment ! me dit-il mielleux.

— Oui c'est vrai que c'est un exercice très difficile pour moi …

— Mais avec un peu d'entraînement… .On y va ? me dit-il soudain.

— Là comme ça ? Mais il faut payer ! Et je refuse que tu payes, je t'invite.

— Trop tard.

— Comment ça ?

— Je ne suis pas allé juste me laver les mains aux toilettes parce que j'avais mangé des crustacés avec les doigts… j'ai aussi réglé le repas et c'est un plaisir !

— D'accord, d'accord… tu es comme ça tout le temps ? Imprévisible ? Tu sais, je suis très classique moi…

— Tout à l'heure j'étais prévisible ! Tu ne sais pas ce que tu veux ! me dit-il, clin d'œil à l'appui. N'oublie pas que j'aime les choses simples !

Nous sortîmes du restaurant et j'en profitai pour fumer une cigarette. J'avais fait l'effort de ne pas l'abandonner pendant le repas.

À ce moment-là, je ne sais pas trop ce qui me prit mais je le dis.

— Tu peux me montrer où tu vis ?

# NICOLAS

Britney me surprenait d'heure en heure tout au long du repas. Bien sûr, les effets du vin sur elle la détendaient mais c'était bien plus profond que ça. Je la sentais bien avec moi. Elle gardait en elle une réserve il est vrai, une protection et même un rempart mais les portes étaient à demi closes.

J'avais envie de tout faire pour la rassurer. De mon côté, j'étais serein, je n'avais aucun doute sur mon attirance et mes espoirs envers elle. Je savais que j'avais une fâcheuse tendance à voir le verre à moitié plein mais c'était ma façon d'avancer et d'y croire. Je n'aurais aucun regret.

Quant à la fin du dîner, elle me demanda de lui montrer mon appartement, je fus flatté, excité même, mais aussi extrêmement surpris. Je n'étais pas préparé à cela ; à sa façon de se comporter, je l'imaginais vouloir prendre son temps avec moi.

Sa réplique planta le décor :

— Ne va pas penser que je vais te sauter dessus, j'ai juste envie de savoir qui tu es.

Ce fut à mon tour de rougir pour la première fois. L'idée de l'enlacer me donnait des frissons partout.

— Ne t'inquiète pas, loin de là mon idée, je suis même très surpris mais c'est un plaisir de t'emmener chez moi. En revanche, tu ne pourras pas entrer dans la cuisine. C'est totalement en désordre et rien n'est propre.

— Je veux voir chaque pièce, tu n'as rien à cacher et je pourrai toujours t'aider à faire le ménage, tu sais que j'adore nettoyer !

— Non, j'ai trop honte.

— Il y a quoi dans ta cuisine ? Tu as quelque chose à cacher ?

Son ton avait changé, elle doutait.

— Non, Britney, là tu t'égares. J'ai simplement envie que tu voies ma cuisine propre et je suis assez grand pour la ranger seul.

Mon ton était un peu tranchant mais j'avais une sainte horreur qu'on remette ma parole en doute. Un silence s'était installé et c'est dans une ambiance pesante qu'elle regagna ma voiture.

— Raccompagne-moi chez moi s'il te plaît. J'ai passé une très bonne soirée mais il est tard et je travaille demain, me dit-elle sur un ton abrupt.

— Britney, tu voulais vouloir mon appartement, pas d'excuse avec moi. Tu n'as pas regardé l'heure et tu t'en fiches pour demain, n'est-ce pas ? La vérité c'est que tu t'es vexée pour la cuisine, je ne comprends pas pourquoi mais je ne changerai pas d'avis. En revanche, je peux te montrer ma chambre, ma salle de bain, mon salon, mon balcon, même mes toilettes…

Je m'étais approchée d'elle comme pour la prendre par les sentiments et retrouver un semblant de sourire sur son visage.

Elle eut un léger rictus. Elle dut y réfléchir avec application mais rapidement car elle ouvrit enfin la bouche.

— Tu as raison c'est ridicule mais je préfère une autre fois. De toute façon, j'ai un gage à respecter.

— Complètement, dis-je d'un ton très sérieux. Dimanche prochain, tu es libre ?

— Oui.

— Alors je te propose la chose suivante. Tu me rejoins chez moi. Je te montre tout mon appartement et ensuite je t'emmène pique-niquer à la montagne. Tu n'as rien à apporter. Prends juste de bonnes chaussures et de quoi avoir chaud.

— Très bien, c'est parfait.

Dans la voiture, j'observais Britney par bribes, en coin. Elle semblait à la fois gênée de son attitude vis-à-vis de ma cuisine et heureuse de la perspective de notre futur rendez-vous. Cette ambivalence se lisait sur ses traits et ses expressions. Je la sentais mal à l'aise. Avant qu'elle ne sorte de la voiture, je la retins par le bras.

— Britney ! lui dis-je droit dans les yeux. Je ne JOUE PAS AVEC TOI. J'appuyais chaque mot. Tu me plais. J'attendrai le temps qu'il faut.

Elle sourit timidement et contre toute attente se replaça sur son siège, me fixa longtemps, sourit de nouveau et déposa un baiser sur ma joue.

Ce baiser fut appuyé, spontané et me ravit.

Après s'être remise sur son siège, elle souffla un merci, prit son sac à main posé au sol, ouvrit la portière délicatement et me dit tout bas qu'elle avait passé une très belle soirée, une des plus belles depuis très longtemps.

## BRITNEY

*Playlist 11 – Quoi - Jane Birkin – Serge Gainsbourg - single -1985*

Mes vieux démons étaient revenus. Je m'étais braquée pour cette bête histoire de cuisine interdite. J'avais de nouveau verrouillé un à un les cadenas. J'avais immédiatement fait des scénarios catastrophes dans ma tête. Il me mentait. Il était méprisable. Je ne devais pas lui faire confiance. Et puis ces quelques mots qu'il avait eus. Je ne savais pas ce qui m'avait pris. J'en avais envie mais c'était mon corps surtout. Il s'était laissé dompter par ses propres désirs. Ma tête aurait refusé mais mes sens avaient craqué. Une bise voulue, comme on en fait plus : légère, aérienne et douce. Sans prétention, sans arrière-pensée. Sincère et sans compromis.

À mon retour, je chantais. Des paroles d'une chanteuse américaine me vinrent à l'esprit. Une chanson sur le temps qu'il faut pour avancer quand on a de l'inquiétude, quand bien même ce que l'on entend est beau et semble véritable. « *Parfois, je cours, parfois je me cache, parfois j'ai peur de toi mais ce que je veux c'est te serrer fort dans mes bras* », disait le texte. Ce n'était ni plus ni moins ce que j'avais envie de lui dire sans en faire trop. Un bip me sortit de mes songes et de mes fredonnements. Nicolas venait de m'écrire un message quinze minutes seulement après m'avoir déposé devant ma porte.

« *Si tu veux m'essayer... c'est pas un problème* ! » suivi d'un smiley avec une note de musique. Écoute cette chanson de Florent Pagny en entier et passe une bonne nuit ! Je t'embrasse PS : ce baiser sur la joue j'en veux bien encore et encore… mais je patienterai ! » disait le SMS de Nicolas.

La musique dans ma tête était-elle parvenue à ses oreilles par la magie du hasard ?

La semaine serait très longue jusqu'à dimanche. D'autant qu'il était en déplacement quelques jours dans l'autre galerie. Il y allait y avoir un grand vide…

« Tu as tout compris décidément ! », lui envoyai-je par message.

Nicolas était un homme intelligent, il savait que pour m'avoir, il fallait ruser.

La semaine jusqu'à lui fut éternelle. J'étais partagée entre l'appréhension qu'il puisse me déplaire et l'excitation d'une intimité nouvelle. Lundi je le croisai dans les couloirs de la galerie. Il me proposa de prendre notre pause déjeuner ensemble. Comme je devais faire des courses au supermarché, il m'accompagna malgré la banalité de la chose. Ce fut un moment formidable malgré le contexte. En civil, il passait presque incognito pour une fois, seules quelques personnes le saluaient. Autour de nous, les caddies se télescopaient, les gens marchaient à vive allure, certains se heurtaient, les enfants menaient la vie dure à leurs parents et nous, dans notre bulle, étions seuls au monde. Entre les allées de couches, les artères de gâteaux en promotion par dix, le rayon papeterie ou encore les meubles de jardin, nous dansions presque. Côte à côte, nous arpentions les rayons à la recherche d'idées de repas, moi qui n'avais jamais d'inspiration. Il ne disait trop rien mais je dus le choquer quand je lui annonçai la longue liste des choses que je ne mangeais pas.

— Je ne mange pas les tomates crues par exemple, seulement les cuites, je déteste les radis sans beurre mais je raffole des olives vertes, noires, rouges et au supermarché, je prends très peu de choses fraîches, je préfère attendre de voir ma grande mère pour manger des œufs de son poulailler ou la viande qu'elle prépare.

Il se montra patient face à mes hésitations à acheter tel ou tel plat tout prêt, telle ou telle céréale pour le matin. Il était toujours affable sur les idées de recettes, comment préparer tel ou tel mets. Quand il parlait, il était passionné quel que soit le sujet. Ses mots sautillaient, il y avait de la vie dans sa façon de raconter, il pouvait parler de la météo, et deux secondes après me parler d'une réparation qu'il avait faite sur sa voiture ou du dernier morceau de jazz qui l'avait transcendé. J'avais parfois du mal à le suivre mais j'admirais son enthousiasme. Même quand il était sérieux, il était animé. Ce petit moment un peu hors du temps m'avait rappelé combien il me faisait du bien avec peu de choses.

Le mardi il était de repos et j'étais de fermeture. Il m'avait appelé rapidement le matin et j'avais eu quelques messages le soir.

Le mercredi, il avait pris sa pause de quinze minutes avec moi l'après-midi et m'avait accompagnée fumer une cigarette. J'en profitai pour cracher sur le dos d'une cliente insupportable, me plaindre de Selma qui passait son temps en réserve à ranger les livres sans jamais renseigner la clientèle, et Pauline pour couronner le tout, bien qu'elle soit mon amie, qui prenait bien trop de pauses goûters à mon sens. L'ambiance était tendue au magasin et voir Nicolas me donnait plus de plaisir que la nicotine elle-même.

Le jeudi, il était en déplacement toute la journée -et ce jusqu'au samedi à mon grand désarroi - et le soir il avait entraînement d'escrime jusqu'à 22h. Nous n'échangeâmes donc que peu de messages mais vendredi matin, à 7h, je reçus un message d'invitation :

« Ma cuisine est propre, archi propre, je répète archi propre. Émincé de poulet à la crème et champignons fondants n'attendent que tes papilles,

20h 30, 2 rue des églantiers, clef 2730, étage 2, apt 125 ».

« Mon doigt sera sur la sonnette à 20h30, je répète doigt sur la sonnette 20h30 ».

Il savait que j'étais en repos le vendredi, il voulait me rassurer. Une fois de plus, je fondais devant ses attentions.

Avec quelques minutes de retard, j'étais devant sa porte comme convenu. Après avoir rejeté mes cheveux en arrière, tiré sur les plis de ma robe pourprée et tapoté mon teint vermeil, je tentai de frapper doucement à sa porte. Aucun bruit. Il ne m'avait sûrement pas entendue. Je frappai donc plus fort. Toujours rien trente secondes après et toujours un silence absurde. Je collai mon oreille à la porte, rien. Je pris mon téléphone et essayai deux fois de le joindre mais cela sonnait dans le vide puis le répondeur. J'étais bien embarrassée. Il y avait une explication forcément. Je relus son message : 20h30, 2 rue des églantiers, appartement 125. J'étais pourtant au bon endroit, dans la bonne ville, chez la bonne personne. Je retentai une dernière fois de frapper puis je me décidai et entrepris d'ouvrir la porte délicatement. Elle n'était pas close.

# NICOLAS

*Playlist 12 - L'heure du thé - Vincent Delerm - Album Vincent Delerm - 2002*

Quand elle me trouva, allongé sur mon canapé, j'étais en pantalon torse nu, endormi. Son arrivée me fit me lever d'un bond.

— Britney, mais quelle heure est-il ? Tu n'as pas sonné ? me questionna-t-il, inquiet.

— Il est presque 21h. me répondit-elle mal à l'aise, presque amusée.

Elle était épatante dans sa robe et moi le dernier des idiots. Je m'étais assoupi à force de faire les cents pas depuis 19h30, m'impatientant de son arrivée et je n'étais même pas habillé. J'étais extrêmement gêné, voyant qu'elle ne savait plus où poser son regard.

— J'enfile une chemise. Britney, je suis vraiment désolé. Pose ton sac sur la chaise et fais comme chez toi. Je reviens tout de suite.

Enfin présentable, je revins et m'empressai de lui réitérer mes excuses.

— Je me suis bêtement assoupi, le travail sans doute. Ce déplacement aujourd'hui à l'autre bout de la ville et l'heure de bouchon ont eu raison de moi ! Je suis vraiment désolé. Je t'offre un verre, viens.

— Tu me fais visiter ?

— Bien sûr, viens, on commence par la cuisine. Ton endroit préféré lui dis-je, ironiquement.

Je remplis son verre d'un vin rouge choisi avec soin et nous trinquâmes à nous deux.

— À notre rencontre !

Je lui fis faire le tour de mon appartement. Elle s'extasiait sur certaines choses comme une lampe ayant appartenu à mon grand-père, certains cadres et en critiquaient d'autres avec humour : ma parure de lit qu'elle trouvait ringarde lui donna l'occasion de détendre l'atmosphère. Il était évident qu'il y avait mieux que le drapeau de New York sur un lit mais je n'avais pas de goût pour le linge de maison.

Dans ma salle de bain, je la vis s'observer et remettre sa robe en place sur son opulente poitrine qui laissait voir un magnifique décolleté. Mon regard devait être intrusif car ses paroles me sortirent de ma rêverie.

— Attention tu vas me faire rougir, me dit-elle, malicieuse.

— C'est justement mon but, contrairement à toi, j'aime les tomates... crues !

Elle s'esclaffa et ne put retenir son joli rire cristallin. J'avais envie de l'embrasser, de l'enlacer par la taille... mais plus encore j'avais envie que ce désir dure le plus longtemps et nous n'étions pas pressés.

Elle devait avoir faim et je l'emmenai par la main dans la cuisine en lui demandant de fermer les yeux.

Quelques minutes plus tard, quand elle les rouvrit, elle eut le plaisir de voir une jolie table dressée.

Je lui tendis sa chaise et la fit s'asseoir :

— Après vous, très chère !

Le repas fut un moment merveilleux. Nous discutions à bâtons rompus, le chandelier nous séparait mais je voyais ses regards au travers de la lumière. Des regards sans équivoque.

Après cela, je lui demandai si elle souhaitait rester pour regarder un film. Ensemble nous choisîmes un film de science-fiction. Je nous installai un plaid. Nous avions beau être en juillet, les soirées pouvaient se montrer fraîches. Nous étions bien ainsi. La tentation de me rapprocher était immense et je lui pris délicatement la main. Elle se laissa faire et caressa la mienne doucement sans pour autant se tourner vers moi. Je bouillonnais de désir pour elle mais je voyais qu'elle voulait prendre son temps : elle savourait cette montée d'adrénaline.

À la fin du film, elle enleva sa main de la mienne et m'expliqua qu'il lui fallait rentrer. Elle embauchait à 10h30.

Je lui proposai de rester dormir, dans ma chambre d'amis, en tout bien, tout honneur mais elle refusa.

Finalement, nous finîmes par nous asseoir chacun dans un fauteuil en rotin. Nous discutâmes jusqu'au petit matin dans une pénombre intense, avec pour seul accompagnement le tictac de l'horloge et nos paroles à voix basse qui ne s'arrêtaient plus. Nous avions envie l'un de l'autre, mais nous étions heureux de cet espace pour se laisser séduire. Elle repartit au petit matin, dans une torpeur étrange, portant les mêmes habits que la veille et totalement déboussolée. Plus que son physique, sa personnalité atypique me plaisait. Elle avait des avis sur tout mais avant tout elle avait un avis sur moi. Elle me manquait déjà.

**PAULINE**

Britney avait changé depuis quelques jours, elle était sans cesse de bonne humeur. Ses sourires la rendaient radieuse parce qu'ils étaient sincères. Dans notre métier, il était de coutume de prendre sur soi, faire semblant, serrer les dents et garder le cap quoi qu'il arrive. Les clients n'étaient pas tous égaux face au savoir-être, certains ne disaient pas bonjour, certains s'adressaient à vous sans dire « s'il vous plaît », certains soufflaient, certains sifflaient, certains optaient pour des remarques désobligeantes dans le but de déstabiliser et obtenir des faveurs. Il fallait rester courtois, et d'humeur égale. Britney avait l'art pour gagner la confiance des plus irascibles, c'est en cela aussi que je l'admirais. Un mot de travers et je pouvais m'effondrer en réserve ou ruminer toute une soirée là où Britney savait ignorer ou se moquer en prenant le contrepied. Elle savait parfois même humilier nos clients avec douceur. Elle n'était pas toujours juste mais elle ne gardait rien en elle et dormait sans doute mieux que moi la nuit. La seule chose qui pouvait lui nuire c'étaient ses sentiments profonds. Effleurer, montrer, s'exprimer, elle en avait une sainte horreur, en amitié ou en amour. Là-dessus, elle était une tombe et cela devait la ronger parfois. Désormais, Britney irradiait, cette fois c'était la vérité et c'était la première fois que je la découvrais ainsi, nue, comme un ver luisant. Elle brillait par l'assurance. Les gens sensibles comme moi étaient toujours choqués par la méchanceté, les gens sensibles comme moi avaient une confiance démesurée envers les autres. Les gens sensibles comme moi sentaient le danger arriver mais c'était toujours trop tard, nous avions déjà mordu à l'hameçon. Elle, contrairement à moi était un roc, un bunker, où paissaient intérieurement ses espoirs. De mes espoirs, tout était dit. J'étais comme un livre ouvert. Mes pensées parlaient à voix haute. J'étais une éponge, un miroir, d'une transparence absolue. Découvrir Britney atteinte, touchée, me bouleversait. Il était tant que je cesse ce statut continuel de victime et que je comprenne enfin qui j'avais envie d'être. La liberté avait un prix, celui d'accepter de déplaire. J'allais enfin appeler une psychologue. Parler, m'épancher, accepter de me mettre en colère sans que cela dépasse mes jours et mes nuits, sans que cela me donne la nausée. J'avais d'abord trouvé le numéro au hasard. Le nom m'avait plu : Mme Bloomberg, comme la floraison en anglais. Elle était près de chez moi. Son site internet était agréable et visuel. J'avais caressé le clavier, hésitante avant de trouver moulte autres occupations plus valables et puis j'y étais revenue et j'avais convenu d'un rendez-vous, enfin.

# EDOUARD

Britney semblait sautiller sur un fil. Elle changeait. Nulle ombre d'un doute que ce Nicolas la transformait. Inutile de dire combien j'étais sceptique. C'était sa vie, pas la mienne et elle devait aussi pouvoir trébucher, alors pour son bien, je m'abstenais de tout commentaire quand il passait non loin de la boutique et l'observait à travers la vitre.

Ma vie, elle, avançait. Tout mon dossier pour le Conservatoire était finalisé et parti à la Poste la veille. Plus qu'à espérer que mon destin se mette enfin en marche. J'avais également passé un casting pour un petit rôle pour un film dont le tournage se déroulerait en octobre à la capitale. Idéal pour payer des loyers.

Je reprendrais si nécessaire un boulot alimentaire mais il était peu probable que je trouve la même chaleur qu'au sein de cette équipe. Depuis deux mois, les choses évoluaient, comme un léger glissement de terrain à peine perceptible. Selma était plus discrète et effacée qu'à l'accoutumée, Britney ne lui adressait la parole que pour le professionnel et s'enthousiasmait peu à son contact. Cela minait Selma qui hésitait à lui parler pour de bon. Jamais Britney ne ferait le premier pas. Quant à Laurène, elle observait avec bienveillance et arrondissait les angles au maximum et dans certains de ses coups de sang, il pouvait lui arriver de dire que toutes ces histoires lui donnaient la migraine.

**RETA**

Cela faisait quelques jours que j'entendais Britney discuter d'un week-end à la montagne avec Pauline. Je n'avais pu m'empêcher de m'intégrer à la conversation.

— Tu pars avec Nicolas, le chef de la sécurité ?

Britney m'avait répondu d'un ton brusque :

— Oui. Il y a un problème ?

— Absolument pas. Et narquoise, je n'avais pu m'empêcher d'ajouter :

— Tu verras, c'est quelqu'un de bien.

Son regard s'était durci. Elle s'était raidie et d'un ton vif avait répondu :

— Pourquoi, tu le connais personnellement ?

— Plus ou moins, on s'entend bien. C'est tout. Il ne te l'a pas dit ?

Je restai sereine devant son attitude ulcérée.

— Non, me répondit-elle, froide et impassible, cachant avec difficulté sa jalousie.

Après un long regard, hésitant à ajouter autre chose, elle avait tourné les talons en criant haut et fort :

— Je pars en pause Laurène, besoin d'une clope, tu me le permets ?

Sans attendre sa réponse, elle avait pressé le pas pour aller dehors. J'avais fait un peu exprès de provoquer Britney. Elle n'avait jamais été agréable avec moi, préférant protéger sa Pauline. Un simple juste retour de bâtons sans prétention.

## SELMA

Je venais d'assister à cette scène d'une puérilité sans nom. Reta agissait en toute connaissance de cause et pour une cause qui m'échappait mais qui devait forcément trouver grâce à ses yeux. Je ne connaissais pas le passé de Reta mais Laurène aimait les personnes fêlées, abîmées, cabossées, blessées dans lesquelles elle trouvait un peu d'elle-même mais surtout sur lesquelles exercer son autorité bien que les maternant à distance. De Reta, je ne savais rien de son for intérieur. Au moment de l'annonce de son embauche en tête à tête avec Britney, Laurène avait défendu son choix en disant haut et fort que cette fille avait connu le mal et qu'elle ne savait pas faire autrement que faire le mal à son tour, comme une façon d'exister. Britney s'opposait à ce recrutement ; il ne fallait rien ajouter, subir et prendre le meilleur de Reta parce que selon notre chef, il y avait là une fille volontaire et impliquée qui ne demandait qu'une main tendue pour se hisser dans la société.

Fut un temps, je me serais permis de rassurer Britney. Il se trouvait désormais qu'elle ne m'adressait plus la parole. Reta était pourtant inoffensive à l'évidence. Je l'appréciais pour sa compagnie simple et sans chichis. On ne pouvait pas lui reprocher un quelconque manque de motivation dans le travail car elle mettait du cœur avec chaque client en cherchant dans chaque regard une bouée à laquelle s'accrocher. Reta avait agi par orgueil. Britney, elle, était blessée. Elle voulait garder Nicolas pour elle, mais elle allait devoir apprendre à prendre sur elle.

# LAURENE

Depuis que Britney s'était amourachée de cette homme, je sentais un léger décalage avec la période d'il y a quelques mois. Britney n'était plus dévouée comme à l'accoutumée à son travail, elle avait la tête ailleurs et je ne pouvais le lui reprocher. Je sentais l'équilibre si fragile de notre vie tous les sept se fissurer doucement. L'ambiance était plus tendue et confuse.

Pauline semblait perdue et inquiète de voir Britney s'éloigner d'elle au profit d'un homme, je savais Edouard sur le départ et pourtant il était un des rares à tenter d'apaiser les tensions (que ferais-je sans lui ?). Lucie allait avoir son troisième enfant et avait déjà les pensées occupées dans son avenir réjouissant, quant à Reta et Selma, elles étaient devenues sournoises, comme jouissant d'une soudaine mise en lumière du fait de pouvoir enfin contrer Britney sur le pire de ses terrains : les sentiments. Certains se sentaient dotés d'un nouveau pouvoir à l'idée de changer les rôles, c'était semblait-il leurs cas. Quant à Britney, mon roc, l'armure se fendillait.

J'étais angoissée à l'idée de reprendre tout à zéro et de récréer une harmonie. Si Britney tombait amoureuse pour de bon, elle partirait un jour ou l'autre. Cela m'effrayait et pourtant il était temps pour moi d'arrêter de tout faire tourner autour de la librairie. Il était temps de lâcher du lest, de penser également à ma vie, mon avenir, mes projets.

    Lætitia avait toujours voulu un enfant. Nous n'en aurions pas. Cela me faisait chialer, hurler, enrager intérieurement parce qu'au fond sans doute cela m'aurait plu, et cela continuerait toujours à me hanter mais il fallait admettre, se résigner, pour avancer. En revanche, j'avais toujours secrètement rêvé d'écrire un livre. J'allais me mettre à mi-temps et m'atteler à l'écriture : mon héritier, mon bébé. La trace de mon passage sur terre. J'avais déjà tout le scénario en tête.

# BRITNEY

Nicolas était devant chez moi. Prêt à m'emmener à la montagne pour une journée complète.

Il était 6h30 du matin, le soleil allait bientôt se lever. Bientôt, ses rayons pénétreraient à travers ma vitre, laissant deviner le jour qui vient, apportant son lot de promesses.

J'étais bougonne depuis la vieille et Nicolas n'avait pas réussi à me tirer les vers du nez. J'avais prétexté une simple migraine. Impossible de lui dire, impossible d'admettre ma jalousie, de faire sortir les mots. J'étais tétanisée à l'idée de m'être trompée sur son compte : qu'il soit un homme volage comme son collègue Mathias. Une part de moi voulait prendre ses jambes à son cou, une part de moi voulait tenter le diable. Mon corps avait choisi de se lever et d'accepter ce rendez-vous, rendez-vous que je savais forcément risqué. Nicolas était loin d'être stupide, il allait me faire parler et je risquais d'être mauvaise. Reta pouvait avoir menti pour me déstabiliser mais Reta pouvait aussi, dans un élan de bonté, vouloir m'alerter. Je connaissais peu cette fille, je regrettais désormais de ne pas avoir cherché plus à la découvrir. Quand il sonna à ma porte, j'étais pourtant dans mes plus beaux apparats : baskets de randonnée aux pieds, gilet en polaire sur le dos. Seule mon legging moulait mes jambes. Je souriais à mon plus grand désarroi. Il avait réussi à me faire sortir de mes propres limites. Il était encore plus beau que dans mes souvenirs datant de quelques jours : vêtu d'un tee-shirt noir moulant et d'un pantalon baggy, il irradiait le bonheur. Lunettes de soleil sur la tête, il me demanda si j'étais prête. Je l'étais, plus ou moins mais je faisais surtout bonne figure.

— Allons-y ! me dit-il.

Dans sa voiture, je retrouvai cette odeur familière de parfum boisé si enivrante. Avant d'enclencher le moteur, il fixa mes pupilles :

— Je suis vraiment très heureux de passer cette journée avec toi !

Le trajet fut merveilleux car je prenais sur moi pour ne pas laisser mes pensées déraper sur le sujet Reta. Il était, comme à son habitude, bavard, sautillant d'un sujet à un autre, me parlant d'écologie, de politique, de sa mère, tentant toujours de rebondir sur ma propre vie au passage, mais je restais assez secrète sur les choses qui pouvaient trop en dire sur moi.

Il écoutait du jazz, j'écoutais du rap.

— Tu aimes Miles Davis ?

Je ne connaissais pas et j'osai le lui dire sans m'excuser. Il se mit à rire :

— Merveilleux, on a plein de choses à se faire découvrir alors.

Il ne semblait jamais chercher à me changer mais plutôt et surtout, à échanger, prendre en moi ce que j'avais déjà. C'était une grande première à mes yeux. J'étais beaucoup plus exigeante que lui finalement, moins tolérante, ça pouvait m'effrayer tout comme me plaire.

Après plusieurs heures, nous étions enfin devant ce que je pouvais trouver de plus apaisant au monde : le pied de la montagne. Les sommets à perte de vue. La fraîcheur, le calme, la pureté. Il avait déposé sa voiture sur le parvis de l'église de Loudenvielle pour changer un peu de Saint Lary que nous connaissions tous deux très bien et avait semblait-il prévu un itinéraire. Il m'avait évoqué lors de notre trajet le circuit numéro 2 : une tour, un pont, une passerelle et au milieu de tout ça la promesse d'une œuvre d'art : la montagne se reflétant dans l'eau du lac. De quoi se motiver pour les deux heures de marche. Il était 10h environ. Il sortit de son coffre un grand sac à dos dans lequel il avait prévu un repas. Il se tartina le visage de crème solaire et je pris son exemple. Il avait insisté pour que je n'apporte strictement rien hormis moi-même, ce qui, en effet, était déjà beaucoup à mon sens. J'avais pu être crispée pendant le voyage malgré les efforts constants pour me mettre à l'aise mais arrivée devant cette beauté qu'est la montagne, mes peurs s'étaient envolées. Ici, j'oubliais un peu tout le reste, comme si toute contrariété se trouvait abolie. La nature reprenait ses droits, je ne faisais plus qu'un avec elle. Dans cet espace limpide, je me sentais toute petite et surtout libre. Je ne pouvais plus compter que sur lui et j'en avais envie. Cela me grisait. Le voir observer le paysage, heureux, me donnait envie de me pendre à son cou et caresser sa peau. Je repris mes esprits quand il proposa de se mettre en chemin. Il connaissait une vue imprenable et c'est là qu'il voulait m'emmener manger. Il marchait d'un bon pas et nous étions toujours côte à côte tout du long. J'étais électrisée par sa présence. C'est ainsi que je lui posai enfin la question sur Reta. Il s'arrêta net et me demanda de le regarder droit dans les yeux :

— Cette fille a cherché à me parler en effet. Elle m'a même invité sur les réseaux sociaux et j'ai accepté de connaître son univers et sais-tu pourquoi j'ai dit oui ? Pour tenter d'en savoir plus à ton sujet, ni plus ni moins. Appelle ça se servir d'elle si tu veux mais j'ai été très clair quand elle a cherché plus que de l'amitié. Cette fille ne me plaît en aucun cas et il n'y a que toi qui m'intéresses. Est-ce que je t'ai assez rassurée ?

Je baissai la tête en soufflant un oui presque inaudible, apaisée. Soit il mentait à la perfection, soit il était honnête. À ma façon de me remettre en chemin, il comprit que je voulais avancer en sa direction. Il profita de ce climat de confiance pour me donner un petit coup de coude dans les côtes se voulant moqueur :

— Déjà jalouse ? Fais attention ce n'est que le début, après tu ne pourras plus te passer de moi !

Il était presque midi quand mon ventre commença à gargouiller, ce qui eut le don de le faire rire. L'humeur était à la taquinerie et nos deux mains en marchant se frôlaient à chaque mouvement. Cela me faisait frissonner partout à chaque fois. C'est assez naturellement qu'il entrelaçât nos paumes. Il nous arrivait d'échanger des regards complices et sereins en toute simplicité et nous ne dîmes presque plus rien jusqu'à être enfin arrivés à l'endroit choisi par Nicolas. Nos mines étaient émerveillées par la vue, les sommets enneigés, la splendeur du spectacle. Je me sentais fourmi. Dans cette nature et nos mains toujours enlacées, il se tourna vers moi :

— Cette vue te plaît ?

— Oui c'est magique... lui soufflai-je.

Et il se rapprocha de mon oreille pour me dire :

— Moi ici ce qui me plaît encore plus c'est toi…
Et puis il embrassa mon cou, ma joue, et enfin mes lèvres et je me laissai faire, au paradis. Ce baiser je l'avais tant désiré et il était aussi doux qu'excitant.

Après avoir desserré notre étreinte, il continua à me regarder, sans mot dire. Il replaça une mèche de cheveux derrière mon oreille, puis il prit ma main et me proposa de m'asseoir pour contempler la vue à deux.

Il sortit de son sac deux petits sandwichs visiblement fait maison.

— Rillettes cornichons, cela te va ?

Devant ma moue gênée et angoissée, il ne fut s'empêcher de rire à gorge déployée et cela me fit sursauter.

— Je savais que tu étais difficile... j'ai pu t'observer ces quelques temps, j'en ai préparé un autre : jambon cru, pesto, tomate confite, je sais que tu n'aimes pas les tomates crues, cela te conviendra-t-il ?

J'étais restée pantoise et émerveillée devant tant de générosité et de gratitude. Aussi anodin que ce geste pût paraître, il comptait beaucoup pour moi. Nicolas était prévenant, et j'aimais cela.

— Merci... je ne sais pas quoi dire, je suis épatée !

— Alors ne dis plus rien et mange.

Nous avions si faim que j'avalai chips salées, radis, olives, et le sandwich presque en moins de dix minutes. D'habitude, les émotions figeaient mon estomac mais dans ce cas précis, j'étais sereine. Un sentiment d'abandon tellement peu commun.

Nicolas me regardait et semblait songeur.

— À quoi tu penses ? lui dis-je enfin.

— Je repense au moment où tu as cherché à joindre tes parents à tout prix. J'ai trouvé cela délicieusement attachant et la preuve que tu prends soin des autres tout en te préservant. C'est tellement rare... je peux me tromper sur toi à bien des égards sans doute, je suis parfois naïf, mais je suis bien sûre de cela. Il y a tellement de gens embués dans leur vie étriquée qui se plaignent sans agir, nous sommes bien loin de cela tous les deux.

— Ta famille, elle ne te manque pas parfois ?

— Si, bien sûr. Mais si c'était à refaire, je referai à l'identique. Ceux qui vivent en bande, les uns collés aux autres se croient à l'abri de la solitude mais c'est souvent l'inverse, tu vois ce que je veux dire ?

— À peu près oui... les gens qui se mêlent de tout, font des remarques, prodiguent des conseils qui sont en réalité des jugements, je suis aussi très heureuse à distance. C'est d'ailleurs ce que je déteste le plus quand je fais des repas avec toute la famille : ceux qui acceptent des choses qu'ils ne devraient pas et ceux pour qui la marmite bout et finit par exploser...

— Exactement ! Tu vois, mes parents ont vécu longtemps dans la même rue que celle de mes grands-parents et mes oncles et tantes. Cela les a étouffés. Tout le monde se mêlait de tout. Je n'excuse en rien de ce que mon père a fait, je ne l'excuse pas de ses absences, de ses abus mais à force de vivre les uns sur les autres, il a fait de mauvais choix. Il n'était pas soutenu. Il était acculé. Il avait de mauvaises fréquentations. Ce ne sont pas des saints dans ma famille ! Mais ça c'est un autre sujet dont je n'ai pas envie de parler. Quand il s'est absenté très longtemps, mes tantes ont toutes harcelé ma mère pour qu'elle garde la face, prenne sur elle et qu'elle retourne auprès de mon père pour les enfants et pour l'honneur évidemment. Ma mère ne les a pas écoutées, elle a décidé de changer de vie. Elle qui faisait juste des ménages a décidé de devenir auxiliaire de vie. Elle a fait des formations tout en s'occupant seule de nous. Elle ne voulait plus avoir de compte à rendre à personne. Elle m'a appris à avoir cette force, à penser par soi-même sans pour autant blesser.

Il disait cela tout en esquissant un sourire léger puis son visage reprit une attention plus sérieuse.

— On a une relation très profonde tous les deux… pour autant je ne suis pas d'accord avec toutes les décisions qu'elle a dû prendre ou qu'elle prend encore, autant je respecte ses choix, et je ne me permets pas de juger. Tant que je la vois heureuse, je n'interviens pas. La famille c'est un beau bazar quand on y pense, on doit vivre avec des gens qu'on n'a pas choisis et on doit s'adapter en permanence, faire des concessions, se plier en quatre, se remettre en question, prendre sur soi mais le plus drôle c'est qu'on passe notre vie en quête d'une personne qui nous ressemble pour recréer une même famille. Recréer un microcosme parce qu'au fond être unis contre vents et marées, même à distance, c'est le seul remède pour se sentir moins seul. Et pour en revenir à toi, c'est ce que j'ai aimé : cette volonté d'aller de l'avant et cet espace que tu sais laisser aux autres tout en les choyant. Tu as envie d'un cocon mais pas n'importe comment.

— Tu es très philosophe… j'apprécie tes mots... dis-je en le regardant longtemps dans les yeux. Je trouve mon portrait très beau mais au risque de te décevoir, je ne suis absolument pas aussi à l'aise pour te retourner les compliments.

— Et je ne te le demande pas !

— Merveilleux ! dis-je ironiquement, mal à l'aise et rougissante.

Il profita de ma moue intimidée pour embrasser de nouveau mes lèvres.

# NICOLAS

Nous étions là, à épiloguer sur la vie, un de mes sujets favoris. Cela la mettait mal à l'aise, la poussait dans ses retranchements et je savais qu'elle n'allait pas s'ouvrir comme ça du jour au lendemain. Plus je passais du temps avec elle, plus je m'attachais. À sa manière de répondre avec franchise, j'attrapais au vol des clefs qui me permettaient parfois d'ouvrir d'autres portes. Je sentais une grande sensibilité, toujours ce sentiment à fleur de peau où un rien pouvait tout faire basculer malgré sa ténacité à prétendre le contraire.

Elle pouvait passer d'un rire à gorge déployée à une colère tournée contre la terre entière, en un éclair de phrase. Cela me fascinait et je savais que cela pouvait aussi me détruire.

Après avoir passé un long moment enlacés, nous prîmes la route du retour. J'avais promis de la ramener chez elle avant la tombée de la nuit et nous attendaient trois bonnes heures de route.

Je détestais l'odeur de la cigarette dans ma voiture mais face à sa demande, je n'avais pas résisté. Elle voulait à tout prix me faire écouter un morceau de rap, je capitulai. J'avais envie d'entrer dans son monde et que celui-ci fasse corps avec le mien. Tout se déroulait à merveille. Nous discutions à bâtons rompus de choses profondes et légères tour à tour, nous faisions des paris pour savoir qui de nous deux auraient raison sur le nom d'un oiseau observé dans le ciel, nous commentions les passants que nous croisions dans les petits villages, nous projetions tour à tour nos souhaits de vie.

Britney était enjouée et me paraissait conquise par cette journée. En arrivant en ville, les choses prirent une autre tournure. Britney voulait aller chez moi. Je ne m'y opposai pas, bien trop heureux de la garder encore un peu.

Une fois dans mon appartement, elle fit le tour comme pour vérifier que tout était à l'exacte même place que lors de son dernier passage. Et rapidement, elle revient vers moi. J'étais adossé au chambranle de la porte du salon et je ne l'avais pas quittée des yeux. Elle s'arrêta à un mètre, rit de son rire gracieux et malicieux et me scruta comme avec une idée en tête.

Elle s'approcha, se hissa sur la pointe des pieds, m'embrassa avec envie et passa doucement une main sous mon pull. Très vite, les choses s'enchaînèrent car nous avions véritablement envie de découvrir l'un et l'autre tous les millimètres de nos peaux. Ce n'est qu'après ce moment intense et fabuleux, du moins pour moi, qu'elle ne dit plus rien et que je la sentis au plus mal.

M'étais-je mal comporté ? Aurais-je dû la freiner ?

# BRITNEY

Ce furent ses draps : ses draps, les fautifs. Ou plutôt l'odeur de ses draps. Cette odeur de vanille mêlée au santal et au savon de Marseille. Une odeur de lessive bien singulière que j'avais cru oubliée. Et pourtant mon cœur l'avait enregistrée. Alors allongée, nue, contre Nicolas, une image avait refait surface comme un boomerang.

Sacha ne portait pas de parfum et pourtant il sentait toujours cette odeur sucrée.

Une madeleine de Proust à l'envers. J'inventais maintenant un lien à l'expression « pleurer comme une madeleine ». Mon corps en aurait eu envie. Heureusement ma tête résistait à ce moment-là.

À cet instant, je me maudissais d'être si peu résistante face à un détail. Après avoir fait l'amour, euphoriques et apaisés, nous nous étions glissés sous sa couette et c'est là que tout avait ressurgi.

Nicolas avait dû sentir mon corps se figer quand il m'avait enlacée contre lui. Mon visage illuminé s'était sans doute fermé et je n'avais plus osé dire un mot.

Il avait alors commencé à relever mon mutisme soudain.

Je répondais que ce n'était rien : la fatigue, la journée à crapahuter, les émotions.

Comme il insistait et comme je campais sur ma position, il avait fini par ôter ses bras de mon corps et se tourner de façon à fixer mes pupilles :

— Britney, ne me prends pas pour un con. Il y a quelque chose qui ne va pas. Je suis patient, je suis bienveillant mais là ça ne passe pas. Dis-moi ce qu'il y a tout de suite.

Son ton sec me surprit et me braqua d'abord.

Je le regardai, hébétée. Il pensait sans doute que mon attitude était tournée contre lui, or j'étais juste bouleversée.

Je m'entendais lui répéter que tout allait bien quand il se leva rapidement, prit ses affaires posées au sol pour se rhabiller et me dit sèchement :

— Si tu es incapable de me parler, alors inutile de rester ici. Soit tu décides de faire semblant et dans ce cas, ne le fais pas à moitié, soit tu me dis ce qui ne va pas.

— Écoute Nicolas, tu n'es absolument pas concerné par ce qu'il m'arrive. Je repense à des choses passées qui m'ont blessée et tu n'as pas à entendre ça, pas maintenant. Et si cela te fâche, alors je m'en vais.

— Tu te rends compte qu'on vient de passer un moment incroyable et tu m'avoues que tu penses à ton passé et que tu ne veux pas le partager ? C'est vexant, tu le comprends ?

— Bien sûr que je le comprends.

J'étais extrêmement gênée, au bord des larmes devant mon attitude et la sienne, pleine de colère.

— Tu ne me fais pas confiance ?

— Si, justement, tu me donnes envie de te faire confiance. C'est juste que je n'arrive pas à parler, c'est tout.

— Qu'est-ce que tu crains ? Si cela n'a pas de rapport avec nous, je pense que je peux tout entendre en restant calme. Je peux même sûrement t'épauler.

— Tu ne vois pas que j'ai honte ?

— Honte ? Honte que ça arrive maintenant ou honte de ce que tu n'oses me dire ?

Son ton s'était adouci.

— Tout à la fois. Je n'arrive pas à te le dire. Ce n'est pas si grave mais je me sens ridicule de l'effet que ça me fait.

— OK, tu veux que je te laisse un peu toute seule pour reprendre tes esprits ? Je vais me faire un café.

Il n'avait pas eu besoin d'attendre ma réponse. Il avait compris que j'étais dans un état sans issue immédiate. Toutes les émotions se chamaillaient dans ma tête. La peur tirait la joie par le bras, dégoût s'enflammait, tristesse touchait aux bons souvenirs… et colère n'était pas loin.

Un vrai vice versa dans mon esprit.

Après quelques minutes seule, j'observai sa pièce, fixai un poster de Pulp Fiction, respirai avec un effort réel pour me détendre. Uma Turman me dévisageait de sa moue boudeuse, les jambes en croix repliées sur son dos, lâchant sa lecture comme pour me dire : « *C'est comme ça qu'on sait qu'on a trouvé quelqu'un de spécial. Quand on peut fermer sa gueule pendant une minute et profiter confortablement du silence* ».

Je fermais les yeux, dégustais cet instant où toute décision pouvait apaiser ou envenimer la situation. Il fallait que je lui parle, que j'en parle à quelqu'un, juste pour passer à autre chose dans un premier temps. Ce qu'il ne savait pas c'est que la blessure réouverte avait appuyé sur le bonheur que je vivais, à savoir la peur immense que celui-ci s'arrête. Au fond, je me félicitais de ne plus avoir aussi mal qu'avant. J'avais été choquée de ma réaction inattendue.

Au lieu de souffrir pour ces moments du passé, j'avais souffert pour une possible répétition des événements. J'avais vu défiler les moments de joie avec Nicolas et je redoutais qu'ils ne deviennent des moments à pleurer sur ce qui n'est plus.

Il revint au bout d'un moment, sans doute vingt minutes. J'étais toujours assise sur son lit, les jambes nues par-dessus ses draps beiges.

— Je vais tout te raconter, ça va mieux.

— Tu n'es absolument pas obligée. Il avait dit cette phrase sans émotion, en toute neutralité, presque froidement.

— Je pense que ça me fera du bien. Je n'ai jamais pu en parler avant, ça me blessait trop. J'avais honte. Je me sentais meurtrie. La douleur prenait trop d'espace. Mais maintenant j'ai envie de te le confier.

— D'accord.

Il s'assit près de moi, au bord du lit. Il ne me touchait pas, ne me frôlait pas. Il savait que j'avais besoin de garder un certain espace pour parler.

Et c'est alors que je lui racontai mon histoire, réveillée par mon odorat trop affûté, faisant jaillir les souvenirs enfouis.

— Il est arrivé que notre librairie tienne un stand à la foire internationale il y a environ trois ans. Tu sais, cette grande foire où tous les stands sont là : l'agriculture, les pays du monde, la gastronomie, les loisirs, la culture, le patrimoine… Bref. Il y avait un stand pour l'armée non loin du mien. Ma collègue Pauline est passionnée par les avions, elle voulait absolument monter dans leur simulateur grandeur nature ; C'est comme ça qu'on a sympathisé avec Sacha, - tu te doutes, le sale con de l'histoire. On a fini par manger ensemble tous les midis tous les quatre : Pauline, lui, un de ses collègues et moi. Au début, c'était amical. Après dix jours, nous étions clairement dans un rapport de séduction avec Sacha. Il a pris mes coordonnées mais ne m'a pas rappelée tout de suite. J'aimais ce manque d'empressement. J'y voyais une marque de respect. Pendant un mois, je l'ai vu sur mon lieu de travail uniquement, sa base militaire n'était pas loin. Nous déjeunions ensemble mais rien de plus. Je voyais que je lui plaisais mais il n'agissait pas. Je lui ai alors proposé un cinéma et il y a eu enfin ce baiser tant attendu. À chaque fois, il allait chez moi car il n'avait pas le droit d'emmener quelqu'un sur sa base. Nous avions donc l'habitude de nous retrouver une à deux fois par semaine dans mon antre et j'étais vraiment heureuse. Il était prévenant sans être pour autant démonstratif. Il n'était pas forcément bavard mais la nuit quand nous dormions, il me serait toujours fort contre lui et quand venaient quelques mots tendres, je les conservais comme un trésor. Parfois il ne pouvait pas me voir pendant toute une semaine à cause de son métier, du moins ce qu'il me disait, et cela me chiffonnait mais j'acceptais. Tout comme sa mise en garde après notre première nuit : « ne t'attache pas trop, je dois bientôt partir en mission et quand je serai là-bas, je ne pourrais pas être dans une relation stable ». Il était anti-réseaux sociaux, je ne savais de lui que ce qu'il me confiait. Il aimait m'expliquer que notre société d'apparat, c'était pour les gens seuls, les aigris, les frustrés, que lui, il vivait la vraie vie. Il me disait avoir beaucoup d'amis et il me disait souvent les voir. J'aimais tout chez lui : ce caractère entier, sa sociabilité, sa liberté, son indépendance. J'admirais son dévouement, son ambition, sa nonchalance, il était simple, tranquille, tout lui allait.

C'est comme ça que je suis tombée amoureuse j'imagine, bêtement. Il jouait le froid et le chaud sans le faire exprès. Sa façon d'être là sans y prétendre avec toujours une réserve. Je savais qu'il développait des sentiments malgré tout à sa façon de me regarder. Il m'avait un jour emmenée au bord de mer et il avait toujours ces petites attentions délicates qui me faisaient fondre : tu vas voir comme c'est mièvre : j'avais les pieds écorchés par des sandales neuves, il les avait rincés doucement pour faire partir le sang, m'avait porté dans ses bras plus d'un kilomètre, et m'avait déniché une paire plus confortable. Il était comme ça, tout le temps, avenant et doux et moi, stupide, je jubilais, c'est ça le pire. Il aimait la beauté de la nature et voulait me faire découvrir de beaux endroits mais sans m'inclure dans ses paysages avec lui. Il me le rappelait souvent par bribes : « si un jour tu peux vivre ici, fais-le, c'est à 200 km de chez toi et regarde c'est le paradis ».

Quand je lui disais que j'allais lui manquer, il répondait « sans doute », quand je lui disais qu'à son retour, il m'aurait sans doute perdue, il répondait, navré : « je m'en mordrai sûrement les doigts ». Quand il avait su la date du départ, il m'avait invitée au restaurant, m'avait offert des fleurs, me dévorait encore des yeux et m'avait susurré que j'allais lui manquer. J'avais tenté de le faire changer d'avis sur une histoire possible à distance, il était catégorique, je devais l'oublier.

Je ne l'ai pas oublié évidemment. J'ai terriblement morflé, souffert, enduré, comme une âme en peine, comme ses femmes de marins qui attendent un homme qui ne reviendra plus.

J'ai espéré un retour de sa part vers moi, j'espérais que le manque soit réciproque, qu'il crève de malheur comme mon cœur en miettes.

Rien de cela ne s'est produit. Je n'ai pas tenté de lui écrire : par honneur et par peur. Le temps sur moi aurait pu faire son œuvre. J'aurais alors tourné la page comme on dit. Je me serais fait une raison, j'aurais peut-être réussi à regarder le passé en repensant à ces moments tous les deux. Car au fond, nous n'étions toujours que deux. Ils ne connaissaient pas mes amis, je ne connaissais pas les siens. Tout s'était joué dans l'ombre et c'est là que j'ai merdé.

Six mois plus tard, un client m'a demandé de lui faire parvenir un livre à la même adresse que la base militaire de Sacha. J'ai profité de cette opportunité pour savoir s'il le connaissait ; il m'a répondu qu'ils étaient dans le même régiment. Ce qu'il m'a annoncé ensuite m'a fait l'effet d'une gifle. Quand sa bouche a prononcé ses mots : Sacha - heureux - nouvelle vie - mutation – chance – compagne.

Ils allaient se marier dans l'année et « depuis le temps qu'ils étaient ensemble, ce n'était pas trop tôt ! ». Il a dit ses horreurs. Hébétée, j'ai balbutié : « une mutation ? Une mission non ? En Afghanistan ? ».

Il a répété plusieurs fois que non, qu'il n'était pas affecté sur des missions à l'étranger. Il m'a demandé comment je le connaissais. J'ai trouvé le premier truc dans ma tête embuée par l'angoisse, la douleur, le cerveau au bord de l'apoplexie et j'ai rétorqué bêtement « l'amie d'une de ses amies ».

Voilà c'est aussi idiot que ça. Fin du game. Bref... En résumé, j'ai rencontré un crétin, un menteur, un imposteur, finis-je par conclure, libérée.

— Tu n'avais rien vu venir ? me demanda, navré, Nicolas.

— Honnêtement non. De la merde dans les yeux. Avec du recul, oui, tout s'est éclairci. Les moments chez moi et jamais chez lui. Il ne devait même pas vivre sur sa base ! Ces silences radios parfois plus de cinq jours, ces instants peu nombreux à l'extérieur dans des endroits intimes et toujours loin de nos villes respectives de vie.

Cela m'a anéantie. Tout était faux sauf mes sentiments qui eux perduraient, malgré le chagrin, la rage, la haine. J'ai hésité à l'appeler pour comprendre. J'ai préféré me murer dans le silence.

Je l'étais toujours quand je t'ai appelé. C'est toi je dois dire, qui m'a réveillé…

Nicolas souriait enfin. Mon histoire l'avait agacé mais il s'était montré patient et compréhensif.

— On appelle ça « une confidence sur l'oreiller ». Il sourit de sa blague, heureux d'avoir percé la carapace en partie.

— Si tu veux bien, n'en parlons plus. C'est terminé. J'ai souffert, c'est loin d'être parfait mais je ne veux plus l'évoquer et qu'il vienne gâcher le présent.

— En effet c'est un minable et je pourrais ajouter plus mais puisque tu me le demandes, je me tais.

— Merci soufflai-je, apaisée.

J'appréciais sa compréhension à toute épreuve que je n'aurais sûrement pas pu avoir dans une pareille situation.

Il se rapprocha ensuite de moi, posa sa main gauche sur la mienne et de l'autre, caressa doucement mon cou jusqu'à me faire frémir et nous retournâmes nous lover dans les draps pour mon plus grand plaisir.

## NICOLAS

Elle ne l'avait peut-être pas fait volontairement, prise par l'émotion de parler enfin, mais quand elle avait évoqué Sacha, elle avait eu de nombreux superlatifs qui m'avaient rendu jaloux et des situations qui m'avaient rendu envieux. Au fond, je préférais qu'elle soit tombée amoureuse d'un homme ayant des points communs avec moi - à la différence près que j'étais amplement libre et dédié à elle. Si elle m'avait évoqué un flambeur ou un homme superficiel, j'aurais sans doute pensé que je m'étais trompé sur elle ou bien qu'elle serait déçue par ma personnalité. J'espérais toujours ne pas être juste un pansement ou une simple réponse à un besoin humain de se sentir désirée. J'avais aussi espéré mieux que de parler de son ex après notre première nuit mais les choses s'étaient déroulées ainsi et je ne pouvais plus revenir en arrière.

Quoi qu'il en soit, Britney m'avait livré une partie d'elle, peut-être parce que j'avais été abrupt et qu'elle avait senti cela comme seule issue pour me retenir, soit par besoin de se livrer, soit un peu des deux. Je l'avouais volontiers, je n'avais pas pris de pincettes, mais je n'aimais pas les attitudes qui laissaient les gens en face dans le flou. Soit il fallait parler soit se taire à jamais, comme disaient les curés.

Britney m'enchantait, Britney m'époustouflait. Après cette soirée confession, elle me proposa pour la première fois une balade en compagnie de Pauline. Une façon pour elle de m'intégrer dans son univers, une preuve pour moi de son attachement.

**PAULINE**

*Playlist 13 - Porcelaine – Bénabar -Album Bénabar - 2001*

Mme Bloomberg était une magicienne. Quand je lui disais cela, elle riait mais avant tout elle rectifiait : c'était moi qui changeais, qui évoluais. Après quatre séances intenses, je déterminais mieux mes attentes et mes failles. Elle ne cherchait pas à décortiquer ou analyser mon passé à tout prix pour comprendre le présent. Elle souhaitait juste que je m'adapte mieux dans mon futur proche. Elle m'obligeait à chercher mes valeurs et à les faire respecter coûte que coûte. Elle ne disait jamais de mal de moi, elle n'était jamais dans le jugement. Elle m'amenait toujours à réfléchir sur ma vie. Mon besoin d'amour, mon besoin d'amitié fusionnelle, mon besoin du corps de l'autre, mon besoin de contact, mon besoin des autres. J'aimais trop les autres. Le trop ce n'était jamais bon. Il fallait que je fasse la paix avec moi-même, que je me sente bien en ma seule et unique présence. Elle avait souri quand j'avais évoqué une abstinence pour me soigner. Elle disait que cela n'était pas le fond de mes problèmes. À chaque rencontre, j'apprenais sur moi, à moi d'imposer mes limites. Elle était épatée par mon affirmation dans mon travail, mon acharnement à positiver malgré tous les échecs et pourtant ce manque total de confiance dans la rubrique des sentiments. Selon elle, j'avais une certaine force et je ne savais pas m'en servir.

Dans sa salle d'attente, j'avais vu une publicité pour la fête des bateaux. Ce week-end, un magnifique voilier mexicain débarquerait dans notre ville. J'avais envie de laisser traîner mes pieds à cette mondanité et de me changer les idées. J'avais proposé à Britney de m'accompagner. Je n'étais pas partante au départ pour que Nicolas nous accompagne, peur d'être mise de côté et d'avoir à tenir la chandelle mais elle y tenait. L'occasion de mieux connaître l'homme qui la déstabilisait me soutenait-elle. Je pensais qu'il allait être de trop. J'avais eu tort. Une de ses initiatives allait me permettre de me découvrir encore. Mme Bloomberg m'avait justement incitée à me faire du bien et à m'ouvrir à d'autres univers. Elle ne savait pas à quel point elle voyait juste en disant cela. Les marins à la peau mate et aux cheveux noirs avaient investi de part et d'autre le centre -ville. Avec leurs costumes blancs et bleus et leurs bérets, ils étaient reconnaissables. Souvent par groupe de deux ou trois, ils déambulaient d'un pas vif à travers chaque rue et ruelle, projetant leurs airs charmeurs et guillerets. Parés ainsi, ils étaient tous beaux à leur manière. Cela m'émoustillait, me donnait terriblement envie de leur parler mais je ne savais comment les aborder. J'eus assez vite ma réponse.

Le soir de notre rendez-vous, il faisait encore chaud et grand soleil comme un mois d'août du plus haut niveau. L'air était doux et j'étais particulièrement bien. Habillée dans ma robe vichy rose, je me sentais sûre de moi. Au moment de me rejoindre sur le quai, Britney et Nicolas marchaient côte à côte. Je les observais ainsi se mouvoir sans se toucher, son regard penché vers elle avec tendresse. Cela m'émouvait de voir mon amie sereine. Je sentais encore dans son attitude des milliards de réserves, des tonnes de blocs à faire tomber mais Britney était heureuse. C'était un fait. Lui, c'était encore différent. Il sentait l'amour à plein nez. Ses yeux brillants ne la quittaient pas d'une semelle. Il tentait de passer sa main dans son cou ou de lui enlacer la taille. Cela gênait visiblement Britney. Elle le repoussait gentiment, et lui, juste après, lui susurrait des choses à l'oreille et cela la faisait sourire à moitié. J'avais prévenu que j'acceptais sa venue s'ils ne passaient pas leur temps à se bécoter. Britney m'avait rassurée : elle n'avait absolument pas cette intention. Elle suivait à la perfection cette recommandation mais cela me mettait dans l'embarras face à cet amoureux éconduit.

Pour détendre l'atmosphère, Nicolas proposa de visiter le somptueux bateau. Agglutinés dans la file d'attente pour rejoindre l'embarcation, les gens s'impatientaient. Pendant ce temps, j'observais le jeu des marins qui tendaient leurs mains vers les charmantes demoiselles avec tact et délicatesse. Un air de mariachi, musique typique mexicaine, embrassait l'atmosphère rendant la scène idyllique et pleine de gaieté. Quand ce fut notre tour, l'un deux me démontra sa galanterie en m'aidant à grimper sur le pont en attrapant avec grâce ma main. Il me salua en espagnol et je compris qu'il louait mon sourire aux mots qu'il me transmit. Il n'était pas très grand, son nez était légèrement épaté et ses yeux riaient. Britney et Nicolas me voyant en bonne compagnie étaient partis sur la partie inférieure là où se trouvaient les cuisines. Mon marin s'appelait Andrés. Voyant mon enthousiaste partagé à échanger tant que possible dans sa langue natale, il entreprit de me faire visiter le voilier. Il parlait avec joie, ses manières étaient délicates. Il était passionné par son métier et me racontait avec avidité son parcours et ses étapes dans les grands ports du monde entier. Je ne comprenais pas tout et parfois il devait s'exprimer avec de nombreux gestes. Au moment où il allait me montrer la partie supérieure du bateau, Britney tapa sur mon épaule :

— On te cherche depuis un moment mademoiselle !

Je m'excusai platement. Je n'avais pas vu le temps passer. Andres griffonna alors son numéro sur un bout de papier et me le tendit, me suppliant de le joindre puis il prit ma main et y pencha sa bouche sans la toucher en guise d'au revoir. Mon visage rougissait et je devais forcément renvoyer l'image d'une jeune femme émoustillée à ma façon idiote de sourire. Britney se moqua de moi. J'étais irrécupérable selon elle. Ce fut l'occasion pour Nicolas de me poser tout un tas de questions sur le chemin du retour. J'hésitais à revoir Andrés. C'était un parfait inconnu : il pouvait être fou, il y avait la barrière de la langue et il repartait dans quatre jours. Dans quoi m'embarquais-je encore une fois ? Nicolas avait envie de me connaître et c'était plaisant. Je le sentais sincère mais cela pouvait aussi être une tactique pour séduire Britney un peu plus. Quoi de plus agréable qu'un homme qui s'entend bien avec ses amis ? Il me demanda depuis combien de temps j'étais seule, il s'interrogea sur mon incapacité - selon mes propres termes - à être célibataire. Il se montrait parfois légèrement moqueur devant ma pseudo naïveté. Depuis ma première rencontre avec Nicolas au magasin et dans une pizzeria mais aussi grâce aux récits de Britney, je pouvais un peu mieux me faire une idée de cet homme aux allures de gendre idéal. Un assemblage de force tranquille et de sensualité. J'avais émis intérieurement trois théories le concernant : soit il se révélerait ennuyeux à mourir et Britney se lasserait très vite. Soit c'était un pervers manipulateur : parfait en public mais pouvant dégoupiller dans l'ombre à la moindre contrariété sans crier gare telle une cocotte-minute. Je supposais cela devant la maîtrise qu'il avait de ses moindres faits et gestes. Enfin, ma dernière option restait la plus plausible et aussi la plus rageante : il était terriblement épris d'elle et son comportement trahissait son envie de lui plaire par tous les moyens quitte à montrer uniquement le meilleur de lui-même pour le moment. Dans cette dernière éventualité, il y avait fort à parier qu'il ait des défauts classiques : pénibles mais supportables. Je devais paraître bien volubile à ses yeux en comparaison à sa vie toute tracée. Cependant, il ne me jugea pas et me voyant assumer mon cœur d'artichaut et mes papillonnages - je n'allais tout de même pas lui avouer la face immergée de l'iceberg, à savoir mes séances chez le psy - son diagnostic fut sans appel devant mon indécision à contacter Andrés. Selon lui, puisque cela me faisait du bien, il n'y avait pas de quoi se priver d'un bon moment, surtout si cela permettait d'entretenir mes « cours de langue ». À sa blague nulle, Britney avait réagi en lui donnant un léger coup de coude dans les côtes pour lequel il avait fait semblant de souffrir pour obtenir une culpabilité feinte de sa chère et tendre. La complicité évidente entre Britney et Nicolas provoquait en moi des relents de jalousie et je voulais bêtement, par défi, leur prouver que je pouvais, comme eux, prétendre à une belle romance.

En rentrant chez moi, j'écrivis à Andrés. Par jeu, par envie et aussi un peu comme un pied de nez à Britney et Nicolas et à leur mièvrerie. Ce serait court, intense, dans mes cordes.

# **B R I T N E Y**

Quand Pauline m'avait invité à la fête des bateaux, j'avais accepté immédiatement. J'y allais chaque année. L'ambiance y était toujours festive et joyeuse ; des stands de la marine militaire étaient présents mais aussi de plus petits voiliers. On pouvait tous les visiter. Je voulais que Nicolas se joigne à nous simplement parce qu'il me manquait et que j'avais envie d'être avec lui aussi souvent que possible. J'avais promis à Pauline que nous ressemblerions à tout sauf à un soap de bas étage. Elle me savait pudique, je n'allais pas changer subitement. Quand il me rejoignit au tram afin de se rendre ensemble aux festivités, il était aussi beau que dans mon dernier souvenir. Ses yeux verts ressortaient à mesure que l'été avançait et que sa peau bronzée gagnait en intensité. Son tee-shirt mettait en lumière son corps qui m'attirait. Il m'avait enlacée devant chez moi et avait passé sa main le long de ma robe et bien que j'en eu autant envie que lui, je l'avais stoppé assez vite dans son élan. Je ne voulais pas que Pauline nous attende comme un piquet au milieu de la foule. Il était déçu mais avait compris. Durant le trajet, il voulait me serrer contre lui mais face au brouhaha des gens agglutinés les uns contre les autres j'étais mal à l'aise. Encore une fois, je lui susurrais à l'oreille : « pas en public, s'il te plaît ». Je l'avais vu frustré, et devant sa mine déconfite, je lui avais alors pris la main pour le rassurer. Il n'avait alors eu de cesse de caresser de son pouce ma paume. Cela me faisait frissonner des pieds à la tête. J'avais chaud et j'étais moite. Quand enfin les portes s'ouvrirent, il s'amusa à marcher à distance d'un mètre et à m'observer joyeux.

Tout en marchant vers Pauline, il tenta alors de passer sa main au-dessus de mes épaules et sentant ma réserve, se ravisa et enlaça ma taille. Je me pris d'un fou rire :

— Tu me chatouilles !

À l'oreille, il me chuchota :

— J'aimerais te chatouiller bien plus encore !

— Je sais, lui dis-je, les yeux vers le sol, moi aussi... mais pas ici.

— J'ai compris Britney, je me calme... mais tu me plais tellement...

Je l'embrassais furtivement pour le rassurer malgré tout.

Sur le bateau et après un verre de vin offert par le capitaine, je devins cependant de plus en plus détendue. J'avais pris la main de Nicolas dans les cuisines du voilier et même esquissé quelques pas de danse à son bras sur les airs musicaux qui envahissaient l'espace. Savoir Pauline occupée avec un autre me soulageait. Je savais combien elle était malheureuse actuellement et je ne voulais pas lui jeter notre amour en pâture. Cela m'agaçait qu'elle puisse encore se vautrer avec le premier venu, qui plus est un marin dont elle ne pourrait rien attendre, mais cela n'était plus mon problème.

# NICOLAS

*Playlist 14 – Nuit – Fredericks -Goldman - Jones -Album Fredericks Goldman Jones - 1991*

J'étais en manque d'elle juste après son départ du tram et elle dut le percevoir, puisqu'elle me proposa de passer dès le lendemain chez elle ; elle avait également tenu à me rassurer sur son attitude en public, sur sa pudeur. Cela n'avait rien à voir avec ses sentiments. J'avais compris que c'était à prendre ou à laisser, je m'en contenterais mais j'espérais vraiment au fond finir par la mettre en confiance. Elle qui se moquait du regard des autres pour tout le reste me surprenait sur ce point précis. Demain, j'allais découvrir son antre et son chat Magnificat.

Elle m'avait prévenu, il pouvait se montrer possessif même avec ses amis. Je ne m'attendais donc pas à une réaction des plus amicales de son compagnon à quatre pattes mais je ne m'attendais pas à ça.

Il vint littéralement gâcher notre deuxième soirée en amoureux, du moins la seconde partie. Un chat pouvait faire douter : j'y croyais moi-même à peine.

Comme quoi, des choses qu'on croyait infimes pouvaient venir rompre un équilibre déjà fragile.

J'aurais dû m'en douter puisque j'avais l'habitude de percevoir le fonctionnement des gens dans mon métier à force d'anticiper : le diable se cachait dans les détails. Un microcosme parfait pouvait se briser bêtement avec un enchaînement digne des dominos qui s'écroulent à la chaîne. Une parole répétée déformée, un regard de travers : au travail, dans la rue, en famille, les choses pouvaient vite déraper, et cela était contagieux, pas un pour vouloir la paix, comme si le conflit était à la mode, comme si vouloir la tranquillité était ringard et niais. Et le plus dur dans ce monde c'était la communauté. Et dans cette communauté, le couple était de loin la chose la plus difficile à cause de l'enjeu. Quand on avait un enfant, on l'aimait quoi qu'il fasse ou presque. On ne pardonnait pas si facilement à un conjoint – à un ami à la rigueur - mais à un conjoint, c'était très rare. Et sur ce coup-là, un simple un chat était venu bousculer nos petites certitudes.

Elle l'avait enfermé dans la cuisine durant notre film et tandis que nous étions tous les deux, les pieds recroquevillés sous le plaid, plus tellement habillés, elle avait rouvert la porte puisque nous étions prêts à aller dormir. Magnificat avait l'habitude de se blottir sur le bas de son lit. Soit. Je n'étais pas enjoué par l'idée mais après tout, j'apprenais à la découvrir et je devais m'adapter un minimum. Cinq minutes après avoir éteint la lumière, serrant Britney dans mes bras, je tentais de m'endormir mais son chat commençait à remuer. Britney semblait déjà ailleurs. Je n'étais pas serein mais je m'endormis finalement. Deux heures environ plus tard, soudain, après que je me sois tourné vers le mur, celui-ci bondit sur moi et me griffa tout l'avant- bras. Dans la panique, je hurlai. Aussitôt elle se réveilla et se redressa. À travers les persiennes, la lumière des réverbères filtrait.

Je la vis, les cheveux ébouriffés, ouvrir la bouche et se tourner vers moi, inquiète :

— Oh merde, je suis navrée, ça va ?

— Je ne m'y attendais pas je t'avoue, dis-je en tentant de reprendre mes esprits, mais rien de grave. Une petite égratignure.

Se tournant vers son chat :

— Eh bien minette, alors, qu'est-ce qu'il t'a pris ?

Comme les chats ne sont toujours pas dotés de la parole, elle continua en le caressant :

— Tu restes sage maintenant, lui conseilla-t-elle, d'un air doucereux.

Elle s'excusa encore et nous nous recouchâmes l'un contre l'autre. Dix minutes plus tard, Magnificat bondit de nouveau sur moi.

Je fis un geste désarticulé pour tenter de me protéger mais je n'étais plus très serein. Cette fois il m'avait griffé la main.

Britney vraiment navrée, tentait de remettre son chat à sa place en lui donnant des ordres, si tant est que cela ait été possible.

— Dis donc ton chat c'est catégorie 1 ou 2 ? attaque ou défense Magnificat ? plaisantai-je, pour retrouver un peu de sérénité.

Elle rit et nous nous recouchâmes après qu'elle l'ait obligé à se mettre en boule au pied du lit. Pas rassuré, je finis tout de même par me rendormir. Environ 25 min plus tard, il me sauta de nouveau dessus, cette fois me griffant le visage. J'en avais assez.

Cette fois, j'étais passablement irrité.

Britney était mal à l'aise et le sortit de la chambre.

— Montre-moi ta plaie, dit-elle.

— Ton chat est franchement fou, non ?

— Fou peut-être pas non, jaloux c'est certain. Il a de quoi être jaloux en même temps !

Elle riait tout en disant cela, tandis que de mon côté, le ton n'était plus à l'humour.

— Ça m'ennuie de te demander ça mais peut-être pourrait-il dormir ailleurs quand je suis là, non ?

— Il dort toujours sur mon lit, il va s'habituer à ta présence.

— Il a fait ça avec ton ex ?

— Je ne l'avais pas encore. Tu es le premier qu'il rencontre, enfin avec autant d'intimité, tu m'as comprise.

— Je comprends tout ça mais je te demande de le faire dormir ailleurs, ce serait bien dans un premier temps. Tu peux peut-être faire ce petit effort, non ?

— Oui on verra, je ne te promets rien.

— Écoute Britney, ton chat m'a agressé trois fois en l'espace de deux heures, j'aimerais un peu de compassion. Je ne te demande pas de t'en séparer. J'étais agacé et cela s'entendait à mon ton.

— Encore heureux ! s'insurgea-t-elle.

— Je prends beaucoup sur moi pour être agréable, conciliant et faire en sorte que tu te sentes bien, comme la première nuit où tu m'as parlé de ton ex. J'aimerais la même bienveillance, tu comprends ce que je veux dire ?

— Tu prends sur toi, c'est-à-dire ? Sois plus explicite, dit-elle agacée.

— Tu es parfois exigeante, tu le reconnais toi-même et je pense que, souvent, je m'adapte ; attention, je ne te le reproche pas, ça me plaît mais là je te demande juste de faire dormir ton chat ailleurs pour ce soir ET les autres fois, ce n'est pas non plus la mer à boire !

— Ok j'entends, j'enregistre. Je suis capricieuse en somme...

— Je n'ai pas dit ça, ne joue pas les victimes Britney !

— Pardon ? Une victime ? Bon, écoute, il est 3h du mat bien tassé, je suis épuisée. Soit on en reparle une autre fois, soit tu t'en vas. Je n'ai pas envie de polémiquer sur mon égoïsme ou je ne sais quoi...

Son ton montait dans les aigus. Ses mains s'agitaient.

— Britney, ne te mets pas dans ses états, je ne voulais vraiment pas qu'on se fâche ! Franchement, là tu t'emportes toute seule ! dis-je, maintenant contrarié.

— C'est trop tard, je suis fâchée.

Elle s'était allongée de façon à être dos à moi.

— Britney, tu veux que je rentre ? soupirai-je, las.

Elle ne répondait plus. Je la sentais ulcérée. Je l'étais aussi.

Je me levai doucement, vêtu simplement de mon caleçon. Elle ne tenta à aucun moment de me retenir quand je pris mes affaires jonchant le sol pour me rhabiller. Elle ne me répondit plus quand je lui assenai un « au revoir Britney » froid, énervé que j'étais, en claquant la porte de sa chambre, la laissant seule, elle et son chat maudit.

En fermant la porte de son appartement, il faisait nuit et il pleuvait. Je fulminais. L'eau dégoulinait sur mon corps, dépourvu de veste.

Je marchai jusqu'à ma voiture, plusieurs mètres, la tête pleine de questions. La colère prenait le dessus. Britney en valait-elle la peine ?

Britney pouvait être drôle, surprenante, délicate mais aussi impulsive, brute, et capricieuse. Je revoyais la scène dans notre premier restaurant, quand le serveur, après trois demandes, ne lui avait pas apporté d'eau. Elle avait envie de se lever et de lui hurler dessus. Elle était remontée comme un coucou. Avais-je vraiment envie d'être avec une personne si centrée sur ses besoins ?

Je le savais, mon état de nerfs ne me permettait plus d'être objectif. Arrivé chez moi, j'avais envie de lui écrire mais aussi de la laisser revenir. Je choisis la deuxième option. Je n'arrivais plus à dormir évidemment. J'appelai Hervé ; lui le noctambule serait bien disposé à réconforter son ami. Je savais qu'il serait de bon conseil.

Notre échange fut bref car il me proposa de passer directement le voir.

Quand j'arrivai chez lui, la nuit était déjà bien avancée et la pluie était toujours intense. Je garai ma voiture dans son allée et fit le tour de sa maison à toute vitesse, risquant de glisser à tout moment. Il était comme je l'imaginais, dans son atelier dont les deux portes étaient grandes ouvertes sur la campagne profonde et isolée de tout.

À l'intérieur, radio à fond, Véronique Sanson chantait avec passion : « *Et je me demande, si cet amour aura un lendemain... quand je suis loin de lui (...) je n'ai plus vraiment toute ma tête ...* ». Même les ondes en rajoutaient une couche.

Je trouvais Hervé bricolant un meuble ancien. La ponceuse allait bon train et il ne m'avait pas entendu arriver. Quand il m'aperçut, il ne sursauta même pas. Un sourire éclaira son visage et il stoppa ses activités.

— Alors Nicolas, quel bon vent te mène ?

Tout en pénétrant dans son antre et en lui faisant une bise, je lui répondis avec empressement :

— Tu dois te demander ce que je fais à 3h du mat chez toi ! En fait, je n'avais pas tellement le moral alors je viens chercher du réconfort.

— Mince, rien de grave ?

Il entreprit de retirer sa visière qui lui donnait un air de cosmonaute et appuya ses fesses contre son établi prêt à écouter mes déboires.

— Non absolument rien de grave. Mais continue ton travail, ne t'arrête pas pour moi. J'ai juste envie d'un avis neutre. J'ai rencontré une fille. Tu sais : LA fille.

— Oh mais c'est une excellente nouvelle ça mon grand ! ! Et elle t'a déjà brisé le cœur la donzelle ?

— Non, repris-je, penaud. Pas exactement. C'est quelqu'un d'exigeant il me semble. J'ai peur qu'on ne soit pas compatible ou de ne pas savoir gérer son caractère.

Je lui racontais alors la scène du chat mais il avait remis sa ponceuse en marche et il fallait que je crie presque pour me faire entendre.

— Tu as tapé son chat ? me dit-il en relevant les yeux vers moi.

— Non ! Je disais que je l'ai juste traité de taré, c'est tout, et j'ai été patient... Je ne demandais pas grand-chose, juste qu'il dorme solo à l'avenir, ça ne me semble pas le bout du monde. Elle est montée sur ses grands chevaux quand je lui ai dit qu'elle me semblait souvent égoïste. Tu penses que j'ai eu tort ?

— Ça se comprend... mais là où tu as eu tort à mon avis c'est d'attaquer cette fille sur ses points faibles, surtout si elle est à fleur de peau. Tu pouvais lui dire que pour toi ce n'était pas gérable point, sans entrer dans les détails. Et là, tu vois, soit elle s'adapte, ou non. C'est ton souci mon grand, tu veux tellement bien faire, tu te perds avec trop d'explications, trop de justificatifs...

— Je sais... c'est con cette histoire !

Stoppant enfin son engin :

— Hey il n'y a rien de grave, on parle d'un homme et d'une femme, pas d'une guerre nucléaire ! ria-t-il.

— Oui bien sûr mais je l'ai déçue. Ça partait bien pour une fois, ça me changeait des filles que j'ai pu rencontrer qui veulent juste s'amuser un soir. D'un côté, je n'ai pas envie de me laisser marcher dessus et de tout accepter.

— Tu te rends compte que tu me parles d'un chat ? Ce n'est quand même pas un putain de chat qui va déjà causer des problèmes ? se moqua-t-il.

— Je te rappelle ton putain de chien qui faisait râler ta femme sans arrêt ? le narguai-je.

— Ex-femme, précisa-t-il. Et mettant la main sur son cœur : « paix à ton âme ma cacahuète ! ». Et il réussit à me faire rire.

— À ce propos, la mère de Britney tient un chenil si tu te sens prêt à ré-adopter.

— Britney ?

— Oui c'est elle, la fameuse.

— Britney ? Celle qui te fait tourner la tête ? Une Américaine encore ?

— Non aveyronnaise, aussi brune que toi quand tu avais des cheveux, le taquinai-je.

— Au plaisir de rencontrer cette jeune femme alors !

Il reprit le cours de son ouvrage et tout à mes pensées, mon regard se posa sur une peinture de Marc Chagall représentant un énorme bouquet de fleurs violettes au côté d'un couple enlacé au-dessus d'un village couleur ocre. En me rapprochant je vis écrit : « Couple sur Saint Vincent de Paul ». Une idée germa dans ma tête.

Après avoir salué Hervé longuement qui insista pour boire un petit digestif que je refusai, je repris la route vers mon appartement. La pluie avait cessé mais des grondements se faisaient toujours entendre au loin.

# **BRITNEY**

*Playlist 15 - Fuir le bonheur de peur qu'il ne se sauve - Jane Birkin – Serge Gainsbourg - Album Baby Alone in Babylone - 1993*

Nous avions passé une merveilleuse soirée. J'arrivais à me détendre, à lâcher du lest, un peu ; oh ce n'était pas Byzance, ce n'était pas le luxe. Une petite dose de confiance retrouvée, de quoi envisager un peu plus loin, voilà tout. Sa réaction m'avait glacée. Il avait réussi en peu de temps à me montrer du négatif. Je détestais les gens hypocrites qui crachaient ensuite leurs frustrations en une fois. J'étais choquée et blessée. J'avais longuement pleuré dans mon lit, incapable de bouger. Je n'avais plus envie de le voir. Ses mots m'avaient heurtée. Je n'étais pas capricieuse, j'étais juste moi-même, avec mes envies et je n'allais pas faire semblant pour lui plaire. Tant pis pour lui m'étais-je dit après m'être calmée. Le lendemain au travail, c'était le dernier jour de travail pour Laurène et Selma qui partaient chacune en vacances le soir même, mais aussi celui de Nicolas. Quand j'embauchai à 13h pour la fermeture, j'étais d'une humeur massacrante, à cran, au plus mal.

# LAURENE

Je vis la scène sous mes yeux, ahurie et tendue.

Une Britney disant bonjour, sans son ton jovial habituel. Elle fonçait vers les vestiaires, visiblement mal. Les yeux bouffis. Ma Britney n'allait pas bien. Dans ces moments-là, il valait mieux la laisser. Elle avait beaucoup d'avance comme à son habitude quand elle était de fermeture. Après avoir fumé sa cigarette, elle ouvrirait la porte avec force pour entrer en boutique comme quand elle était dans ses jours sombres. Ses changements d'attitude n'allaient pas me manquer pendant mes vacances. Ni les humeurs de l'équipe, ni les frustrations des clients. J'étais fatiguée et lasse.

J'espérais malgré tout une journée concentrée sur la préparation de mon départ, je restais donc optimiste. Mon temps majeur serait dans le bureau à envisager les trois semaines sans moi. Nul doute que l'équipe allait faire son travail correctement, ayant à cœur de me rendre fière. J'étais moins sereine sur l'ambiance. Heureusement, Selma partait pour deux semaines elle aussi et Lucie serait de retour dès lundi. Elle avait ce don pour apaiser l'ambiance, toujours d'humeur égale.

Devant mon ordinateur, je traçais les futurs plannings de septembre, quand j'entendis Britney entrer dans la réserve, fâchée.

— Ce n'est pas vrai ça, c'est la sortie des cons aujourd'hui, ils se sont donnés le mot ! ?

Je me levai et sortis de mon bureau :

— Qu'est-ce qu'il se passe ?

— Une cliente qui a voulu faire entrer son caddie, comme d'habitude. Je lui ai expliqué que ce n'était pas possible pour la circulation des personnes en fauteuil, elle m'a dit que j'étais chiante.

— Ohh ! Mais c'est pas vrai ! dis-je ulcérée, je vais la voir !

— Non c'est trop tard, elle a fait demi-tour aussitôt.

— Tu le lui as dit comment ? lui demandai-je, sur un ton neutre telle une psy, prête à l'installer sur un fauteuil, me voulant ouverte et à l'écoute.

— Oh non pas maintenant, j'ai pas envie de débriefer de la façon dont j'ai parlé. Je ne lui ai pas dit « casse-toi pauvre cloche » tu te doutes. J'ai été un peu sèche sans doute mais j'ai été parfaitement polie.

Son attitude m'avait évidemment surprise bien que préparée connaissant la bête. Britney pouvait être dure mais j'avais l'habitude maintenant. Elle agissait toujours comme un animal blessé quand elle était acculée, impossible de l'approcher sans essuyer un revers. Malgré tout, je ne laissais jamais passer. Elle savait vite reprendre sa place.

— Alors Britney, tu vas redescendre tout de suite d'un ton. Que les clients puissent râler pour des bêtises, tu le sais, je te défendrai toujours mais il faut aussi savoir balayer devant sa porte. Il y a les formes à mettre.

Britney savait qu'il ne fallait pas me chercher, encore moins me manquer de respect, j'allais me mettre bien plus en colère qu'elle. Aussitôt, son visage changea d'allure. Elle comprit qu'elle était allée trop loin.

— Oui excuse-moi. Je dépasse les bornes marmonna-t-elle, confuse, la tête baissée.

— Allez va fumer une cigarette et va ranger la réserve ensuite, le temps de te calmer.

— OK.

Ni une, ni deux, elle était partie avec ses pas rapides habituels, brassant l'air étouffant.

Dix minutes plus tard je l'entendais classer, déplacer, dépoussiérer notre minuscule réserve.

Soudain, la porte du bureau s'ouvrit et je vis la tête de Selma apparaître et me chuchoter :

— Britney est encore dehors en train de fumer sa cigarette ?

Elle n'avait pas dû parler assez bas car je n'eus pas le temps de répondre.

## **SELMA**

— Britney t'entend, Selma ! Et pour ta gouverne et à ta grande surprise, je ne fume pas, je fais ton activité favorite, ranger la réserve !

Elle avait dit cela sur un ton si sarcastique que je sentais sa mauvaise humeur à dix mètres.

Je m'approchai d'elle et la toisai.

— Tu es de mauvaise humeur, soit. Tu n'es pas absolument obligée d'en faire profiter les autres.

— Je ne t'ai rien demandé Selma, tu attaques, je me défends.

— Quelle attaque ? m'offusquai-je faussement.

— À tes yeux, je suis soit tyrannique, soit une glandeuse toujours en pause. Mais regarde-toi d'abord avant de parler. Tu passes plus de temps ici qu'avec les clients.

— Je n'ai pas dit ça, lui répondis-je, levant les yeux au ciel, agacée. Et concernant la réserve, heureusement que quelqu'un est organisé ici !

— Tu as un problème avec moi, tout le monde le sait !

— Tout le monde ?

Mais je ne pus finir ma phrase, Laurène sortit en furie de son bureau pour m'interrompre.

— Vous plaisantez, j'espère ? C'est un samedi important, le magasin est rempli, je suis à la veille de partir en vacances, vous me faites honte.

Elle ouvrit exaspérée la porte menant au magasin et dit à la cantonade :

— Reta et Édouard ; je suis en entretien avec Britney et Selma, si vous avez besoin, vous frappez trois coups et j'arrive ! Elle tourna ses yeux en feu vers nous tout en tentant de conserver son calme, ce qui donnait un visage perlé de gouttes de sueur.

— Venez vous asseoir dans mon bureau. Toutes les deux.

Son ton était plein de colère.

— Si vous avez des choses à vous dire, c'est maintenant. Vous connaissez la règle ici : vous êtes comme au théâtre, une fois sur scène, action ! Les problèmes vous les laissez au placard. Les clients n'ont pas à subir vos frustrations et vos considérations personnelles. Selma, si tu as des choses pertinentes et professionnelles à dire à Britney vas-y, c'est le moment ! Mais je t'interdis de lui manquer de respect.

— J'ai bien compris que c'était la petite chef ne t'inquiète pas, balançai-je sarcastique.

— Non ce n'est pas une petite chef, c'est ta responsable adjointe.

— Selma, tu es jalouse, tu voulais ce poste, alors parlons-en, vas-y, vide ton sac, me dit Britney.

— Oui mais ça c'était avant, ça ne m'intéresse plus. Quand je vois ce que tu fais, je suis bien là où je suis.

— Ce que je fais ?

— Oui tout ton travail payé pour pas un rond !

— Tu voulais le poste pour de mauvaises raisons Selma, renchérit Britney, nous en avons déjà parlé. Je n'avais pas envie de revenir là-dessus mais tu m'y amènes. On ne prend pas un poste pour la gloire ou le salaire, ça ne suffit pas. Il faut mener, répéter, s'adapter, encaisser, être partout à la fois et toujours le cul entre deux chaises.

— Ce n'est pas le propos Britney, les raisons de mon choix de te mettre à ce poste m'appartiennent, soyons clairs là-dessus, ajouta Laurène.

— J'ai l'impression que vous doutez de moi sans arrêt, que vous me trouvez incapable, dis-je mal à l'aise, triturant mes doigts.

— Non tu as beaucoup de force, tu es une vendeuse exceptionnelle mais aujourd'hui Britney a été choisi pour des raisons précises, il n'y a pas à tergiverser là-dessus ajouta Laurène, plus douce. Je ne veux plus entendre de comparaison ou de remarques. La seule qui est en droit de la juger, c'est moi. Je ne vous demande pas d'être les meilleures amies, mais dans le cadre du travail, il faut savoir composer avec les caractères de chacun.

— Aucun souci pour moi, dit Britney, incitée à imiter le calme de sa responsable. Je ne veux juste pas de remarques insidieuses. Se tournant vers moi :

— Selma, je tiens à te répéter que j'ai beaucoup de considération pour ton implication. Je te trouve beaucoup en retrait en réserve c'est vrai et j'attends de te voir auprès des clients. Je suis peut-être beaucoup derrière toi mais c'est dans le but de te faire progresser. Et si tu as des choses à me dire, dis-le-moi sur le moment. Je sais que je peux être brute, et je m'en excuse si c'est ton impression mais ce n'est pas tourné contre toi.

Son ton restait froid malgré tout.

Britney devait prendre sur elle car je voyais qu'elle avait repris son self contrôle sous les yeux de Laurène : elle savait combien il ne fallait jamais la décevoir.

Au moment de sortir du bureau, je pouvais paraître fière, robuste, souriante, cachée sous mes boucles blondes. À l'intérieur, c'était le séisme. Je me sentais à la fois humiliée et nulle, en colère et blasée. J'aurais pu répliquer, me fâcher, redire combien j'aurais rempli ce poste avec joie, combien je l'aurais assumé, combien il m'aurait plu mais je n'en avais plus la force. Je finirais ma vie vendeuse dans cette boutique de la galerie en attendant seule la retraite. J'avais beau parfois être taquine ou acerbe avec Britney, je ne la détestais pas, bien au contraire, j'aurais aimé que nous nous entendions mieux. Je la percevais comme une femme fragile et émouvante derrière ses airs supérieurs et j'aurais aimé découvrir cette personne-là. Cela ne se ferait sans doute jamais et c'était ainsi, on ne pouvait aimer tout le monde. On ne pouvait surtout aimer les gens que tels qu'ils se dévoilaient. Creuser, je n'en avais plus envie. Dans ces moments de lassitude, je pensais à mon père. Que penserait-il de moi s'il me voyait ainsi lui qui voyait toujours le positif partout ?

Mon père me manquait. Tout le temps. Que le temps soit beau ou mauvais, que mon ciel soit dégagé ou tempête, il m'accompagnait. Il m'arrivait d'aller en bord de mer et de rester seule des heures sur la plage. Cela me faisait du bien. Le soleil au zénith, le paysage se figeait, ressemblant alors à une toile peinte à l'huile. Je fermais les yeux et j'étais avec mon père sur le sable. J'avais dix ans, lui la trentaine. Nous étions insouciants et nous étions heureux. Je ne mesurais pas ma chance, je vivais le présent. J'avais pris conscience que j'allais perdre pour de bon mon père bien avant sa mort. Mon père était mort deux fois. Une fois quand il avait eu cette fichue maladie qui fait oublier les souvenirs et une fois quand il avait cessé de respirer pour toujours. Il était pourtant encore jeune pour les perdre, ses souvenirs. Soixante-cinq était plutôt un âge pour ressasser le passé. Lui il n'en avait plus. La vie gardait-elle vraiment un sens quand converser, penser et écrire n'était plus envisageable ? Lui, véritable dictionnaire ambulant, adepte des jeux de mots et usant de l'humour comme d'une ponctuation connaissait là le pire des affronts. Tous les combats ne se valaient pas. Ce passé avec lui, féroce et léger, joyeux et habile, moi, je l'avais gardé précieusement, dans une énorme bulle. Cette bulle c'était mon oxygène quand j'allais mal. Alors un jour comme aujourd'hui, je pensais à mon père. J'allais sécher mes larmes, j'allais positionner le masque de la joie sur mon visage. Et rentrer en boutique, comme si de rien n'était.

# BRITNEY

J'étais sortie du bureau, presque comme j'y étais rentrée. Maussade. Ma bouilloire interne fumait toujours. J'avais dit ce que Laurène attendait de moi, ce qu'on était en mesure d'attendre de mon rôle. Je n'avais même pas envie de m'interroger sur mon hypocrisie. Je n'en avais pas le courage. Selma m'agaçait toujours même s'il fallait composer en permanence. J'avais décidé de jouer la comédie à la perfection durant toute l'après-midi pour que l'équipe me lâche. C'était évidemment sans compter les clients. Coincée en caisse pendant une heure à cause de l'affluence, j'enchaînais les bonjours, au revoir merci, est ce qu'il vous faut un sac, avez-vous de la monnaie, pouvez-vous m'épelez votre nom s'il vous plaît ?

Cela ne s'arrêtait plus. Des gens parfois adorables me redonnaient le sourire avec des mots simples et gentils parsemés de fines doses d'humour, d'autres par leur froideur plombait à nouveau mon univers. J'étais éponge de tout, autour de moi. Une cliente pressée venait de finir son achat et je pensais enfin avoir une légère accalmie quand une de nos habituées se pencha vers moi. Je ne l'avais pas vu venir.

— Bonjour madame, me dit-elle de sa voix posée et sans âme.

Mme Sauresses était de ses clientes fidèles et dépensières mais hautement exigeante. La soixantaine, cheveux blonds cendrés, coupe courte travaillée moderne, des lunettes, un tailleur été comme hiver et du rouge criard sur les lèvres : à chaque venue, elle nous parlait comme à ses sous-fifres sans jamais pour autant être désobligeante, ni vulgaire, ni impolie. Elle ne nous regardait jamais dans les yeux quand elle s'adressait à nous comme si elle n'était de toute façon pas de notre monde. À chaque venue, elle posait des questions précises nécessitant des réponses compliquées sur la moitié des nouveaux documentaires et autres guides de cuisine, jardin et voyage que nous recevions chaque semaine. Elle tiquait toujours sur les prix et hésitait toujours longuement avant d'acheter.

Certains de mes collègues haïssaient Mme Sauresses, d'autres la supportaient, et d'autres comme moi s'en fichaient. Mon avantage : Mme Sauresses m'appréciait. À la borne photo que nous avions également en magasin, il fallait rester avec elle constamment pour la conseiller sur les possibles retouches de ses photos, choisir les formats, cliquer, sélectionner, annuler, imprimer. Des photos de son jardin et de ses fleurs principalement. Quelques fois de sa famille. Si nous n'allions pas assez vite elle râlait mais elle pouvait aussi se fâcher contre elle-même. Je savais toujours la remettre à sa place et je savais qu'elle appréciait mon caractère trempé et franc. Parfois, dans ses bons jours, il m'arrivait même d'obtenir d'elle un léger rictus de joie.

Aujourd'hui, elle avait décidé de se plaindre.

— Que puis-je faire pour vous Mme Sauresses ? sourire crispé aux lèvres.

— Je voulais vous informer que lundi dernier, j'ai voulu échanger un livre, le mien était un peu abîmé et votre collègue a refusé de me le reprendre.

Son ton était calme, déterminé et froid, sans aucune colère apparente.

— Ah bon m'exclamai-je, vous aviez votre ticket de caisse ? lui demandais-je aussi sûre de moi qu'elle pouvait l'être.

— Oui bien sûr, évidemment me dit-elle, dédaigneuse et impassible.

— Qui s'est occupé de vous ?

— Une jeune femme. Mais ne me demandez pas comment elle était... ce qui m'a vraiment déçue c'est son manque de professionnalisme. Je suis tout de même cliente depuis vingt ans dans votre librairie. Le livre était en rayon, je le voyais depuis la grille.

— Depuis la grille ?

— Oui dans votre boutique, vous vous rendez compte ?

— Non je ne comprends pas. La grille était baissée ?

— Oui il était 9h15 quand je suis passée, votre collègue était derrière sa caisse. Il aurait suffi de tendre le bras et de me le passer, alors qu'au lieu de cela, j'ai obtenu un refus pur et simple. Elle m'a demandé de repasser mais j'avais un rendez-vous moi !

— Mais Madame Sauresses ! Vous plaisantez j'espère !

Mon ton était devenu haut perché. Je pris une inspiration pour m'éviter de m'emporter et être désobligeante. Masque de l'hypocrisie, combinaison de faux semblant... j'étais prête à lui parler de manière mielleuse :

— Je sais très bien qui vous a servi ce jour-là parce qu'elle était choquée et qu'elle nous a tout expliqué. Je ne peux pas prendre votre défense aujourd'hui, j'en suis navrée. Je vais prendre un exemple, vous allez mieux me comprendre : quand un boulanger prépare son pain dès 6h du matin boutique fermée, est ce que vous allez lui demander de vous donner une baguette chaude parce que vous ne pouvez pas attendre ? Non évidemment vous allez me répondre ! Quand il y a une promotion sur trois paquets de céréales de la marque XY, vous n'allez pas demander au magasin que la promo marche aussi avec les céréales ABC ? Vous êtes forcément d'accord avec moi ! Vous avez tenté, je le comprends, mais ça n'a pas marché. Et j'ajouterai avec tout le respect que j'ai pour vous que tout n'est pas dû. Ma collègue Pauline comptait la caisse, vous l'avez dérangée. Pour échanger un livre, il faut d'abord réintégrer le premier dans notre stock informatique puis sortir l'autre du stock informatique car comme vous le savez nous ne fonctionnons plus à l'ancienne avec un papier et un crayon, puis dans un troisième temps nous devons vous éditer un nouveau ticket dans le cas où le livre de nouveau ne vous conviendrait pas. Si on veut faire les choses convenablement, il faut aussi savoir respecter les règles Madame Sauresses.

Elle regardait les objets autour de la caisse tout en les tripotant, toujours sans me regarder dans les yeux.

— J'entends très bien Mademoiselle mais les clients sont rois, c'est nous qui vous nourrissons, finit-elle par objecter.

— Vous oubliez donc comment ont fini les rois ! dis-je, triomphante, moqueuse et perfide.

— Je vous demande pardon ? réussit-elle à articuler, levant soudain ses yeux vers moi.

— Je disais Mme Sauresses, tout en en faisant semblant d'articuler et en parlant plus fort, vous oubliez comme sont NOMBREUX les rois ! Ce qui veut dire … que j'ai beaucoup de clients ! Je vous propose donc de discuter de tout ça avec ma responsable qui fera remonter à notre hiérarchie que vous aimeriez une augmentation de nos plages horaires, c'est bon pour vous ?

Elle secoua la tête, souffla entre ses dents et retourna en boutique.

Remontée à bloc, j'allais encaisser un futur acheteur qui avait patienté gentiment derrière elle sans broncher quand un jeune homme entra et se permit de passer devant mon client.

Légèrement essoufflé et s'excusant, il me glissa discrètement qu'il cherchait quelqu'un.

Je le coupai aussitôt dans son élan :

— Ce client était là avant vous Monsieur, vous patientez et je suis à vous dans deux minutes.

— Je suis garé en double file et j'ai une livraison ! grommela-t-il, levant les yeux au ciel.

Par chance, Laurène était revenue quelques minutes en boutique pour vérifier son nouvel agencement d'étagère.

— Alors vous allez voir la dame là-bas, ma responsable ! lui répondis je, agacée.

Une fois cet énergumène éloigné, je repris la conversation avec la personne en face de moi :

— C'est fou ce MANQUE DE RESPECT ! dis-je, ulcérée au client.

Il entreprit de partager avec moi une anecdote du même acabit quand la voix de Laurène retentit dans la boutique.

— Britney ! Viens me voir s'il te plaît, je vais te remplacer.

Je craignais le pire. Ce client avait dû se plaindre de mon attitude.

— Ce monsieur te cherchait, glissa-t-elle souriante à mon oreille puis ajouta, moqueuse : une autre fois, creuse, fais preuve d'écoute...

— C'est donc vous Britney ? me demanda-t-il, agacé. Une signature ici s'il vous plaît.

Il me tendit alors un très joli bouquet que je n'avais absolument pas vu lors de son arrivée en magasin. Des pivoines. Un mot glissé à l'intérieur dépassait légèrement.

« Le papier était trop petit pour écrire tout ce que j'avais à te dire, m'a dit le fleuriste, la suite est donc sur ton portable ».

## MME SAURESSES

Seize heures en plein centre commercial un samedi : ce n'était guère dans mes habitudes. En effet, j'avais pour tradition de me rendre une à deux fois par semaine dans les environs de quinze heures ou alors très tôt, dès l'ouverture, comme ce jeudi où ma mère avait insisté pour échanger son livre qui une fois de plus ne lui convenait pas pour des raisons esthétiques. Ma mère, une octogénaire devenue folle par les aléas de la vie rythmait la mienne : j'étais son aidante depuis ma retraite puisqu'elle refusait tout autre présence ; je ne pouvais le lui reprocher, il m'était me concernant hors de question de laisser quelqu'un poser ses sales pattes sur moi, j'appliquais donc la même hygiène pour ma mère. Seulement voilà, ce jeudi, j'avais fini mes courses dès 9h ; après un court passage aux toilettes pour éviter une envie incontrôlable, je m'étais plantée devant Prismaculture, attirée par la lumière.

J'y avais découvert une jeune fille postée derrière sa caisse semblant attendre : je l'avais donc logiquement hélée. Sa réponse biscornue m'avait déplu et contrarié. Elle était présente et disponible : pourquoi n'avait-elle pas fait preuve d'humanité en me rendant service ? Ma mère m'attendait. Ma mère presque sourde, ma mère qui râlerait pour mon retard, ma mère qui m'oublierait un peu. Quand les hommes de nos vies avaient quitté le foyer respectif, l'un pour aller chez Saint Pierre, l'autre pour aller chez la crémière, nous avions choisi de vivre en colocation ma mère et moi. De notre vie d'insouciance et d'apparat, il nous restait les bijoux, les armoiries, les vêtements, les parfums, les trophées accrochés au mur et bien sûr la dignité. Pour le reste : une maigre pension et pas de quoi pavoiser. Il fallait être attentif à chaque dépense. J'allais m'indigner face à cette jeune ingrate, incapable de comprendre mes besoins lorsque je sentis une présence dans mon dos. Après m'avoir saluée, il me demanda si je l'avais reconnu.

— Joël ! m'étais-je exclamé.

Bien sûr que je ne l'avais pas oublié. Il me manquait lors de mes venues lui et sa peau parfaite, lui et ses conseils pertinents, lui et sa patience et ses sourires dévorants. Je lui narrais ma déconvenue et il me remit gentiment à ma place ce qui eut le don de m'émoustiller tout en me vexant. Je l'interrogeai alors sur sa présence devant la grille à une heure si matinale et il me raconta alors, sans aucune gêne apparente, désirer lui aussi discuter avec son ancienne collègue présente en caisse. Il voulait s'excuser, lui exposer ses projets, la mettre dans la confidence. Recoller les morceaux. C'étaient ses mots et j'ignorais de quoi il en retournait. Il n'était ni joyeux, ni désabusé. Il était blasé somme toute.

Au moment où je me faisais ces réflexions anodines, je vis une femme blonde plus âgée faire irruption derrière la jeune fille en caisse en lui posant les mains sur ses yeux. Surprise, elle sursauta et se retourna, hilare puis embrassa chacune des joues de sa collègue avec ferveur ; devant mon étonnement à voir arriver cette collègue de nulle part, Joël me raconta que la boutique disposait d'une porte à l'arrière. Petit secret que j'ignorais et que je retiendrais. Il était bien connu que certains fans se faufilaient par l'entrée des artistes pour demander leur dû. Joël fit machine arrière à deux minutes de la levée de rideau et me salua. J'ignorais pourquoi il ne lui avait finalement pas parlé. Était-ce l'incursion de cette femme blonde aux boucles parfaites ou ma petite phrase rabat joie sur l'inconfort du pardon et l'avantage de se concentrer sur le présent pour garder la face ? Allez savoir mais je ne regrettais rien : c'était ma vision des choses. La fierté quoiqu'il puisse arriver. Nous étions tous nés pour survivre et avancer quoi qu'il en coûte. Mon livre toujours sur les bras et trop prise par le temps, il avait fallu donc revenir plus tard. Je m'étais alors de nouveau présentée un mardi après-midi et j'avais alors croisé cette fois une brune pimpante : le bras droit de la grande patronne. Elle était seule dans sa boutique ou devrais-je dire presque seule. Elle qui d'habitude se précipitait toujours pour m'aider la bouche en cœur en gesticulant de façon maniérée était, ce jour-là, suspendue aux yeux d'un homme immense et somme toute fichtrement banal pour ceux qui connaissaient un minimum ce centre commercial : le directeur de la sécurité incendie ! Cet homme nonchalant et toujours concentré sur ses tâches bavait aussi devant cette pucelle. Cela m'avait exaspérée. Pressée comme toujours entre deux siestes de maman ou deux épisodes d'*Amour toujours*, j'étais repartie la queue entre les jambes. Le samedi où je revins donc pour la troisième fois, j'étais donc d'humeur à ne pas supporter un énième affront. Ce fut justement l'adjointe que je recroisai, et à mon effarement total et interne, elle était bien décidée à me donner une bonne leçon. Digne, je restai digne. Quoi qu'elle puisse en dire ou en penser.

# **BRITNEY**

Après cette après-midi intense ponctuée de débats avec Selma, de compromis avec Laurène, et de leçons de courtoisie auprès de Mme Sauresses, la pression était soudain retombée à la lecture de ses messages. Le poids sur ma poitrine s'allégeait à mesure des mots que je dévorais. Nicolas s'excusait. Nicolas faisait son mea culpa, utilisait de jolis mots pour évoquer ma personne. Nicolas parlait de mes défauts comme d'un petit bijou qu'on porte sur soi et qui rend unique. Nicolas ne voulait pas me changer, il voulait juste changer mon chat de place. Ses messages étaient drôles, touchants, rassurants. Je me sentais moi-même stupide de ne pas être allée dans son sens la veille. Comment aurais-je réagi à l'inverse ? Pas aussi bien que lui. Nicolas avait bien plus de tolérance que moi.

À 21h, dès que mon pied franchit la grille, je l'appelai. Il décrocha aussitôt.

— Bonjour c'est Britney.

— Bonsoir.

Je retrouvais sa voix suave, délicieuse, envoûtante. Je retrouvais l'air qui m'avait manqué.

— Tu as reçu mon bouquet ? finit-il par dire après mon léger silence.

— Oui. Oui je l'ai reçu, il est dans mes mains, il est magnifique. Je suis devant la grille du boulot. Je ne sais pas tellement quoi te dire, j'ai un peu honte de mon comportement et encore une fois tu t'excuses.

J'étais gênée, apeurée. Je continuais malgré tout :

— Tes mots m'ont beaucoup touchée. Je peux venir te voir ?

— Évidemment, je n'attends que toi et j'ai un Saint Emilion prêt à te combler de bonheur, cru 1985 ! ajouta-t-il fièrement.

Je filai dans ma voiture à la hâte. Il me tardait de me lover dans ses bras. Ses bras tendres et robustes. Sa peau caramel léchée par le soleil.

# NICOLAS

*Playlist 16 - où et avec qui tu m'aimes - Pascal Obispo -Album Superflu - 1996*

La retrouver. Respirer son cou. Mon bonheur dépassait mes espérances. Quand elle entra dans mon salon, son bouquet à la main, sa robe serpent sculptant son corps, je croyais la revoir comme au premier jour, intimidée et solaire. Nos retrouvailles furent douces et légères puis passionnées et ininterrompues. Nous ne mangeâmes quasiment pas et le vin ne fut bu que bien après nos caresses et nos mots échangés. Quand elle se leva vêtue dans son plus simple apparat pour fumer sa cigarette sur mon balcon en enfilant ma veste et sa culotte en dentelle, j'aimais me dire que j'avais cette femme parfaite avec moi, cette femme parfaite selon moi, cette femme parfaite pour moi. Elle n'appartenait qu'à elle mais elle était chez moi et c'était ce qui me subjuguait. J'aimais sa liberté au milieu des autres, sa façon de n'envier personne, j'adulais aussi sa sensibilité avec la nature, avec les choses les plus simples malgré une superficialité visible. Britney était bien plus belle sans tout ce maquillage sur ses yeux et ses joues mais je me gardais bien de lui dire : sujet fâcheux. Quand elle revint se blottir contre moi, après avoir pris soin d'enfiler un débardeur, nos conversations prirent une tournure plus sérieuse :

— Tu sais que je pars dès demain deux semaines chez ma mère...

— Je le sais oui... me répondit-elle en soupirant et en me caressant le bras. Ça va me sembler une éternité. Heureusement qu'on s'est revus ce soir, j'aurais très mal vécu cette période.

— Je me doute, et de toute façon je suis revenu vers toi parce que je n'avais pas d'autres issues.

— C'est à dire ?

— Tu me plais. C'est comme ça… lui dis-je tout bas à son oreille.

Elle souriait.

— Je suis bien avec toi aussi, me dit-elle tout en remettant ses cheveux derrière ses oreilles, comme pour mieux m'entendre. Puis elle reprit :

— Tu sais parfois je repense à la montagne, quand on y était tous les deux. On pourrait peut-être prendre une location pour un week-end end quand tu reviendras ?

— Tu me vois donc dans ton avenir, je suis très flatté !

— Évidemment ! me dit-elle stupéfaite, en m'écrasant un oreiller sur la tête, t'as fini de dire des bêtises ? dit-elle, riant. Enfin cela dit tu ronfles la nuit... donc j'hésite !

— Je sais mais tu noteras que c'est mon seul défaut ! lui dis-je fier.

— Je n'ai pas encore eu l'occasion d'en découvrir beaucoup mais j'ai constaté que tu conduisais de manière un peu sportive comme moi et que tu ne trouvais pas bien vite ce qui était sous ton nez !

— C'est à dire ?

— Le beurre dans mon frigo, souviens toi... il a fallu que je me lève pour te le dénicher, il te regardait droit dans les yeux !

— Oh t'es de mauvaise foi, chez moi je sais où se trouve les choses, rassure-toi !

— Non, tu es juste comme beaucoup d'hommes : tu as besoin d'aide !

— Cliché ! me défendis-je.

— Vérité ! hurla-t-elle, presque, hilare.

— En même temps, il faut bien que vous serviez à quelque chose...

— *Oh, c'est un coup bas ça* ! dit-elle en faisant mine d'être offusquée.

— *Ok excuse-moi... Alors prends moi donc dans tes bras* ? lui dis-je, faussement suppliant.

— *Ah ah c'est trop facile* ! me glissa-t-elle, malicieuse.

— Mais pour revenir à ton projet de montagne, je trouve que c'est une excellente idée. Je connais un endroit formidable : un spa, bain bouillonnant devant les montagnes, le rêve non ? ?

— Sensoria ! Ah ah mais... je n'aime pas me baigner, je suis désolée, me dit-elle, navrée, ses sourcils formant une moue confuse. Mais je lirai un livre sur un transat en te regardant te prélasser, avec plaisir, continua-t-elle en me caressant la main.

— En fait tu es une fille pleine de compromis, pas chiante, mais exigeante, c'est ça ?

— C'est ça... exigeante ! Prends-le comme un compliment alors ! me répondit-elle sarcastique en me pinçant les côtes.

À ce moment-là, elle rabattit la couette sur moi et la soirée fut merveilleuse jusqu'au petit matin.

Je partais en début d'après-midi, et nous nous séparâmes à regret. Sur le pas de la porte, ses jolis pieds hissés dans ses chaussures à talons et serrant mon cou, elle enfouit son nez dans ma peau. Elle disait ainsi qu'elle se nourrissait de mon odeur pour en avoir en stock le temps de mon séjour près des miens. Je sentais chez elle une crainte à nous séparer comme si je pouvais encore la trahir alors qu'il me tardait déjà d'être rentré pour baigner ma bouche dans ses cheveux.

# BRITNEY

Espérer avec crainte, savourer l'instant de grâce après l'angoisse et puis revenir à la case départ, apeurée et marchant sur des œufs en attendant le retour. Je connaissais ce sentiment mieux que quiconque. Je ne voulais plus vivre au rythme de l'autre, au rythme de ses interminables moments de doute et de questionnement dans lequel le reste du monde ne compte plus. Une fois de plus, le destin me mettait au défi. Avec Nicolas, je me protégeais toujours mais j'étais déjà accrochée comme une moule à un rocher. Je ne savais pas lui montrer mais il allait me manquer plus que tout. À peine étais-je entrée dans ma voiture, mon gros bouquet de fleurs au bras que les larmes picotaient mes yeux. Je devais me ressaisir et me concentrer sur autre chose. Nous nous étions fait une promesse : si l'un de nous avait envie d'écrire à l'autre, il devait le faire, si l'un de nous avait envie d'appeler l'autre, qu'il le fasse, et si l'un de nous changeait d'avis, qu'il le dise aussi, sans attendre, sans effusion, sans excuses, sans maladresses.

Trois semaines que l'on se connaissait : rien du tout sur l'échelle du temps et ces deux semaines en parallèle me semblaient le bout du monde.

Au travail, je n'allais pas chômer sans Laurène à mes côtés. Cela tombait à pic, la tête aux tâches, je ne verrais pas le temps passer.

## LUCIE

*Playlist 17 - Te manquer – Johnny Hallyday – Yodelice – Album Rester Vivant - 2014*

Mes vacances étaient terminées. Elles furent belles, de doux souvenirs pour mieux passer l'hiver. Des albums photos à contempler avec mélancolie. Comme toujours elles étaient passées trop vite. Comme toujours je n'avais pas eu le temps voulu pour vivre intensément chaque moment. La vie avec deux enfants faisait de vous une personne toujours entre deux portes, toujours en alerte, toujours debout. Du moins, la vie avec deux enfants faisait cela de moi. Un troisième allait bientôt venir chambouler un univers déjà fragile. Cela provoquait chez moi des moments d'angoisse. Serais-je à la hauteur ? Si vraiment il s'agissait d'une fille, arriverais-je à me détacher de mon histoire ? Paradoxalement, j'étais heureuse d'agrandir notre famille parce que je savais que cet enfant serait entouré d'amour et c'est ce qui m'animait. À mes heures perdues, il m'était arrivé, durant mes congés, parfois assise sur le trône des toilettes, - si par bonheur mes enfants n'avaient pas déjà ouvert la porte en hurlant-, de regarder les réseaux. Je parcourais la vie de femmes de mon âge ou légèrement plus jeunes, occupées à se photographier sous toutes les coutures. Ou trouvaient-elles ce temps, qui les prenait en photo, à qui souhaitaient-elles plaire ? Et qu'est-ce qui me poussait à contempler moi-même ces gens au lieu de profiter du présent ? Ces filles, c'étaient des mères, comme moi, parfois des célibataires : des anonymes devenues connues de par leur histoire inédite, leurs problèmes existentiels, leur aspiration, leur conviction ou leur passion. Au moment où je faisais de la pâte à sel et des pâtés de sable, elles, ces filles sublimes, s'adossaient contre un mur en maillot tout sourire près de leurs enfants aux tenues assorties. Je devais avoir un train de retard sur ma génération ou bien je perdais délibérément mon temps à la comprendre ou à me comparer. Si j'arrivais à me libérer une soirée par mois pour voir Selma ou d'autres amies, c'était un miracle. Un moment seul sans personne à qui parler, cela ne m'était pas autorisé depuis longtemps. Peut-être était-ce mon problème, peut -être ne faisais-je pas d'effort pour trouver ce temps ? Notre emploi du temps était pire que celui d'un ministre. Avec les horaires de Sandro et les miens, nous nous croisions sans arrêt. Nous étions donc rarement tous les quatre ensemble. Beaucoup de gens se demandaient pourquoi ne pas embaucher une baby-sitter de temps à autre ou accepter les propositions de mes amis pour garder nos enfants un soir afin de s'accorder du temps à deux. La réponse était simple : je ne voulais prendre aucun risque, je ne voulais aucune intrusion, aucune personne susceptible de nous blesser, je refusais que l'histoire se répète, je verrouillais tout, au risque de passer à côté de plein de choses. Je nous protégeais. Je créais un nid. La seule que j'acceptais c'était ma belle-mère. Elle habitait à dix minutes de chez nous et elle adorait s'occuper de ses petits-enfants. Elle était divorcée et elle disait que cela l'aidait à rester ancrée dans la vie. Alors oui, je pouvais demander à ma belle-mère, mais elle les gardait déjà après l'école certains soirs et les samedis toute la journée. Elle travaillait encore et se fatiguait vite la nuit tombée. Je ne voulais en aucun cas abuser de sa gentillesse. Parfois, j'avais envie de tout abandonner. Parfois, j'avais envie de m'en aller seule dans une chambre d'hôtel pour simplement dormir. Sandro me manquait, son absence pour m'épauler me pesait. J'étais quasiment toujours seule avec les enfants le soir. Nous étions en décalage et malgré tout, il faisait son maximum pour être présent dans les moments partagés. J'étais en proie à un certain mutisme mais je savais qu'il y avait autre chose que le quotidien derrière mon mal-être. Selma m'avait appelée la veille de reprendre le travail. Nous n'allions pas encore nous revoir tout de suite. J'étais dans mon lit, le visage humidifié par des crèmes de nuit, un short sur mes hanches accompagné d'un tee-shirt dépareillé et je l'écoutais ainsi me conter les semaines sans moi. Elle m'avait fait part de ce moment de doute et de mésentente avec Britney. Elle m'avait raconté la discussion délicate et blessante entre elles et Laurène. Elle m'avait raconté les confidences de Pauline sur ses séances de psy, elle m'avait parlé de Reta et dit combien elle appréciait de plus en plus sa compagnie et sa candeur. Et puis elle me raconta l'histoire du bouquet de Britney et sa curiosité à connaître le contenu du mot qui avait ému notre adjointe. J'aurais voulu la voir tenir ces fleurs. J'aimais beaucoup mon adjointe contrairement à Selma qui éprouvait une certaine rancœur envers elle. Britney avait toujours le sourire et même si elle pouvait m'angoisser quand elle avait des choses à me dire, elle me faisait aussi par ailleurs beaucoup rire. J'étais incapable de la visualiser avec un garçon parce que je l'avais observée très pudique. J'avais tenté de la consoler un jour alors qu'elle s'était blessée au doigt et elle m'avait repoussée dès que j'avais voulu m'approcher. Elle n'était pas tactile et hormis sur le plan du travail, elle n'émettait jamais de compliments, et cachait toujours ses sentiments. Le garçon qu'elle avait rencontré devait donc avoir su s'y prendre pour lui plaire. Le soir même, j'avais titillé mon mari sur ce point. J'avais moi aussi envie de romantisme. Depuis combien de temps ne m'avait-il pas surprise ?

— Je te surprends toujours quand j'oublie où sont rangés les vêtements des enfants et mon plus cadeau, c'est notre troisième enfant ! s'était-il esclaffé en m'embrassant dans le cou.

Je m'étais retenue de sourire. Sandro avait réponse à tout. Sandro m'aimait : je n'avais aucun doute à ce sujet. Je l'aimais aussi. Notre amour avait évolué au fil du temps évidemment. Il était moins fougueux mais il n'était pas moins fort et intense. Je n'avais rien à lui reprocher, pas même les banalités du quotidien qu'il rendait agréables. Il était souvent d'humeur égal en plus de cela. Je cherchais en réalité les étincelles éphémères des débuts. Il y avait une impossibilité à retrouver ce crépitement des matins tremblants avant la première nuit. La soif était étanchée, à moins d'une rupture que je ne désirais absolument pas, pas de possibilité d'avoir ce retour de flamme. J'étais constamment tiraillée entre mes envies de cocon rassurant et mes envies d'évasion et de folie. Et puis ce rythme de vie, il n'y était pour rien. Nous faisions chacun un métier qui nous plaisait mais aux horaires absolument pas adaptés pour une vie de famille. Il faudrait songer à changer cela. Cela faisait partie de projets mais nous n'en avions pas la force actuellement. La fatigue me plongeait dans des pensées faciles et réconfortantes permettant de fuir la réalité. Je pensais parfois à Edouard. Cela me faisait du bien. Dans une autre vie, nous aurions pu nous aimer. Il m'arrivait de rêver de lui, intime à mes côtés. Je rêvassais aussi parfois à des hommes croisés dans la rue ou au centre commercial qui me laissaient encore croire être au centre de la photo. Mais surtout je pensais encore à mon voisin, Mathias, qui m'avait toujours proposé ses bras si l'envie me prenait. Parfois, même avec mon bébé dans le ventre, j'imaginais encore des scènes interdites avec lui que je trouvais horribles, déplacées et absurdes. Parfois j'avais envie de l'appeler. Je me dégoûtais. Je savais que je me ferai du mal bêtement et que ce n'était pas ce que je voulais. C'était ce bouquet, le déclic, comme une claque : il m'avait perturbée ; Je voulais aussi des pivoines dans ma vie. Alors c'est vrai, alors que je m'étais promis de stopper tout ça après qu'il m'eut détaillé ses nuits avec Reta, j'avais de nouveau contacté Mathias par message. J'étais toujours sa « confidente préférée », comme il aimait me nommer.

# RETA

J'avais dit à Mathias que nous n'allions plus nous revoir. Par choix, mais aussi par nécessité. En effet, j'allais partir, loin, à des kilomètres. La proposition de Joël balancée à l'aveuglette s'était muée en un vrai projet. Il n'avait pas compris pourquoi je lui faisais part de cette information, laissant entendre que je n'étais de toute façon pas grand-chose et qu'il avait d'autres conquêtes actuellement. J'avais quand même pris plaisir à lui expliquer en détail que Joël m'avait proposé de m'installer à la Réunion avec lui. Sa famille pouvait nous héberger. Nous pourrions y trouver un emploi facilement dans un commerce qu'il connaissait pendant les six premiers mois et faire le tour du monde pendant les six autres mois. L'itinéraire était déjà tout tracé : Australie, Indonésie, États-Unis, Venezuela, Maroc et la France. Je voyais cette opportunité comme une possibilité d'échapper à mon destin morne et tracé. Ma tante m'avait qui plus est prévenue que ma mère me mettrait bientôt à la porte. Ma mère, si on peut l'appeler ainsi, était toujours, à l'aube de ses 47 ans, une personne paumée, sans travail, toujours dans des magouilles et de jeux de hasard. Elle passait son temps au casino ou avec des amis étranges, et dilapidait l'argent de mon père qui, amouraché, laissait faire. Mon père était un ourson en guimauve, une pâte de fruit, un caramel mou. Il était tendre, naïf et parfois un peu niais, un peu dépassé. Il était de ses hommes qui s'épanchent peu et s'émeuvent peu. Il parlait peu. Il était là, sans être là. Il n'était jamais désagréable, se fâchait très rarement. Ma mère en revanche savait le sermonner régulièrement. Ma mère qui avait toujours des choses à nous redire. Ma mère pour qui nous étions des poids, ma sœur et moi, depuis l'enfance. Je lui coûtais plus que je ne lui rapportais selon elle. Mes emplois d'été ne couvraient pas suffisamment ses dépenses personnelles. Elle considérait que je ne participais pas suffisamment aux besoins du foyer mais ne se gênait pas pour piquer mes cigarettes sans ma permission. Une mère donc, juste sur le papier. Je devais mon salut à ma tante, veillant sur moi et ma sœur comme sur ses propres enfants. C'était elle qui avait toujours géré l'argent du foyer, passé de nombreux coups de fil aux assistants sociaux quand nous n'étions pas lavées depuis deux jours pour aller à l'école. Mes parents connaissaient les menaces d'un placement : à chaque remontrance, ils agissaient mais ma tante contrôlait toujours et devait les rappeler à l'ordre régulièrement concernant notre éducation. C'est elle qui nous avait poussées à avoir notre bac, elle qui nous avait inscrites à l'université. Nous lui devions tout. Comment prendrait-elle la nouvelle de ce départ et cette pause dans mes études ?

J'en étais à ces questions quand Britney fit son entrée dans la réserve. Premier jour sans notre chef, elle montrait donc déjà par son ton sévère et ses ordres donnés sans tact son besoin de marquer son territoire. Je n'avais plus tellement envie de m'investir à un mois de partir. Mon idée était donc de faire en sorte de l'avoir de mon côté, d'être dans ses petits papiers.

Je souhaitais lui parler. Être dans une relation saine avec elle si tant est que cela soit possible.

— Britney j'aimerais te voir un moment si tu veux bien.

— À quel sujet ?

— Au sujet de Nicolas.

Elle devient rouge écarlate.

— Très bien. Je t'écoute.

Elle était en train de se préparer un café. Aucun client en boutique et Pauline était en magasin. Nous avions quelques minutes devant nous.

— Je voulais simplement te dire que je n'ai pas l'intention de convoiter Nicolas. Je suis avec Joël et nous avons des projets tous les deux donc ne me vois pas comme une rivale.

— Très bien.

Elle fit couler le café dans sa tasse sans me regarder et ajouta :

— Autre chose à me dire ?

— Non, c'est tout.

— D'accord. Et moi je tiens juste à préciser que Joël ne m'a jamais plu si tu avais des doutes à ce sujet. Quand il me tournait autour avant que tu sois en couple avec lui, j'ai immédiatement mis les choses au clair. Puisque tu cherches à être honnête, je le suis aussi.

— Joël t'a draguée ? Il m'a dit que Pauline était attachée à lui, mais il ne m'a pas dit cela te concernant.

— Et bien pose lui la question. Mais je répète. Je n'en avais strictement rien à faire de lui !

Joël m'avait prévenu. Britney allait sûrement me dire ce genre de choses pour se mettre en avant et me blesser. Britney était à l'opposé des filles qui plaisaient à Joël et de toute façon, à compter de maintenant, je ne voulais plus me poser de questions. Cependant, un jour où elle avait trop fumé, ma mère m'avait dit une chose et son discours m'avait marqué tant elle me considérait peu en temps normal.

— Sais-tu à quoi on reconnaît un homme qui ment ? C'est facile, ses sourcils se soulèvent légèrement et son regard ne croise jamais le tien. Il est alors si pitoyable à voir que tu le prends en pitié et que tu préfères utiliser à bon escient sa honte.

Elle m'avait dit cela enroulée dans une haine tamisée de lassitude. Sa remarque avait pris tout son sens quand le visage de Joël avait pris la même moue que la description faite par ma mère, après lui avoir posé la question sur une éventuelle drague auprès de Britney. Sa réponse négative et évasive ressemblait à l'avertissement maternel. Je devais donc me méfier mais je ne voulais plus me triturer l'esprit. Pour ma tante, il était bon que je parte loin du foyer et si cet homme se moquait de moi ou me mentait, j'aurais pris le meilleur de ce qu'il avait à m'offrir. On ne choisissait pas sa famille, il fallait s'accommoder de ce que la vie nous attribuait mais il était toujours possible d'y échapper par différents stratagèmes pour pouvoir survivre. Elle savait que je grandirais avec ce voyage. Je partirais sans être amoureuse, je partirais libre. Je partais en ne sachant pas si je prenais un risque ou non. Je partais imparfaite. Je partais en laissant ma tante un peu inquiète mais fière de mon émancipation. Je partais tout en sachant que je reviendrais. Mon expérience chez Prismaculture m'avait appris une chose : il existait des gens protecteurs comme Selma et Laurène ou bienveillants comme Edouard et Lucie. Même Britney et Pauline, dans leurs façons de me détester, me donnaient une sorte d'importance à bien y penser. Et cela me redonnait un peu foi en l'humanité.

## BRITNEY

Nicolas était parti depuis seulement trois jours. Le centre commercial était gris sans lui, le centre commercial était terne sans ses pas l'arpentant. Il était devenu le centre de ma vie. Cela me faisait frissonner, cela m'angoissait mais aussi et surtout cela me grisait. Je découvrais une situation teintée d'euphorie mais aussi et pour une fois d'une certaine sérénité.

Le soir nous étions accrochés à nos combinés discutant des heures au téléphone. La journée je ressassais tous nos échanges et la perspective de réentendre sa voix la nuit venue m'aidait à tenir le jour.

J'étais comme une pile, plus les heures s'approchaient de la débauche.

Nicolas me contait ses journées. La vue du dixième étage depuis l'appartement de sa mère sur d'autres logements qu'il aimait observer en détails. Les promenades avec elle dans la ville de Clermont-Ferrand. Les plats qu'il lui préparait. Les visites de ses frères et sœurs. Les repas en famille. La rencontre avec une de ses belles sœurs. Son footing tous les matins vers 10h le long d'un canal. Les lumières qui s'éteignaient une à une à mesure que venait la nuit quand nous discutions. Le seul absent de ces échanges, c'était son père. J'avais envie de lui poser des questions mais quand j'abordais le sujet en lui demandant s'il lui manquait parfois, il me répondait avec lassitude, que pour manquer, il faut d'abord de la présence. Il me disait qu'il me parlerait de lui un jour, qu'il me le présenterait si besoin est. Aujourd'hui pour lui, aucune urgence. C'était son géniteur, un père sûrement pas. Je savais juste qu'il était parti quand sa petite sœur avait deux ans et lui dix. J'avais envie de mieux comprendre Nicolas. Je voyais bien qu'il ne me montrait pas encore ses failles, ses défauts et ses fêlures. On en avait tous à un plus ou moins grand niveau. Je ne voulais pas avoir de mauvaises surprises. Son calme apparent et toutes ses attentions m'épataient souvent. Je ne voulais pas que cela cache des choses. Je ne voulais pas le brusquer non plus. J'avais déjà pour moi même une sainte horreur des gens qui pouvaient insister quand je disais non.

J'avais donc changé de sujet sur des thèmes plus futiles. Sur mon quotidien sans Laurène : je me mettais une pression immense pour ne pas la décevoir à son retour.

Je courais partout sans répit et je ne pouvais plus lui confier mes craintes. Je ne pouvais plus non plus lui confier mes agacements et même si Pauline était mon amie, elle restait ma collègue. Il n'était pas question de m'épancher sur le travail des autres auprès d'elle, je devais rester à ma place, professionnelle et avec une certaine distance.

Nicolas m'avait justement demandé des nouvelles de mon amie qu'il avait vraiment trouvée pleine de vie et drôle. Je lui expliquais qu'elle marchait sur un nuage depuis sa rencontre avec son marin. Tant mieux. Elle serait moins affectée par le départ de Joël et Reta autour du monde. Pourquoi Reta était-elle venue me dire tout cela ? Elle voulait enterrer la hache de guerre mais encore aurait-il fallu que la hache existe ? Je me moquais de cette fille, elle ne m'effrayait pas, ce n'était ni un objet de concurrence, ni une rivale, ni une ennemie. Il était juste temps qu'elle parte pour que Pauline s'apaise. Je m'inquiétais pour mon amie. J'avais toujours peur de la ramasser à la petite cuillère. Je craignais qu'elle soit envahissante avec ses états d'âme. Elle était toujours en quête de paroles rassurantes. Cela pouvait durer des heures. J'avais aujourd'hui la tête à ma propre histoire et je ne savais pas si j'étais encore capable de donner tout ce temps pour ses lamentations.

## PAULINE

*Playlist 18 - Pour ne pas vivre seul – Dalida – Sébastien Balasko - Album les gitans - 1993*

Andrés me faisait rire et aussi tournoyer la tête. C'était la première fois depuis longtemps que je devais freiner un homme face à ses ardeurs pour me voir. Cela n'était pas pour me déplaire et le fait qu'il n'y ait pas de suite envisageable me rassurait. Il me plaisait mais mon cœur était toujours à Joël. Il était un excellent pansement. Il était galant ce qui me changeait de mes précédentes histoires. La première fois que je l'avais rejoint seule devant son navire, il m'avait demandé de me retourner en fermant les yeux. J'avais entendu cinq bonnes minutes comme une idiote au milieu des badauds pensant qu'il m'avait fait une blague de mauvais goût. Il m'avait ensuite tapée sur l'épaule et je l'avais vu me tendre une rose rouge devant mon visage ému et radieux. Une attention très romantique qui me faisait toujours sourire en repensant à la scène. Au restaurant, il m'avait tenu la chaise pour me faire asseoir. Nous avions rapidement fini devant chez moi, nos bouches s'embrassant avec hardiesse. Le soir même, Andrés m'écrivait des messages me suppliant de le revoir. Je ne me fis pas prier. C'était ainsi, dès lors qu'une langue touchait la mienne, je ne pouvais me détacher de l'homme ; je désirais son corps et je ne souhaitais pas patienter. Ce n'était pas une règle que je me fixais, c'était un plaisir que je n'avais absolument pas envie de me refuser. Comme d'autres ne commençaient jamais un paquet de bonbons sans l'avoir terminé dans l'heure-même, je jouissais de ce que m'offrait l'instant. Certains me mettaient en garde : j'avais tort de me donner si vite au premier venu. Je ne voyais pas les choses sous cet angle : c'était bien eux qui me donnaient du bien-être et moi qui l'acceptais avec délectation. Dans ce rôle, j'étais en confiance et sûre de moi. Quel intérêt d'attendre si j'en avais envie ? Un homme mal intentionné le resterait qu'importe des débuts rapides. Andrés cria mon prénom sous ma fenêtre du troisième étage à peine minuit passé. Cela avait fait jaser et glousser tout le quartier car il s'était mis à me chantonner un refrain d'amour en espagnol avec beaucoup d'entrain comme Roméo pour sa Juliette. Il était monté et nous avions fait l'amour toute la nuit et puis toutes les nuits qui avaient suivi. Quatre jours après, il repartait. Je l'avais accompagné au port. Il s'était alors hissé sur un des mats comme tous les autres marins et juchés ainsi les bras ouverts vers l'inconnu, ils formaient un magnifique tableau. Il avait fière allure. J'avais sympathisé avec une fille qui comme moi disait adieu à son marin et à ces rencontres incertaines et bienfaisantes. Je trouvais que la vie m'avait offert là un beau cadeau, un bel épisode pour trouver du réconfort les jours gris. J'avais comme toujours pris ce qu'il y avait à prendre et cela m'avait fait du bien. Andrés ne voulait pas m'oublier. Il me disait : « il y a plein de poissons dans l'océan mais tous ne sont pas uniques ». Ces paroles me cajolaient. J'allais partager ce goût du bonheur éphémère avec Britney. Pour une fois, elle ne serait pas exaspérée, il n'y avait que de la quiétude à raconter et elle-même flottait dans les affres de l'amour.

C'était évidemment sans compter sur ce qu'elle allait m'annoncer. Elle devait le savoir depuis quelques jours et devait se contenir. Elle avait attendu le moment le plus propice, celui où j'étais le mieux disposée, celui où je souriais à tout va. Elle avait attendu que je finisse de donner tous les détails concernant Andrés pour s'exprimer. Je le sentais, car vers la fin de mon monologue, elle semblait ne plus écouter. Elle devait avoir tourné en boucle la phrase dans sa tête. Finalement, elle m'annonça ça, comme on annoncerait la pluie qui arrive, placidement, comme un événement banal.

— Au fait Reta m'a parlé. Elle part avec Joël pendant un an faire le tour du monde, dès octobre. Je préfère que tu l'apprennes par moi.

Elle avait attendu avec une inquiétude non dissimulée ma réaction.

Elle ne s'était pas fait attendre. Mon cœur s'était serré. Intérieurement je vacillais, devant elle je tentais de garder la face. Je devais être livide parce que Britney m'avait caressée le bras pour me réconforter et c'était bien rare. Elle me voyait les yeux au bord des larmes. Joël tenait donc à Reta. Joël n'avait pas l'intention de la quitter. Je savais pertinemment que nous ne serions jamais un couple. Je n'en étais plus là, malgré tout cela me fendait le cœur. Joël m'avait toujours parlé de son projet de retourner à la Réunion, il parlait d'y emmener un jour la femme de sa vie. Je me sentais nulle. Je ne comprenais pas ce qu'il trouvait à cette fille. J'étais jalouse de tout ce qu'elle avait et que je ne possédais pas : la nonchalance, l'assurance et cette forme de sérénité qui donnait l'impression que peu de choses pouvaient l'émouvoir. Je devais me tromper sur cette partie si j'en croyais les termes employés par Joël. Elle avait été « très largement peinée » et « affectée » de notre attitude en boutique. Selon elle, Britney et moi l'isolions. Elle avait raison sur ce point, nous ne lui adressions pas la parole et je regrettais cette façon d'être qui l'avait blessée. Cependant elle se trompait sur un point, Britney et moi n'avions jamais médit en public en sa présence. Nous n'avions jamais répandu notre pensée la concernant auprès de l'équipe : c'était un sujet entre Britney et moi. Quoi qu'il en soit, cet épisode montrait que Reta pouvait être un être sensible comme ceux que j'aimais avoir dans ma vie. Je savais que je ne devais pas la blâmer d'être la compagne de l'homme convoité. Je ne cautionnais pas ses tromperies alors qu'elle était en couple avec Joël mais après tout, peut-être était-ce un choix assumé : une relation libre ? À Tahiti ou en Chine, peut-être allaient-ils s'envoyer en l'air chacun de leur côté ou à plusieurs ? Cette image me donnait la nausée. Qu'est ce qui pouvait me faire tant de mal ? Pourquoi cette histoire me blessait-elle tant ? Était-ce mon ego qui parlait ? Son rejet ? Ma solitude ? J'étais trop faible pour réfléchir, je m'embrouillais l'esprit avec toutes ces questions. Je m'étais alors tournée vers la caisse demandant à Édouard d'échanger nos places. Je ne pouvais plus m'occuper des clients en surface de vente. J'étais décontenancée et accablée par la nouvelle. Je voulais juste qu'on m'aime, qu'on me désire. Je voulais que tout ça soit durable. Je voulais remplir ma vie d'amour. Ma psy m'aurait dit qu'on ne demande jamais trop d'amour mais qu'il fallait aussi que je m'en porte. Je n'étais pas heureuse avec moi-même. J'aimais les gens : leurs facéties, leurs lumières en clair-obscur, leurs corps, leurs âmes ; J'aimais être avec eux ou pas trop loin. Je voulais de la vie tout le temps, des sourires échangés dans chaque regard croisé. Je me fatiguais moi-même à être ainsi, de ces gens qui ne peuvent pas vivre seuls. J'étais pourtant née seule et je mourrais seule. « *On n'a jamais fait un cercueil à deux places* », disait Dalida.

Du fond du magasin, je sentais Britney me regarder de son œil inquiet. J'enregistrais les ventes sur la caisse la mine paralysée par le chagrin. Au bout de dix minutes, elle fit signe à Édouard de reprendre sa place et me demanda de la rejoindre en pause. Nous sortîmes à sa demande, dehors au soleil, de façon à qu'elle fume sa cigarette en même temps.

C'est elle qui brisa le silence la première.

— Je suis navrée de t'avoir dit cela. Je sais que tu tiens à lui mais je ne comprends pas. Je ne comprends pas que cela t'affecte autant. Avant Joël, c'était Antoine il y a deux ans, tu te souviens ? C'était la même chose. Et avant Antoine, Luka. Et avant Luka, c'était je sais plus comment, Billy machin chose...

— Brian ! m'esclaffai-je.

— Oui Brian, voilà, ça ne s'oublie pas. Lui et moi on pourrait créer un boy band ! *Where is Brian* ? Brian is not in the kitchen... Brian is dancing with Britney !

Britney tentait de me dérider.

— Oui... et je n'achèterais pas vos disques, désolée ! riais-je en levant les yeux au ciel et en lui faisant une moue de dégoût. Je repris le fil de la conversation avec plus de sérieux même si elle cherchait à l'éviter :

— Bref, je sais que tu ne comprends pas. Je ne te juge jamais tu sais, c'est bien là une de mes qualités alors s'il te plaît, fais pareil. Je sais que ce mon comportement t'agace mais je ne vais pas me changer. Je suis très attachée à Joël. Nous avons partagé beaucoup de choses, j'ai placé beaucoup d'espoir en lui, je pensais des choses fausses mais ça n'enlève pas mes sentiments. Et tu le sais, je m'attache vraiment à chaque fois, je laisse toujours un peu de moi, j'y perds toujours des plumes.

Je regardais le sol. Je ravalai des larmes.

— Je comprends oui, mais sans vouloir te blesser, surtout ne le prends pas mal, d'accord mais il faut peut-être que tu tournes la page ? Joël n'est pas un garçon qui aurait pu te convenir. Il est égoïste et tu es la gentillesse incarnée.

— Ça n'a rien à voir. Je suis blessée c'est tout. Je voudrais que la roue tourne. Que comme toi, je sois bien avec quelqu'un. Que les choses soient simples. C'est trop demander ?

— Tu fais des rencontres, oui, tu en fais plein. Tu es bien plus sociable que moi si tu veux mon avis. Ce n'est sûrement pas un défaut, je t'envie d'avoir cette force figure toi, quand moi, tout me terrorise. Regarde-moi, avec Nicolas, je t'en ai parlé, je n'en mène pas large ! Simplement tu fais de mauvais choix sur du long terme. Rien ne t'oblige à rester quand tu t'aperçois qu'ils sont décevants, tu comprends ? Au départ, je te l'accorde, ça ne se voit pas toujours sur leurs tronches que ce sont de pauvres types, mais quand tu t'en rends compte :

cours ! Ton souci majeur c'est que tu vois les hommes comme le gâteau, alors qu'ils devraient être uniquement la cerise, tu vois ce que je veux dire ? Oh la la je deviens philosophe, il faut que tu réagisses, je commence à faire des métaphores Pauline, pas bon signe ça ! dit-elle, hilare.

— Oui je vois ça ! On dirait ma psy ! Je te paye ? dis-je sournoise.

J'avais retrouvé une once de sourire ce qui avait soulagé Britney. Je savais pertinemment qu'elle tenait à moi. Je savais qu'elle tentait de m'aider. Je me sentais comme un cas désespéré.

Avant de repartir en boutique, elle me proposa de partir à la mer le week-end suivant.

Britney détestait par-dessus tout la mer. Je savais ce que cette proposition lui coûtait. Elle voulait vraiment que j'aille mieux. Nicolas lui manquait, elle me l'avait confié. Elle avait besoin de se recentrer sur autre chose et de retourner aussi dans une réalité avant d'avoir mal, en prévision.

— Qui de nous deux est la plus névrosée ? lui avais-je glissé à l'oreille avant de revenir en magasin.

Et cela lui avait valu un des grands éclats de rire dont elle était coutumière.

# EDOUARD

J'avais assisté à la conversation entre Britney et Pauline par bribes. J'avais vu des éclats de rire, des joies, des exaltations puis un visage fermé face à un visage inquiet.

Pauline m'avait déjà expliqué en long et large sa romance avec son marin. Elle semblait épanouie mais j'avais vite compris que Joël était toujours à l'ordre du jour. C'était son chemin de croix actuellement. Depuis qu'elle l'avait rencontré, elle était obnubilée par lui. Cela ne l'empêchait pas de voir toujours les choses du bon côté. Elle gardait espoir jusqu'au prochain coup de cœur. Pauline n'était pas juste un cœur d'artichaut, c'était une amoureuse de l'amour. Elle pouvait avoir cette même complexité en amitié ou avec ses sœurs. Elle était entière. C'était 100% ou rien. Elle allait me manquer. L'équipe entière me manquerait. J'avais appris la nouvelle juste après le départ de Laurène en vacances. Je partais. Je n'avais une fois de plus pas réussi mon entrée au Conservatoire de Paris. Troisième échec. À la place, de façon inattendue, j'avais reçu un appel et je l'avais vu comme un signe du destin. J'étais pris pour le rôle principal d'un film au casting duquel j'avais participé trois mois auparavant lors d'un week-end à Paris avec Ella. Un film d'auteur à petit budget qui m'avait tout de suite séduit. Je flottais léger à chaque venue au magasin depuis la nouvelle. J'allais poser ma démission d'ici une semaine de façon à être dans la capitale un mois avant le tournage qui avait lieu en banlieue. Ella avait déjà un pied à terre là-bas depuis quatre mois, il n'attendait que nous. Je me réjouissais de vivre enfin de ma passion, de quitter la galerie et les clients. Fini la pression des chiffres, adieu les néons. J'allais me lever pour mes rêves. Je savais que tout ne serait pas parfait, ni simple. Le cachet proposé allait me permettre de vivre cinq mois selon mes calculs et ensuite tout dépendrait du succès du film. Il faudrait ensuite que je cours de nouveau les castings. Une chose à la fois. Je voulais croire en ma chance. Une de celles qui me manquerait particulièrement dans l'équipe serait Lucie. Nos discussions et la confiance donnée l'un à l'autre faisait de nous le meilleur duo de l'ombre. Peu pouvaient deviner notre amitié. Ces temps-ci je la savais très contrariée. Son mari lui reprochait son éloignement. Il la cherchait et elle passait son temps à l'éviter. Elle ne se reconnaissait pas et elle n'était pas bien malgré ce troisième enfant qui aurait dû la combler. Je me sentais un peu démuni devant son chagrin. Je ne savais pas ce qu'elle vivait, et je ne n'avais pas d'enfants pour la rassurer sur son quotidien. Je pouvais juste lui dire d'être indulgente avec elle-même et lui promettre une oreille attentive au moins jusqu'à ce que je parte. C'était la seule à qui je l'avais dit. Je l'avais sentie émue. Elle m'avait serré fort dans mes bras et elle m'avait félicité dix fois de suite. Je lui avais alors chantonné : « *Lucie, Lucie, t'encombre pas de souvenirs, de choses comme ça, aucun regret ne vaut le coup, pour qu'on le garde en nous* ». Elle m'avait regardé et elle avait compris de quoi je parlais.

— Je ne crois pas pouvoir faire ça Edouard, je ne crois pas.

# L U C I E

Edouard savait mon secret. Le seul à savoir avec Sandro. Les deux hommes de ma vie qui comptaient chacun à leur façon sur ce pan de mon existence. Edouard voulait que je parle à ma mère et peut-être aussi à mon père. Il voulait que je me libère. Il disait : « depuis que tu sais que c'est une fille, tu t'angoisses, tu projettes et plus tu gardes pour toi, plus tu te fais du mal ».

Sandro voulait aussi que je parle. Sandro m'agaçait, je n'avais plus envie de lui, je ne le supportais plus. J'étais horrible avec les enfants. J'étais impatiente. Sandro mettait cela sur le compte des hormones. Il ne décelait pas mon mal-être grandissant ou tentait de minimiser. J'étais au bord de l'implosion. J'avais écrit à Mathias. Je lui avais demandé des nouvelles et simplement l'entendre me dire de jolies choses m'avait redonné de l'énergie. Je n'avais pas été plus loin. Je lui avais posé une question d'une pure banalité sur l'ouverture du 1$^{er}$ novembre. Je lui avais parlé de mon ventre qui grossissait. Il me disait que je devais toujours être aussi craquante. Il utilisait les mots « ma belle » et « ma jolie » comme une ponctuation. Cela me faisait du bien, bêtement. Je connaissais cependant mes limites. Une fois les messages échangés, je m'étais calmée. Ma tête voulait fantasmer et la vie me rappelait à la raison. J'avais juste besoin d'air, j'avais juste besoin de vivre en dehors de la réalité même une seconde. J'avais envie d'adrénaline. Au travail, je me sentais bien. Je jouais le jeu, toute calme, toute souriante, toute discrète. Quand je sortais, à peine la porte franchie, c'était le tsunami sur le chemin du retour et passé le pas de mon appartement, j'étais ulcérée. Tout me semblait compliqué. J'avais besoin de calme. J'avais besoin de reprendre mes esprits. J'avais laissé mes enfants plus longtemps un soir à l'école. Si je voulais être une mère bienveillante, je devais me ressaisir. Je m'étais allongée sur mon lit observant mon plafond blanc. Tout d'un coup j'avais commencé à repenser à ce moment affreux, à ce même plafond que je regardais petite, quand mes yeux s'attardaient sur le luminaire comme s'il était une bouée ; ce moment d'angoisse avec cet homme dont je me souviendrais toujours du regard. Les larmes étaient montées, montées, montées et j'avais laissé tout sortir, frénétiquement. Impossible de m'arrêter. J'avais plongé ma tête dans l'oreiller comme pour qu'il me console. Et puis j'avais réussi à travers le flou de mes yeux à attraper mon téléphone. J'avais pensé appeler Selma, Sandro ou Edouard. Et puis j'avais un peu réfléchi : la seule personne que j'avais vraiment besoin d'entendre c'était elle : ma mère. Elle s'est tout de suite inquiétée face à mes sanglots : avais-je perdu le bébé ? Était-il arrivé du mal aux enfants ? Est-ce que cela concernait Sandro ? J'avais enfin réussi à articuler au bout de deux minutes. Je voulais lui dire : « Maman aide moi, maman quelqu'un m'a fait du mal un jour et tu ne l'as pas su, tu n'as rien vu ». Au lieu de cela, je lui avais annoncé que c'était une petite fille. Je lui avais dit que je m'inquiétais pour ce bébé, pour son avenir. Elle avait souri ; je me tracassais pour un rien, un gros coup de fatigue, bien normal vu le rythme avec les deux enfants. Ma fille serait forte, ma fille saurait se défendre. Je ne devais pas anticiper l'avenir. Il fallait que j'aille au grand air, que j'aille regarder la nature pousser, me rattacher à des choses terre à terre, faire de la méditation. Elle m'avait assuré qu'elle était là pour moi. Un jour, je lui dirais. Un jour, pas aujourd'hui. Maman était une femme tellement merveilleuse, une femme tellement pure. Je ne pouvais pas l'anéantir. Elle en serait malade. Elle voudrait porter plainte. Je ne pouvais pas. Lui parler m'avait un peu apaisée. Je lui avais parlé de mes délires à penser à mon voisin. Elle avait ri. Pour elle, celui qui n'avait jamais pêché pouvait me jeter la première pierre. Personne n'était infaillible. On pouvait vivre de ses fantasmes sans passer à l'action. C'était mon jardin secret, cela m'appartenait et je ne devais pas m'en vouloir. J'avais envie de retrouver Sandro et lui proposer un moment rien qu'à nous, comme nous aurions dû nous l'accorder depuis longtemps. Je pouvais fuir mon passé, je ne pouvais pas fuir mon présent. Mon mari n'y pouvait rien. Nous devions cesser de subir nos vies et nos rythmes. J'allais parler à Britney dès le lendemain et lui demander exceptionnellement d'inverser mes fermetures. Elle ne comprendrait pas car elle ne pouvait pas comprendre ma fatigue et mes besoins. Je n'en voulais pas à Britney. Je n'en voulais pas aux gens insouciants préoccupés uniquement par leur personne : je leur laissais le privilège encore à leur portée de juger sans savoir. Les gens sans enfants ne pouvaient pas se douter du cataclysme qu'engendrait l'arrivée d'un enfant dans le quotidien et le couple. Ils ignoraient aussi tout l'amour porté en retour et je me gardais bien de le leur dire pour ne pas les vexer. Devant ma fatigue chronique, les gens pouvaient se montrer pleins de compassion comme mon amie Selma mais aussi plein d'incompréhension comme Britney. Être parents impliquait de grandes responsabilités, une forme de protection à donner également mais aussi une certaine résistance pour protéger la bulle. Dans le monde du travail, c'était particulièrement le cas : quand un homme ou une femme avait un enfant en bas âge et avait le courage de refuser des heures ou des dossiers supplémentaires, il était fréquent qu'il ou elle reçoive des mises en garde - n'abusez pas trop quand même, chers parents, vous avez fait le choix de procréer, alors assumez ! - or ces gens bien - pensants avaient oublié qu'ils avaient été eux-mêmes un jour des enfants et qu'il y avait un temps nécessaire et primordial à consacrer au foyer. Ils avaient oublié qu'une société épanouie se construisait en faisant de nos enfants les adultes de demain : biens dans leur vie et leur peau. Quoi qu'ils puissent en penser, une société humaine se construisait avec des parents présents et apaisés. Enfin et surtout, ces donneurs de leçons devaient se souvenir combien la période propice de l'enfance était courte au regard de toute une carrière et d'une vie entière. Pour toutes ces raisons, nous n'avions pas d'autres solutions que d'imposer nos choix en cessant de culpabiliser et de s'excuser sans cesse. Cela ne signifiait pas, de ne pas s'investir, cela signifiait simplement prioriser. Demain je parlerais à Britney. Elle ne comprendrait pas, tant pis, j'insisterais.

# **BRITNEY**

Lucie était venue me voir pour s'entretenir à deux, peu après son arrivée au travail. Elle avait attendu qu'Édouard soit présent en surface pour que nous puissions nous installer dans la réserve. Tranquillement. Cela semblait donc une discussion des plus sérieuses et de toute façon à sa mine déconfite, j'avais compris rapidement qu'il y avait un souci. Lucie était toujours souriante et ne demandait jamais rien. C'était quelqu'un qui avait tendance à subir. Elle acceptait les choses telles qu'elles étaient sans se plaindre et Laurène par souci d'équité et par bienveillance lui accordait des faveurs non demandées de façon à soulager son quotidien qu'elle jugeait difficile. Je n'en savais pas plus. Je n'étais pas du genre à faire parler les gens si on ne venait pas se confier à moi. Je ne voulais pas heurter les gens discrets. Je pouvais être maladroite alors je préférais me taire. J'avais donc une certaine appréhension au début de l'entrevue.

Je lui proposai de s'asseoir au bureau de Laurène, face à moi. Elle tenait comme toujours dans sa main un biscuit chocolaté. Tout passage en réserve lui donnait l'occasion de grignoter.

— Dis-moi Lucie, qu'est-ce que je peux faire pour toi ?

Ses longs cheveux blonds souples entouraient son beau visage. Elle ressemblait à une poupée de porcelaine avec son tout petit nez fin. D'habitude, on voyait ses grandes dents quand elle souriait, aujourd'hui je voyais un visage fermé.

— Voilà, j'aimerais si possible ne pas fermer jeudi prochain. Mon compagnon ne travaille pas et j'aimerais passer du temps avec lui. J'en ai discuté avec Edouard, je pourrais ouvrir à sa place et la semaine d'après, je fermerais deux fois.

Je la coupai aussitôt.

— Alors ça ne va pas être possible Lucie. Laurène a insisté, je ne dois faire aucun changement de planning en son absence sauf maladie, urgence ou impossibilité majeure.

— C'est une urgence. ... me souffla-t-elle, tout en soulevant sur moi un regard plein d'intensité. Dans ses grands yeux bleus translucides, je voyais un désarroi total, digne d'un appel à l'aide mais je tenais à rester ferme.

— Une urgence, voir son mari ? fis-je en fronçant les sourcils, interloquée, tout en tentant de maintenir une distance avec ses émotions.

Et d'un coup d'un seul, elle se mit à sangloter.

— Lucie, qu'est ce qui se passe ? lui dis-je.

Je tentai de relever son menton vers moi pour qu'elle puisse m'expliquer.

Elle prit la tête dans ses mains et les larmes montèrent crescendo. Elle réussit tout de même à me dire :

— Ça ne va pas... .

— Je vois bien oui que ça ne va pas ! dis-je totalement navrée.

J'étais en proie à une panique intérieure, ne sachant si je devais la prendre dans mes bras ou lui poser des questions, ou bien la laisser pleurer seule. Comme elle ne s'arrêtait pas, je finis par la prendre par les épaules en lui proposant d'aller dehors pour respirer l'air.

Elle se laissa faire. Juste avant, je prévins Édouard de notre absence.

À l'air libre, je fis asseoir Lucie sur un rebord de trottoir dans une impasse calme à l'arrière du magasin.

— Qu'est ce qui ne va pas ?

— C'est moi. C'est ma faute ... J'attends, j'attends et puis la coupe est pleine, elle déborde. Je me sens seule et en même temps j'ai besoin d'être seule. Les enfants, l'école, les devoirs, les lessives, les couchers, les levers, les repas tout en préservant sa vie de couple, je me sens dépassée par tout, je suis épuisée, tu comprends ? réussit-elle à me dévoiler avec une toute petite voix entrecoupée de sanglots.

— Non pas tellement... lui dis-je, mal à l'aise.

Elle semblait si blessée et si gênée de me parler que je ne savais pas comment agir. Elle finit par relever la tête avec un air déterminé, essuyant ses larmes au passage tout en croquant dans son cookie avec amertume.

— Je sais que tu ne comprends pas. Sache que je ne t'en veux pas. Je sais que lorsqu'on vit sans enfants, on ignore tout du chaos qui s'abat sur nous parents et tant mieux, garde ta légèreté et tes jugements, moi aussi j'étais pleine de préjugés et de principes avant d'en avoir !

— Je ne te juge pas ! dis-je choquée.

— Laisse-moi finir, s'il te plaît, me pria-t-elle, aussi doucement que possible, comme pour ne pas m'offenser, avant de reprendre dans un léger souffle un long monologue :

— Je sais que tu ne me comprends pas toujours et ce n'est pas grave. Tu penses sans doute qu'avoir des enfants est mon choix et que je ne devrais pas me plaindre. Tu penses peut-être que je devrais être au meilleur de mon existence et que je devrais me réjouir de cette nouvelle vie qui vient. Au lieu de ça, ça ne va pas. Ce que tu ignores c'est je ne me plains pas de mes enfants, je les aime plus que tout. Je me plains de ce rouleau compresseur constant. Il fait de moi une femme que je ne reconnais plus et je ne peux pas laisser faire ça. Cela a trop d'impact sur la famille que je construis. Je dois m'accorder du temps, je dois me préserver, pour moi et pour eux.

Elle avait marqué un temps avant d'ajouter :

— Il y a des choses personnelles qui remontent en ce moment, je n'arrive plus à les surmonter seule et ça je pense que tu peux le comprendre.

Je ne savais pas de quoi elle parlait, je n'allais pas lui poser la question mais il s'agissait manifestement de quelque chose de grave.

— Tu sais, je ne parle jamais des gens que j'aime sauf en leur présence mais je vais faire exception et elle ne m'en voudra pas, j'en suis sûre. On connaît toi et moi une fille très bien qui va voir régulièrement un psy, tu sais de qui je parle parce que je sais qu'elle vous en parle. Et de toi à moi, cela lui fait beaucoup de bien. Peut-être que cela pourrait t'aider toi aussi ?

— Oui peut-être... je ne sais pas, j'ai si peu de temps... là aujourd'hui j'ai surtout besoin de temps avec Sandro. J'ai besoin de discuter. J'ai besoin de me poser. Je ne veux pas être un poids ni pour vous, ni pour personne. Je suis vraiment désolée de pleurer comme ça devant toi.

— Alors premièrement ne t'excuse pas. J'ai compris ta demande. Je vais l'accepter parce que Laurène l'aurait fait sans hésiter en entendant ça. Deuxièmement, je ne connais pas grand-chose sur toi mais je sais que si tu le demandes, c'est sûrement vital. Troisièmement, je vais te confier une chose : j'ai aussi la fâcheuse tendance à tout garder pour moi, à ne pas dire quand je souffre et ça ne me rend pas plus heureuse. Certes, ça donne l'impression que je suis forte, que je passe à autre chose, mais c'est un leurre. Je suis mal placée pour prodiguer des conseils et surtout je ne sais pas faire. Je suis assez nulle dans ce domaine. Alors je m'excuse si j'ai été un peu sèche tout à l'heure.

— Je suis surprise que tu me dises ça ; je te vois comme un roc. Mais rassure-toi tu es une excellente adjointe en tout cas. Tu sais tout le temps me remotiver et pour moi tu es un moteur dans la librairie. Parfois c'est vrai que je crains de venir vous parler à toi et Laurène parce que vous m'impressionnez. Vous paraissez si sûres de vous ! Mais en vérité, quand vous n'êtes pas là, il manque vraiment quelque chose. J'aimerais avoir ton énergie ! Si tu es vraiment comme moi à garder les choses enfouies qui font mal, sache que je sais combien tu dois livrer une vraie bataille intérieure, je sais que ça demande beaucoup d'efforts !

— Oui c'est bien vrai ça... répondis-je mélancolique.

La faire parler avait un peu calmé ses peurs et la voir mieux me rassurait.

Après un temps de silence où elle essuya ses yeux avec ses mains, elle brisa le silence tout en se relevant pour retourner en réserve.

— Merci, vraiment merci pour jeudi prochain. Je vais demander à ma belle-mère exceptionnellement de garder les enfants et ça va nous faire beaucoup de bien je pense. Je n'ai pas envie de rester dans cet état !

C'était la première fois que j'avais dû prendre une décision contre les recommandations de Laurène mais pour une fois, je pensais avoir pris une bonne décision.

En entendant les déboires de Lucie sur sa réalité et son quotidien, je me rappelai combien ma vie de célibataire m'éloignait de ce genre de préoccupations. J'espérais de tout cœur ne jamais entrer dans un tel tourbillon si notre histoire devenait sérieuse avec Nicolas. Nous avions deux métiers très rythmés, il faudrait imaginer une vie différente dès le départ.

# NICOLAS

Nos appels duraient des heures. Britney passait la journée dans mon esprit et je passais la soirée avec sa voix. Une mélodie qui me berçait. Britney me manquait à chacun de mes gestes, à chacun de mes pas. Il restait un tout petit plus d'une semaine avant mon retour. J'avais envisagé de rentrer plus vite mais elle m'avait parlé d'un week-end en compagnie de Pauline et c'était très bien comme ça. Ma mère ne cessait de répéter combien c'était bon d'avoir son fils adoré, son fils prodige à la maison, je n'allais pas non plus lui gâcher la fête. Je devais être patient et le plaisir du retour n'en serait que plus grand.

Au combiné, Britney était comme à son habitude bavarde. Pudique sur ses émotions, elle était en revanche affable sur sa vie, et la curiosité la poussait à me poser des tas de questions sur moi. Nous n'avions jamais assez de temps pour tout nous dire car la fatigue nous obligeait à mettre un terme à nos échanges au bout d'un certain nombre d'heures. Jamais nous n'avions envie de raccrocher. La seule chose qui me chagrinait était le sujet épineux concernant mon père que Britney avait tenu à évoquer. Je ne pouvais pas lui balancer la vérité comme un cheveu sur la soupe. Un jour je lui expliquerais tout mais avant cela, je voulais qu'elle me connaisse, je voulais m'assurer de son amour, m'assurer qu'on fasse un bout de chemin ensemble. Nous en étions aux prémices, à peine un mois, je savais combien tout pouvait basculer. Inutile de lui faire peur avec mon histoire. Elle savait que mon père était parti. Elle ne savait pas où. Moi non plus je ne l'ai pas su avant longtemps. Ma mère me disait : « Ton père est parti, il vous aime, il reviendra mais il était malheureux à cause de son travail et à cause de sa famille, ne lui en veux pas, un jour il t'expliquera ». Quand je demandais où il était, elle me répondait qu'il allait bien, qu'il pensait à nous, qu'elle avait des nouvelles par bribes. Et toujours en boucle qu'il reviendrait. Je me suis inventé des histoires à la noix, des trucs incroyables, qu'il était en mission pour les forces spéciales ou même qu'il était devenu un super héros. J'ai occulté de mon esprit ses beuveries constantes et ses colères harassantes, j'ai imaginé un personnage dont j'avais pitié. J'étais tellement loin du compte. Mon père est sorti de prison quand j'ai eu 16 ans. Je me souviens quand ma mère me l'a annoncé. Elle m'a fait asseoir au beau milieu du salon par une après-midi chaude de juin où je n'avais pas cours. Les autres étaient à l'école. « Tu es grand Nicolas. Je dois te parler de ton père ». J'ai pensé qu'il était mort. J'ai pensé le pire. Je ne m'attendais pas à ça. C'est idiot mais ça m'a soulagé dans le fond. J'allais le revoir. J'ai tremblé, j'ai pleuré. Ma mère m'a serré dans ses bras.

Elle a dit qu'il voulait nous revoir mais qu'il n'habiterait jamais ici, avec nous. J'ai osé demander pourquoi il avait fait du ferme et si longtemps. Elle m'a dit : « trafic de drogue, cambriolage avec armes en bande organisée... ». Je lui ai demandé si elle savait depuis le début, elle n'a pas nié. Elle suspectait des affaires louches avec des gens de la famille parce qu'il s'absentait beaucoup, parce qu'il rentrait toujours dans un état second ou ivre et que par moments il lui donnait de grosses sommes d'argent en espèces pour faire les courses. Elle m'avait dit que la police l'avait pris en flagrant délit un soir les poches pleines de cocaïne et qu'il était parti directement en garde à vue. À partir de là, il y était resté parce qu'il était impliqué dans un paquet d'affaires. Ma mère voulait nous protéger, elle n'avait pas eu le courage de nous avouer cela. Elle avait honte, elle avait peur, elle se sentait seule. J'en ai voulu à ma mère de m'avoir laissé dans le néant, j'ai détesté mon père d'être un homme pourri. Quand j'ai accepté de le revoir un an après cet aveu, à 300 kilomètres de là où nous vivions désormais, là où il avait été incarcéré, j'ai vidé mon sac. Cela m'a fait un bien fou. Lui était toujours à côté de ses pompes. Il écoutait et il s'excusait tout en buvant son whisky. Quant à ma mère, après des disputes, des silences et des reproches, le ton s'était calmé entre nous, j'ai tenté de me mettre à sa place et j'ai pardonné. C'est là que j'ai voulu partir de cette vie. J'avais bouclé la boucle : je ne fuyais pas, je voulais juste vivre. Britney connaissait la suite. Je m'étais créé un nouvel univers fait de petits emplois jusqu'à mon stage et mon CDI puis mon ascension au poste de responsable. Je ne voulais pas effrayer Britney. Elle savait la précarité de ma famille et c'était suffisant, pour le moment. Si elle me posait directement la question, je lui répondrais.

Pour changer de sujet, je l'avais fait parler de son équipe. Je me réjouissais de savoir Pauline heureuse avec son marin quand le soir suivant, elle me raconta la scène suite à l'annonce du départ de Joël et Reta : Pauline s'en remettrait. J'étais sûr que cette fille était pleine de ressources.

## **PAULINE**

Nous étions parties du travail le samedi soir vers 17h30 en direction de la plage. Pour une fois que nous étions toutes deux d'ouverture, l'opportunité était trop belle pour la rater.

Vers 18h45, nous étions sur place. Les week-ends dans notre métier commençaient le samedi et se finissaient les dimanches soirs. Rapides, il fallait savoir en profiter avec intensité, même si parfois il m'arrivait d'avoir juste envie de dormir la journée entière pour compenser le rythme infernal.

Britney avait conduit comme toujours de façon sportive et j'aimais me laisser porter par elle. J'avais toujours la sensation d'être protégée en sa présence, qu'elle prenait les choses en mains. Nous avions trouvé un hôtel 4 étoiles tout près de la mer et en plein centre-ville. Un spa privé se trouvait au rez-de-chaussée et l'odeur de ravintsara émanant du hammam embaumait le hall d'entrée nous plongeant aussitôt dans une atmosphère de délassement. À moi les moments de détente en paix avec mon corps. Britney redoutait le soleil, le sable, les vagues, l'humidité. Elle m'offrait un beau cadeau en m'emmenant ici, ne pensant alors qu'à mon bien être.

Installées dans notre chambre commune, aussi grande que mon appartement, nous avions passé un long moment à contempler la vue de la fenêtre donnant sur la place centrale. Nous observions les gens en tenue légère et à la peau halée se pavaner sur les terrasses. Nous avions ensuite sorti nos affaires pour nous changer après notre journée harassante dans la galerie. Après une bonne douche pour Britney et moi, nous étions fin prêtes pour nous balader et dîner dehors. Nous avions revêtu chacune nos plus belles robes, courte pour moi, longue pour elle. Avec nos grandes paires de lunettes de soleil vissées sur les yeux et notre chapeau enfoncé sur la tête, nous ressemblions à deux stars iconiques. Je me mis à fredonner les « Blues Brothers ». Britney prit son téléphone et mit la musique à fond. Elle commença à se déhancher. Je suivis ses pas et nous entamâmes ainsi une sublime chorégraphie. Mains en l'air, jambes sautillantes, mains sur le côté, fesses bombées, nous étions hilares et déchaînées. Britney chantait, je renchérissais :

« *Everybody needs somebody* »

Nous nous prenions les mains et nous nous faisions tourner sur nous-même et en se séparant, nous nous pointions du doigt tout en chantant.

« *Everybody needs somebody to love !* »

Après ce moment de joie qui nous donna chaud, il était temps d'aller se promener. L'air était toujours bouillant. Nous connaissions un mois d'août avec de fortes chaleurs. J'avais dit oui pour le restaurant de fruits de mer même si j'allais prendre une entrecôte. Il fallait savoir aussi faire des concessions. Nous avions fait quelques boutiques de bijoux et vêtements à ma demande insistante. Britney s'émerveillait de tout ce qui attirait le regard : diamants, tee-shirt léopard, ceinture à strass quand je m'extasiais sur des baskets à scratchs à paillettes et des bijoux colorés et fleuris. J'avais envie de tout acheter mais mon porte-monnaie se réservait pour le lendemain. J'aimais prendre le temps avant de craquer, afin de savourer l'objet une fois dans mes mains, même s'il ne m'en avait coûté que dix euros. Nous étions un peu en avance devant « Le bistrot des pêcheurs », nous en profitâmes pour nous asseoir sur un banc et savourer l'instant. Demain, j'avais prévu tout un programme : me lever vers 10h pour une baignade matinale pendant que Britney dormirait, puis balade sur le port puis déjeuner dans un endroit qui proposait des brunchs. Ensuite nous irions visiter le musée de la Mer. Enfin nous envisagions de repartir après avoir mangé des churros, condition *sine qua non* pour mon départ. Britney s'amusait devant mon enthousiasme et mon programme même si elle semblait un peu ailleurs. Je ne pouvais lui en vouloir. Elle avait eu ses parents au téléphone comme chaque soir. Ses appels avec eux duraient désormais cinq minutes quand ceux avec Nicolas en duraient vingt, le temps de me savonner et de me maquiller. Elle était heureuse, c'était le terme. Elle pensait indéniablement à lui et elle, songeait à ses retrouvailles. Il était un peu inquiet, il voulait être rassuré. Il craignait que des garçons la convoitent. Elle l'avait un peu apaisé, à sa façon, avec ses mots à elle. Elle ne risquait pas de faire quoi que ce soit en ma présence lui disait-elle. Selon moi, il aurait été plus judicieux de lui dire simplement qu'elle n'avait pas envie de regarder ailleurs, mais elle était trop fière pour lui déclarer ses intentions. Quant à moi, j'avais toujours Joël en tête et son évocation intérieure me donnait le bourdon. J'avais espéré après notre dispute qu'il me recontacterait. J'avais sursauté après chaque sonnerie, après chaque bruit évocateur d'un message reçu. Il était resté muet. Impossible de me résoudre à reprendre contact. Il fallait tourner la page. Me faire oublier. Je me concentrai alors sur les appels d'Andrés, il voulait que je le rejoigne à Bilbao, son prochain port d'amarrage. Je savais qu'il n'en serait rien, je savais que je ne désirais pas le revoir même s'il m'avait fait vivre une merveilleuse parenthèse. On m'avait rarement fait autant de bien depuis si longtemps et surtout sans arrière-pensée. Le fait qu'il puisse toujours m'idéaliser me donnait du baume au cœur. Nous étions là avec nos états d'âme, nous avions le blues, le blues des « sisters ».

# BRITNEY

*Playlist 19 - Qui a le droit - Patrick Bruel –
1991 – Si ce soir*

Pauline était assise en face de moi, magnifique et solaire dans sa robe jaune à fleurs faisant ressortir ses yeux azur. Elle m'évoquait ses inquiétudes face à son manque de confiance constant, elle se dévalorisait comme souvent.

— Tu es ravissante, tu le sais en plus ! Regarde autour de toi, tu es l'objet de tous les regards !

— Ça ne suffit pas d'être jolie et je ne le suis pas. Je sais me mettre en valeur, c'est tout. La beauté c'est un apparat. Quand je rentre chez moi, la beauté ça ne me sert à rien, la beauté ça ne m'enveloppe pas d'amour. La beauté, ça sert juste à attirer, pour compenser le reste, me confia-t-elle, peinée.

Cela me faisait sortir de mes gonds.

— T'es dingue de dire ça, j'ai envie de t'étriper quand t'as des grands discours comme ça, tu te tritures trop le cerveau !

— J'ai raison, c'est ça qui t'agace, me rétorqua-t-elle, amusée. Toi aussi tu te maquilles, tu t'apprêtes mais la différence c'est que tu le fais pour te protéger, pour que les autres ne te découvrent pas comme tu es, même si entre nous : tu as tort ! Moi je cherche sans arrêt le regard des autres.

Finalement, les autres profitent de cette faille, toi au moins tu n'attires que des gens convenables.

— Convenables ? Non mais tu plaisantes ! « Cons » oui, « venables » je ne sais pas ! explosai-je de rire. Tu veux qu'on reparle de Sacha ?

— Tu ne m'as jamais trop rien dit, hormis que c'était un bel enfoiré, me dit-elle, en haussant les sourcils.

— Parce qu'il ne mérite pas qu'on s'épanche plus ! lui dis-je, presque hystérique. J'attire peut-être des hommes mais hormis leurs regards et leurs paroles, je n'en sais souvent pas plus parce que la plupart du temps mon indifférence les repousse. Nicolas est un des rares à être allé au-delà des apparences.

— C'est vrai ça, il ne faut pas le lâcher celui-là ! me dit-elle, tout sourire. En tout cas, sache que je sais qu'il faut que je prenne du recul, sincèrement, j'en ai conscience. Je dois arrêter de vouloir sans arrêt être parfaite et me laisser porter.

— Je sais. Je sais que tu fais de ton mieux. Tu vas y arriver, lui dis-je pour l'apaiser. Surtout tu peux décider de te foutre de ce que pensent les autres et assumer d'être seule.

Je croyais vraiment en elle. Elle passait son temps à se questionner, elle était juste un être ultrasensible. Je l'admirais pour ses qualités. Elle avait la force d'aimer les autres tels qu'ils étaient, notamment des gens comme moi, l'handicapée des sentiments. Je ne lui confiais pas mais j'avais besoin d'elle dans ma vie. Elle la rendait douce et légère. Après notre merveilleux repas, Pauline se rendit vers 23h à sa séance de spa nocturne. J'en profitais pour rappeler Nicolas. Je lui racontai nos conversations avec mon amie. Rapidement, il fit le parallèle avec lui. Il était lui aussi très exigeant envers lui-même. Il tenait ça de son passé selon lui. C'est ainsi que de but en blanc, il m'annonça pour son père.

— Mon père a fait de la prison Britney. J'ai appris tout ça à 16 ans. Avant cela, ma mère me disait qu'il était en voyage. Je sais que tu vas me poser la question, alors sache qu'il n'a tué personne. Ce qu'il a fait reste pitoyable. Des trafics, des cambriolages à main armée... depuis sa sortie, je l'ai revu une fois par an environ. Il ne me connaît pas vraiment. Il connaît mon prénom mais il ne sait pas qui je suis, ce qui m'anime, ce qui m'inspire. Avant de connaître la vérité, je me suis mis en tête d'être le bras droit de ma mère et après avoir su pour la prison, je me suis juré de ne jamais ressembler à mon père. J'ai beaucoup de colère vis à vis de lui et beaucoup de ressentiment vis à vis de ce qu'il nous a fait vivre donc je peux parfois avoir des réactions vives sur certaines choses que je vois ou j'entends, je te le dis pour l'avenir.

Il avait dit tout cela sans s'arrêter. J'étais abasourdie. J'avais alors marqué un temps.

— Britney, tu es toujours là ? Tu m'en veux de te l'avoir caché ?

— Non pas du tout. Je suis juste navrée pour toi, lui dis-je, sincère et compatissante.

— Je ne te dis pas cela comme un avertissement. Je ne suis pas comme lui, je ne lui ressemble en rien. Je veux bien que tu le saches. Je veux simplement te dire que cette période de ma vie a malgré moi encore de l'impact sur mon quotidien. Mon père est quelqu'un d'autoritaire mais aussi quelqu'un de bête et d'égoïste. Tout ce qu'il a fait me donne envie de le renier crois-moi et parfois même de changer de nom !

— C'est ton histoire. On ne peut pas la renier. Cela dit je ne ferai pas le parallèle, je te le promets. Merci de me l'avoir dit. J'imagine que cela n'a pas été simple.

— Oui je suis un peu lâche de profiter d'être au téléphone pour te l'annoncer mais je ne voulais pas attendre plus.

— Tu me manques, lui soufflai-je alors.

Cette fois, c'est lui qui marqua un temps. J'entendis ensuite sa voix suave me répondre un joli « Toi aussi ».

Un grand pas pour moi, une joie immense pour lui. Plus que quelques jours avant de nous revoir, sept jours à trépigner, sept jours à attendre comme on attend Noël. J'adorais Noël.

# NICOLAS

C'est fou ce que parler m'avait soulagé. Un poids en moins sur la poitrine. Sa réaction m'avait totalement surpris même si elle lui ressemblait : pudique et sans état d'âme. Elle acceptait visiblement bien la nouvelle. Un jour, elle verrait ma mère puis elle verrait mon père et elle pourrait juger de qui j'avais pris. Britney m'avait avoué son manque de moi. Cet amour naissant et réciproque m'émouvait. Il me tardait tellement de la revoir. Je l'imaginais actuellement arpenter les allées d'un aquarium : les poissons ne mesuraient pas leur chance de pouvoir l'observer. Sa peau me manquait, sa bouche, son odeur, ses cheveux, son rire... j'en avais mal au ventre.

Je savais combien cet aparté au bord de la mer lui permettait de se changer les idées même si je ne doutais pas d'être dans les siennes. Des hommes la regarderaient, j'en étais purement et entièrement jaloux. Je les enviais... . Je me répétais à l'envi qu'une semaine dans une vie n'était rien, malgré tout le vide était immense. Plus que sept jours, sept jours sur lesquels j'allais barrer une croix à chaque heure gagnée vers elle.

Le lundi, je ne pus l'appeler que pendant une courte durée parce que ma mère recevait un cousin et j'avais eu peu de temps disponible et seul. Il est clair que ce n'était pas assez. Le mardi nous parlâmes durant deux heures. Juste assez pour me rendre heureux mais Britney était harassée de sa journée et baillait à s'en décrocher la mâchoire malgré sa persistance à rester en ligne. Je l'avais sommée d'aller vite dormir. Le mercredi, elle m'envoyai une photo d'elle un hiver à la montagne : elle était emmitouflée dans un gros manteau avec un bonnet sur la tête devant un sapin que je connaissais bien. Ce n'était pas dans le but de me faire fantasmer sur elle, elle voulait juste m'offrir un pan de sa vie, une part d'intimité. J'étais évidemment touché. Je lui renvoyais une photo de moi d'il y a deux ans posant tout sourire à côté d'un bonhomme de neige. « *J'aime les gros câlins !* » lui dis-je, pour plaisanter. Elle usa de son rire à foison. Nos conversations étaient toujours sans fin, légères ou profondes et nous étions en osmose permanente. Le jeudi, elle me proposa de se voir avec la caméra. Quatre heures de pur bonheur même si je voulais manger l'écran. Le vendredi elle était sortie avec une amie au restaurant et moi avec mes frères et sœurs au cinéma. À notre retour, nous étions restés accrochés au combiné plus de deux heures. Sa voix me rendait fou. Je ne pouvais attendre plus longtemps. Ce fut enfin samedi. Elle pensait mon retour le dimanche. J'allais lui faire la surprise et débarquer chez elle.

# BRITNEY

Cela sonnait sur mon téléphone. Un message de Nicolas où il était inscrit en lettres majuscules sans aucun smiley ni ponctuation : « Ouvre ta porte ». Mon cœur battait alors la chamade. Sur le seuil de ma porte : personne. Je regardais à gauche et droite dans le petit couloir où il n'y avait qu'un autre logement en face du mien. Puis je vis au sol un petit mot. Je l'ouvris délicatement vérifiant toujours autour si quelqu'un allait surgir. Le mot disait : « Regarde par la fenêtre ». Je refermai alors la porte en trombe, mis un tour de clef et jetai un œil à travers la vitre avant d'entreprendre quoi que ce soit. Il était là, splendide, dans le soleil du soir. Il portait un polo noir qui faisait ressortir ses yeux et son sourire m'agrippait. Je déverrouillai alors la poignée de ma fenêtre à la hâte et passai ma tête par l'encadrement.

Je lui souriais indéfiniment sans pouvoir parler. Il me dévisageait toute entière avec ses yeux gourmands.

— Monte ! finis-je par lui dire, excitée comme pour un premier sentiment naissant.

J'avais juste eu le temps d'enfermer Magnificat dans la cuisine et de me regarder dans une glace. J'étais rentrée peu de temps auparavant, j'étais encore présentable et cela me rassurait. J'avais déjà la porte ouverte quand il se présenta après avoir gravi les trois étages. Il avait pris l'escalier mais il était à peine essoufflé.

Il m'observa avant d'entrer avec un gros sac à la main qu'il posa au sol dans mon entrée.

— Salut... me susurra-t-il alors, souriant, charmant, attirant. Il s'approcha de moi et caressa ma joue longuement. Je me laissai faire, dans l'euphorie de la surprise. Il m'embrassa ensuite lentement et langoureusement tout en me serrant contre lui. Je le fis entrer chez moi. Nous valsions sur nous-mêmes, nos bouches restant aimantées. Je dus faire une pirouette pour fermer la porte sans cesser de l'enlacer. Il prit ensuite mon visage dans ses grandes mains, et m'embrassa encore et encore. Il me déshabilla avec frénésie et je fis de même. Nous fîmes l'amour debout dans l'entrée. Nous avions un besoin l'un de l'autre… incommensurable ! Je ne me posai aucune question, c'était électrique. Il me prit ensuite dans ses bras et me porta sur le lit. Nous fîmes l'amour encore une fois. Après cela, il entreprit de parcourir chaque millimètre de ma peau avec la paume de ses doigts. Il semblait vouloir apprendre la carte de mon corps. Il s'arrêtait sur les grains de beauté, les cicatrices d'enfant, le léger duvet le long de mon dos. J'étais apaisée et en paix. Nous n'avions encore quasiment pas parlé. Nous avions tant échangé pendant ses deux semaines.

— Qu'est-ce que tu es belle, me dit-il enfin.

— Merci... lui soufflai-je en embrassant son cou.

Je me cachais derrière des actes, je ne pouvais toujours pas lui dire mes sentiments. J'avais trop à y perdre si je me trompais sur ses intentions. Je ne savais de toute façon pas faire ces choses-là.

— J'ai adoré ta surprise ! J'en ai une aussi pour toi, lui dis-je pleine de malice.

— Ah bon ? Oh, j'attends ça avec impatience alors !

Je finis par me desserrer de son étreinte pour aller lui chercher son cadeau. Je revins, fière, avec mon trophée caché derrière mon dos.

— Quelle main ? lui dis-je amusée, tout en me trémoussant.

— Allez la gauche, côté cœur, proposa-t-il, sourcils levés.

— Bien joué !

Et je lui tendis triomphale un bidon de lessive.

Il marqua un temps. L'étonnement se lisait sur son visage et puis enfin il comprit.

— Je dois donc y voir un acte d'engagement ?

— Vois le comme tu veux. Simplement, quand je suis chez toi, je ne veux penser qu'à toi, pas que le passé s'installe. Et j'ai bien choisi : ça sent juste l'odeur du linge propre. Il restera plein de place pour ton parfum !

— Parfait. J'adore l'idée ! Bon ce n'est pas tout mais il se fait faim ! Qu'est-ce que je te prépare à manger ?

— Oh je n'ai rien dans mon frigo.

— Viens on va y jeter un œil.

J'enfilai un short et un débardeur. Il m'entraîna par la main dans la cuisine.

— Tomates en boite, deux steak hachés, haricots surgelés, yaourt à l'abricot. Ok, des boulettes ça te va ? Tu as bien quelques épices ? Huile d'olive ?

— Oui ail, oignon. J'ai tout ceci Monsieur !

Magnificat et moi le regardions médusés. En caleçon, je le voyais s'affairer d'un meuble à un autre, concentré dans sa tâche. Il était beau. Il me plaisant tant. Il fredonnait un air que je connaissais sans savoir qui en était l'auteur.

— Qu'est-ce que tu chantes ?

— Nina Simone. « Feelings ». Tu connais ?

Il susurra alors quelques paroles à mon oreille.

— Bien sûr que je connais mais je ne me suis jamais penchée sur les paroles. C'est très joli ! Et dans l'air du temps ! dis-je en embrassant son dos.

— N'est-ce pas ? Au fait je t'ai apporté une nouvelle que j'aime beaucoup ; une des plus belles histoires d'amour qu'on m'ait donnée à lire à l'école. « *Lettre d'une inconnue* ». Peut-être l'as-tu déjà lue ?

— Non ça ne me dit rien. Qui est l'auteur ?

— Stephan Sweig.

— Je connais de nom, ça parle de quoi ?

— C'est une histoire d'amour, d'obsession. Une femme écrit à son ancien amant avec qui elle a eu une aventure très éphémère. Pour lui, c'était un plaisir fugace, pour elle, une passion dévorante. Pour elle, il est tout. Ça m'a fait penser à ton histoire passée, car elle se livre après avoir toujours tout gardé en elle des années entières. C'est très beau, très bien écrit et avec beaucoup de modernité, ça te plaira à coup sûr.

— Cela a l'air en effet très touchant. Tu y vois là une sorte de catharsis pour moi ?

— Exactement ! me dit-il, ravi que j'accueille sereinement sa suggestion.

— Je tenterais de me le procurer. Je t'avoue que je lis surtout beaucoup de suspens ou des romans familiaux. Je ne colle pas vraiment à l'image de la libraire comme certains l'entrevoient. Je suis assez populaire dans mes choix tu sais. Pauline par exemple est une superbe devanture pour notre boutique : elle a fait des études de librairie et la fac de lettres. Elle connaît tous les classiques du théâtre, de la poésie et de la dramaturgie et ça me fascine !

— Ma mère adore la poésie ; elle a tenté de m'initier mais je n'accroche pas. Je préfère mettre de la poésie dans ma vie que par écrit ajouta-t-il, moqueur. Mais, je lis beaucoup de mangas d'horreur !

— Je n'en ai jamais ouvert un !

— Eh bien il nous reste un tas de choses à nous faire découvrir, c'est merveilleux ! ajouta-t-il, malicieux.

Il me demanda où se trouvaient mes assiettes et entreprit de mettre la table.

Le repas fut simplement succulent.

— J'ai tellement envie que ce week-end ne s'arrête jamais. Je n'ai pas envie d'aller au travail lundi. Selma revient. J'appréhende un peu, on est parties chacune en mauvais terme même si nous faisions bonne figure devant Laurène. Édouard a annoncé son départ il y a quelques jours, je vais donc devoir mettre des annonces dès maintenant. Bref, je ne vais pas me tourner les pouces !

— Je serai là le soir si tu veux. Tu as sans doute oublié que j'étais encore en vacances... me dit-il en caressant mes cheveux.

— Je ne sais pas ce que tu as prévu... . Est-ce que je suis dans ton programme ?

Je n'osais pas dire à Nicolas combien j'avais espéré cette semaine à ses côtés. Je n'arrivais pas à exprimer mon profond sentiment de bonheur en sa présence. Mon cœur voulait lui proposer de se voir tous les jours, ma tête me freinait. Je hurlais de peur, je continuais à hérisser des forteresses et surtout j'aimais mon indépendance. Je ne voulais pas me brûler les ailes.

— Bien sûr, j'ai envie de te voir et je me refrène de te dire tous un tas de choses, figure-toi ! me dit-il tout en chatouillant ma taille. J'ai quelques sorties de prévues avec des amis de l'escrime mais pour le reste, j'ai tout mon temps pour toi !

— D'accord je suis partante ! Édouard va s'en doute organiser un pot de départ au retour de Laurène, il y aura Ella, sa chérie et l'on peut venir accompagné, tu viendras ? lui demandai-je timidement.

## SELMA

Je reprenais le chemin du travail sereine et plus apaisée qu'à mon départ ; ma vie en cyclothymie. Mes vacances avaient été dédiées à ma famille. La première semaine j'avais loué un mobile home dans un camping près de la mer. J'avais accueilli mes deux neveux et ensemble nous avions créé des souvenirs éternels. La seconde semaine, mon temps avait été consacré à ma mère et à ma sœur. J'avais poussé le fauteuil roulant de ma cadette partout où c'était possible. Les allées des supermarchés, les parcs, les zoos, les musées... tout terrain sans bosse et accessible aux personnes à mobilité réduite. Pourquoi cette hypocrisie ? Ce n'était pas uniquement sa mobilité qui était diminuée, c'était toute sa vie. Soyons francs, elle était handicapée et il fallait assumer les situations que cela générait. J'avais tenté d'alléger le quotidien difficile de ces deux femmes qui comptaient tant pour moi. J'étais revenue regonflée à bloc d'avoir partagé et accompagné des personnes chères à mon cœur. En passant le pas de la porte de Prismaculture, la première chose qu'on m'annonça fut le départ d'Édouard. Il fallait s'y attendre, il ne nous avait jamais caché son souhait d'intégrer le Conservatoire. Une fois de plus, il était recalé mais il avait décroché un rôle dans un film et cela lui donnait une nouvelle perspective. Il tenait à passer une pause déjeuner avec chacun de nous afin de pouvoir partager un dernier moment privilégié. Plus qu'une semaine avant qu'il ne parte en vacances. Britney avait dû réorganiser un peu le planning mais c'était pour la bonne cause et c'était avec l'accord de Laurène qui s'était entretenue avec elle au préalable par téléphone. Des bribes que j'avais entendues, il comptait organiser une soirée pour fêter son succès à venir mais aussi pour fêter son départ. J'avais cru comprendre que nous allions faire un karaoké. Je pensais bien n'en avoir encore jamais fait. Ce serait une grande première ! Lors de mon déjeuner avec Édouard, j'évoquai le binôme si complémentaire entre Laurène et Britney. Je ne pouvais m'empêcher de continuer à envier son poste. Édouard avait insisté :

— Fais quelque chose pour moi quand je serai parti. Parlez-vous une bonne fois pour toutes en tête à tête. C'est le non-dit qui vous ronge. Vous êtes malheureuses chacune dans votre coin parce que vous imaginez des choses l'une de l'autre absolument fausses. Que vous n'ayez pas d'atomes crochus, ça fait partie de la vie mais s'ignorer pour des malentendus, ça attise la rancœur pour rien.

— De quels malentendus parles-tu ?

— Selma, pas avec moi...

Comme je ne répondais pas, il me dit le fond de sa pensée :

— Tu es persuadée que Britney te dénigre et te déteste et elle croit que tu nourris ce genre de sentiments à son égard.

— Peut-être qui sait...

— Non. Vous ne vous connaissez pas ! Pour détester quelqu'un, il faut des raisons valables. Tu détestes le fait qu'elle ait pris une place que tu voulais et tu es sûre qu'elle te trouve nulle. Et elle, elle est déçue de voir que tu ne t'y fais pas et elle est en colère que tu puisses penser qu'elle ne mérite pas ce poste.

— Sans doute. C'est elle qui t'a dit tout ça ?

— Non. Britney ne s'épanche pas sur les autres, je le devine, je le vois, c'est tout. Et surtout je constate qu'il y a des gens qui restent ou meurent avec leurs regrets juste parce qu'ils n'ont pas parlé.

Je marquai un silence. Visiblement, Édouard voulait faire passer des messages avant de s'en aller.

— Tu vas nous manquer. Tu vas ME manquer. Tu savais toujours apaiser les tensions, lui dis-je enfin.

— Les cimetières sont remplis de gens indispensables ! Crois-moi, vous n'avez pas besoin de moi. Vous aussi vous me manquerez même si je donnerai peu de nouvelles.

Édouard avait les paroles d'un sage. Il allait aussi manquer à Lucie. Je les voyais souvent complices. Lucie voulait elle aussi me parler. Décidément ! Elle avait quelque chose d'important à me confier selon ses dires. Jeudi, elle se rendait au restaurant avec son mari sans les enfants : un événement ! Était-ce une mauvaise nouvelle ? Voulait-elle quitter Sandro ?

## LUCIE

J'allais un peu mieux : lundi, retrouver Selma m'avait donné de la joie. J'aimais être avec elle mais aussi travailler avec elle. J'avais décidé de lui confier mon histoire. L'élément déclencheur était le départ d'Édouard. Il fallait quelqu'un qui sache dans la boutique, quelqu'un qui comprendrait mes regards sombres et mes angoisses d'un simple geste et qui saurait me réconforter ou m'entourer presque sans agir. Si je n'avais rien dit à Selma auparavant, c'était par crainte de la heurter, peur que cela ne l'atteigne trop. Aujourd'hui, je sentais Selma dans la position de pouvoir réceptionner ce genre d'émotions sans sombrer. Je la sentais plus solide. Surtout j'avais une totale confiance en elle et au-delà de ça, j'avais envie de suivre mon instinct, ma petite voix intérieure. Je lui avais proposé de partager un chocolat chaud tôt avant son embauche le mercredi. C'était mon jour de repos. Je déposai les enfants au centre de loisirs et je la rejoignis avant de faire mes courses au supermarché. Nous nous étions donnés rendez-vous dans un fast-food totalement désert à cette heure-là. Nous aurions plus d'intimité même si l'endroit était froid et sans âme. Je pense qu'elle s'attendait à tout sauf à cela. Elle s'était levée de sa chaise et avait pleuré dans mes bras. Je lui répétais : « Ca va, ça va, ne t'inquiète pas ! ». Elle était secouée. Elle ne me lâchait plus. Je lui racontais brièvement. Elle caressait mon bras, me tenait la main. Elle craignait sans doute que je flanche. Elle ne se rendait pas compte du petit miracle se produisant en moi. Parler me soulageait. La voir mal ne me rendait pas neurasthénique comme je l'aurais cru. Je n'avais pas honte quand je lui expliquais. Je n'étais toujours pas prête en revanche à parler à mes parents. Cependant, j'avançais pas à pas. Édouard me le répétait : « Ta fille qui pousse en toi c'est ta force ! Elle t'ouvre la voie vers la reconstruction ! ». J'étais certaine au fond de moi que le moment venu, je saurais agir. En sentant les coups de pieds dans mon gros ballon, j'imaginais mieux ma fille. Aurais-je toléré en tant que mère, ignorer la douleur de mon enfant ? Me serais-je pardonnée de ne pas avoir su le mettre en sécurité ? Et pouvait-on en vouloir aux gens de ne pas deviner le mal intérieur qui ronge, invisible à l'œil nu ?

Je parlerais un jour à ma fille, je le ferais aussi avec mes parents. Le moment venu.

## EDOUARD

Lucie était fière de me raconter son échange avec Selma mais aussi son dîner avec son mari. Il avait été aux petits soins et ils s'étaient retrouvés comme avant. Avant d'être des parents. Avant tout, ils étaient un couple. Elle lui avait tout narré : ses angoisses, ses craintes, ses envies de parler, notre amitié. Il l'avait soutenue comme toujours. Sandro était un être comme on rencontre peu : altruiste et aimant. Elle ne pouvait avoir fait meilleur choix de partenaire. Ces deux moments intimes, c'étaient ses petits exploits comme elle aimait me le préciser. J'étais rassuré : Lucie allait sur le bon chemin. Elle avait passé un début de grossesse des plus remuants psychologiquement mais depuis peu elle avait compris que le monde ne lui tournait pas toujours le dos, parfois c'était elle qui faisait volteface. Elle avait compris qu'il fallait savoir demander, réclamer. Accepter tout, s'oublier au profit des autres ne la menait nulle sauf à entrer dans une profonde dépression. J'étais serein sur son avenir même s'il serait encore semé d'embûches et de douleurs.

J'avais déjeuné dans la semaine avec Reta. Elle était surprise mais j'y tenais. Je voulais qu'elle sache combien j'avais aimé sa spontanéité et sa douceur de vivre. Laurène avait supplié Reta d'accepter un CDI dans le but de me remplacer. Elle lui avait mis en avant le fait que cela lui permettait de remporter le voyage commun et de partir en Italie tous frais payés l'année suivante durant cinq jours mais Reta n'en avait que faire : elle allait visiter six pays en un an sans avoir à débourser grand-chose : pas de quoi rivaliser et partir en compagnie de Britney et Pauline ne la motivait guère ! Et puis de toute façon elle ne voulait plus reculer et Joël ne lui aurait pas laissé le choix. Je lui avais alors souhaité un beau voyage autour du monde et surtout de continuer à faire passer ses désirs avant le reste. Elle aurait bien le temps de faire des compromis. Je savais qu'elle ne viendrait pas à la soirée prévue pour mon départ à la fin de la semaine suivante. Elle disait qu'elle avait d'autres plans. Je pensais surtout qu'elle ne voulait pas être là au milieu de l'équipe alors qu'elle n'en ferait bientôt plus partie. Reta n'avait pas vraiment trouvé sa place. J'en étais désolé. Quand ce fut au tour de déjeuner avec Pauline, je ne pus m'empêcher de m'émouvoir. Cette fille était tellement sensible ! Qui n'aurait pas fondu devant un tel discours ?

## PAULINE

Nous étions samedi, dernier jour de travail pour Édouard. Il allait prendre son ultime déjeuner avec moi. Hasard du calendrier ou pas, j'étais flattée ! Édouard était un peu notre boussole. Je lui avouais : « Tu étais celui qui déclarait les mi-temps, l'armistice, les cessez le feu, les trêves, les arrêts de jeu. Sans parler, la plupart du temps, juste en écoutant, tu prêchais la bonne parole ! Tu faisais en sorte que tout reste harmonieux. Nous serons bien seuls sans toi dans notre univers. Il faudra trouver pour te remplacer quelqu'un à la hauteur et ce ne sera pas chose aisée ! ».

Je finis mon hymne à sa gloire par un extrait d'un roman de Marcel Proust qui m'était cher. J'eus moi-même les larmes aux yeux en lisant les mots :

« *Soyons reconnaissants aux personnes qui nous donnent du bonheur ; elles sont les charmants jardiniers par qui nos âmes sont fleuries* ».

Il était silencieux mais je voyais ses lèvres vaciller. Son menton tremblait, il se retenait.

— Tu sais, je ne pars pas loin, je ne pars pas pour toujours, hein ? Je reste en France ! me dit-il en me regardant droit dans les yeux, cherchant à sortir de son émotion.

— Je voulais te dire que je n'ai jamais trouvé quelqu'un d'aussi honnête ! Je suis sûre que bientôt, tu seras en haut de l'affiche et que tu ne prendras même pas le melon ! Vraiment ne change rien et surtout vis ton rêve !

Édouard laisserait derrière lui un vide abyssal. J'avais hâte d'être à sa soirée de départ tout autant que je redoutais son absence au sein de la boutique. J'aimais chaque membre, même sans Reta, ce ne serait pas pareil. J'étais déjà nostalgique de la suite à venir.

Laurène et Britney allaient avoir la lourde tâche de les remplacer.

# NICOLAS

*Playlist 20 - T'es belle – Volo -Album Jours Heureux - 2007*

Je devenais amoureux de Britney et les mots semblaient légers face à ce que je ressentais. Je me contenais. Je n'étais pas prêt à lui dire des sentiments sans m'être assuré au préalable d'une réciprocité pure. Elle me prouvait par ses actes son attachement indéniable, mais elle redoutait trop encore que je la déçoive pour s'épancher. Il était aussi dans sa nature profonde de ne montrer qu'avec des gestes. Dès lors que j'avais vu son visage illuminer sa fenêtre, j'avais retrouvé le bien-être que seuls les amoureux épris ressentent. Britney m'avait comblé dès nos premiers baisers sur son palier. J'avais aimé toucher sa peau, la dévorer, la garder en mémoire pour toujours. Nous étions en nécessité absolue de l'autre. Quand elle se déhanchait nue devant moi en esquissant quelques pas de danse classique qu'elle avait pratiquée très longtemps plus jeune, je ne pouvais m'empêcher de la désirer à moi pour toujours. Devant mes compliments, Britney faisait la moue, reculait un pas en arrière. Pourtant quand elle me tendit la lessive choisie avec soin, j'y vis une envie d'avenir. Elle n'aurait pas fait cela sans un peu d'amour. Et c'est aussi assez naturellement qu'elle vint chez moi et moi chez elle presque chaque soir de la semaine à la suite de nos retrouvailles. J'aimais beaucoup être dans son logement. À travers ses murs et son mobilier, j'avais une certaine lecture de sa personne. Une impressionnante collection de miniatures de parfums m'avait sauté aux yeux. Elle l'entretenait depuis l'âge de onze ans. Je trouvais cet intérêt des plus charmants. Elle disait : « C'est ma petite passion inavouée ». Je lui avais alors révélé mes visionnages réguliers d'épisodes de dessins animés japonais qui me captivaient enfant et la multitude de bibelots à l'effigie de mon personnage préféré. Nous avions tous une part de notre enfance dans nos bagages. Certains la déposaient au pied de l'âge adulte, d'autres en gardaient une partie le long du voyage de la vie, parfois la partie plus tendre et la plus réconfortante. Comme ma sœur par exemple, qui, dès l'âge de sept ans se prit de passion pour le concours Miss France. Aujourd'hui encore, elle ne manquait pour rien au monde ce sacre annuel. Souvenirs heureux de soirées blotties sur le canapé entre ma mère et mes frères. Certains raillaient ces attitudes jugées puériles. J'entrevoyais plutôt là la preuve d'une immense authenticité. Des gens sans faux semblants, capables de toujours s'émerveiller. Comme Britney. Et cela me rendait d'autant plus heureux d'être son compagnon. Le seul obstacle restait donc la confiance, ce refus de me montrer avec hargne et vivacité cette envie d'avancer à deux.

J'avais envie d'échanger plus encore, d'entendre des mots me concernant. Britney dévoilait ses sentiments de façon verbale à travers les autres. Elle m'avait invitée à la soirée de départ d'Édouard. À ses yeux, je savais ce que cela signifiait : m'intégrer à sa vie. J'étais extrêmement content d'y venir et de découvrir ses collègues de façon plus précise. J'avais déjà fait des karaokés mais pas depuis longtemps. J'avais une petite idée de la surprise que je lui préparais, en espérant la conquérir un peu plus et aussi la faire sourire. Elle m'avait ensuite narré son repas avec Édouard et rapporté ses paroles. Il lui avait dit combien il était heureux pour elle, qu'il sentait là une rencontre peu commune, qu'il fallait sûrement lâcher un peu la bride. Britney m'avait alors confié redouter entrer dans un quotidien routinier, Britney redoutait que je me lasse, Britney redoutait de quitter sa liberté chérie. En me racontant cela, j'avais tenté de la rassurer. Je voulais une histoire même dans ce qu'il y a de plus banal, dans la vie à deux qui se ressemble, dans les matins chagrins, dans les soirs de colères ou les après-midis pluvieux. Je n'allais pas lui arracher son indépendance si me voir était une de ses volontés. Vivre avec Britney une semaine m'avait donné un avant-goût du bonheur comme des heurts à venir. J'avais compris son envie de tout contrôler quand nous étions dans son antre, ses colères quand tout ne tournait pas selon sa façon, dans son espace. Cela m'agaçait mais je savais prendre sur moi. Je me connaissais évidemment imparfait et elle l'était aussi forcément. J'avais toujours su m'adapter tant que cela n'empiétait pas mes convictions. Chez moi, elle était plus calme, plus apaisée. Si nous avions un jour un chez nous, nous serions peut-être disposés à nous mettre à l'unisson dans nos façons de vivre. C'est vrai, nous pouvions nous tromper, nous allions peut-être déchanter, peut-être cela ne fonctionnerait pas mais je préférai mille fois prendre le risque d'essayer que de passer à côté d'une histoire d'amour, une histoire d'amour avec un grand A.

Ces pensées joviales m'assaillaient tandis que je me rendais chez mon ami Joffrey. Mon partenaire d'escrime et mon allié. Une soirée destinée à échanger sur un projet de création d'association. Nous voulions proposer des cours parents-enfants concernant notre discipline favorite. Très vite, nos conversations dérivèrent sur Britney et sur notre début d'histoire.

— Tu as l'air accro dis donc ! Bon en même temps, c'est tout toi : tu ne fais jamais les choses à moitié ! me dit-il, taquin.

— Oui je suis comme ça, que veux-tu ! On ne change pas une équipe qui gagne !

— Heu, on reparle de ton divorce ? Je te taquine, ne fais pas cette tête ! Fais juste attention à ne pas trop vite t'enflammer !

— Oh j'assumerais et au pire je viendrais déverser ma peine chez toi !

— Ah oui hein déconne pas Nico, *une gonzesse de perdue c'est dix copains qui reviennent* et c'est pas moi qui l'ai dit ! Bon et bien écoute très heureux pour toi en tout cas ! Et sinon quand est-ce que tu me la présentes ? Elle a des amies célibataires ? enchaîna-t-il, tout sourire.

— Tu ne perds pas le nord !

— Jamais !

— Écoute, je crois qu'elle est libre ce soir, je lui propose de passer ?

— Avec grand plaisir !

# **BRITNEY**

Nous étions mardi, le jour du passage de ma série préférée à la télévision. Je ne pouvais réellement rester assise à regarder un écran, j'avais toujours la bougeotte et j'aimais faire deux choses à la fois. Je me trouvais donc en même temps en plein tri de tous mes accessoires de maquillage. J'en possédais une telle quantité que j'aurais pu concurrencer une des meilleures boutiques de beauté. Je m'attelais à cette tâche avec ferveur quand s'afficha sur mon écran de téléphone le prénom de Nicolas.

Je lui manquais déjà ?

— Si j'ai bonne mémoire, celui que je nommerais « brouillon avant le chef d'œuvre » ne t'a jamais présenté à ses amis, n'est-ce pas ? susurra-t-il de sa voix suave dans le combiné.

— Oui...

Où voulait-il en venir ?

— Je suis avec Joffrey comme tu le sais et on parlait de toi et il se disait que ce serait chouette de te rencontrer !

— Oui ... d'accord.... Pourquoi pas ?

— Tu es occupée ?

— Un peu, mais pourquoi ? Il veut me rencontrer maintenant ? dis-je, surprise.

— Oui carrément, maintenant ! dit-il, impatient et guilleret.

Voilà une chose à laquelle je ne m'attendais pas. J'hésitais quelques secondes puis lui dit, ravie :

— Tu me donnes une heure ?

Nicolas était malin, il savait qu'il valait mieux me proposer ce genre de rendez-vous sans préavis. Le stress était tout de même monté d'un cran. En soi, rencontrer ses proches faisait partie du champ des possibles si Nicolas était l'homme bien intentionné qu'il prétendait être. J'éprouvais donc un certain soulagement devant cette proposition inattendue même si elle générait en moi une certaine peur. Que penserait son ami de moi ? Approuverait-il cette rencontre ? Et moi, allais-je apprécier Joffrey ? J'avais tout de même moins de craintes à me présenter en terrain neutre devant ses amis que me mettre à nue devant mon cercle intime qui percevrait immédiatement des changements d'attitude liés à mes nouveaux sentiments.

Après que j'ai tiré sur la cloche suspendue au portique de la maison de Joffrey, une porte s'ouvrit et deux sourires me firent face.

— Ravie de faire ta connaissance Britney ! me dit Joffrey tout en appuyant deux bises sur mes joues. Nicolas m'enlaça ensuite par la taille et embrassa mes cheveux. Entre ! me proposa Joffrey. Je te sers à boire ? Nicolas m'a dit que tu étais amatrice de bon vin, j'ai du Côtes de Blaye, ça te va ?

— Ça m'ira parfaitement !

Joffrey possédait une jolie petite maison de ville de plein pied et je dois dire assez coquette. Des murs entiers étaient recouverts de cadres en tout genre : paysages, animaux, artistes, amis... Un amateur de photographie, peut-être ? Et surtout des plantes bien entretenues prenaient place aux quatre coins de la pièce donnant une atmosphère tropicale. Il y avait peu de meubles, mais ils étaient tous en bois exotiques. De l'encens brûlait dans un cendrier, sans doute pour masquer les volutes de son pétard.

En observant son jardin éclairé par les lampadaires extérieurs de la ville, il tint bon de me dire que je pouvais fumer en intérieur si je le désirais.

Nicolas m'invita à m'asseoir sur le canapé bleu en velours, tandis que Joffrey s'installa dans un rocking-chair en osier.

— C'est joli chez toi, m'exclamai-je pour briser la glace. Rien ne valait une banalité pour enclencher le dialogue. Ça fait longtemps que tu vis ici ?

— Bientôt quatre ans ! Avant j'étais en Bretagne.

— Ah et ça ne te manque pas ? Remarque il pleut beaucoup ici aussi !

— Serais-tu un brin moqueuse Britney ? me dit-il.

— Elle est de l'Aveyron, je tiens à te le préciser : chauvine tu l'auras compris ! précisa Nicolas avec malice.

— Très bien ! tu es donc une fille de la campagne comme moi ?

— Oui... mais toi tu n'es pas près des côtes ?

— Non hélas, je viens d'un village profond, 200 âmes à peine, donc comment te dire que j'aime cette sensation d'anonymat ici !

— Tu vois c'est précisément sur ce point qu'on est devenu ami, ce goût de l'indépendance, de cette distance avec les autres, renchérit Nicolas, amusé.

— On n'est pas des sauvages non plus ! rétorqua Joffrey avec un sourire facétieux.

— Tu n'en as pas l'air, rassure-toi ! répondis-je, hilare. Et tu es propriétaire chez toi ?

— C'est une visite immobilière Joffrey, j'ai oublié de te le préciser ! rétorqua Nicolas.

— Oh moque toi tiens ! Je suis curieuse c'est tout, je m'intéresse ! dis-je pour me défendre gentiment.

— Oui je suis propriétaire madame Plazza, s'esclaffa Joffrey. Et j'avoue il faut dire merci à mon job, c'est lui qui me permet de payer tout ça !

— Ah et tu fais quoi ? Chirurgien plasticien, footballeur, rentier ? plaisantais-je.

— Non beaucoup moins glamour : éboueur ! Non, attends, pardon : agent de propreté ! Ça fait plus classe mais ça n'enlève pas plus la crasse ! Mais attention : j'adore mon métier !

Je ne pus m'empêcher de sourire ce qui sembla rassurer Nicolas.

— Je ne savais pas que ça rapportait ! Je vais me reconvertir, je suis une adepte de la désinfection ! dis-je, hilare. Mon rire un peu trop fort masquait ma nervosité.

— Eh bien tu sais, le porte à porte juste avant Noël c'est un vrai gagne-pain ! rajouta-t-il un brin moqueur. Non plus sérieusement, pour être honnête, je dois surtout dire merci à Mamie pour l'héritage !

— Ah oui c'est vrai ça, dis-je parfaitement sérieuse, les morts ça rapporte aussi !

— Britney ! me héla Nicolas, faisant semblant d'être choqué tandis que ma blague avait fait hurler de rire Joffrey.

— Tu es un phénomène m'assura-t-il, Nicolas m'a parlé de ta franchise, j'aime beaucoup ! Bon, moi tu as vu, je suis plutôt pas mal dans mon style : la trentaine, sportif, amusant, une belle maison, en somme je suis un bon parti, donc si tu veux défendre mon cas auprès d'une amie célibataire, je ne dis pas non !

— Écoute pas ce qu'il dit Britney, se moqua Nicolas.

— Non mais pourquoi pas me reconvertir en agence matrimoniale ! J'ai des amies, mais tout dépend de toi ! Tu es célibataire depuis combien de temps ?

— Une semaine !

— Une semaine ? Ah oui c'est tout frais ! Tu ne supportes pas d'être seul ?

— Non c'est le contraire ! C'est toujours elles qui partent. Soit parce que je ne m'investis pas assez, soit parce que je ne donne pas assez de nouvelles, ce qui revient sensiblement au même je te l'accorde, soit parce que je sors trop, bref il y a toujours des reproches. Moi je cherche un truc pépère sans prise de tête : on se voit c'est bien, on ne se voit pas, ce n'est pas grave. Je ne m'attache pas forcément parce qu'elles le font pour moi.

— Ah des femmes qui se projettent trop loin, trop vite ? Oui je connais ! Pas moi hein, mais j'en connais !

À ces mots, Nicolas serra ma main plus fort. Je sentais que ces mots l'avaient heurté. Si je désirais qu'il soit attaché véritablement à moi, je voulais aussi prendre mon temps. Je n'allais pas dire des choses fausses pour lui faire plaisir.

— Tu te lasses très vite Joffrey, y a de ça aussi dans tes échecs, ajouta Nicolas.

Voulant visiblement me rassurer, son ami prit soin d'ajouter à mon intention :

— Ce qui n'est pas le cas de Nicolas, rassure-toi ! Et puis très sincèrement me concernant, je tiens éperdument à ma liberté. Je déteste qu'on m'impose des contraintes de vie. J'en ai au boulot et c'est déjà suffisant ! Donc si tu as des candidates partantes pour des moments tranquilles à deux je suis très intéressé ! renchérit-il, malicieux.

Je marquai un temps : il était bien différent de Nicolas ! Ou alors Nicolas cachait bien son jeu !

— Bon, de ton portrait, je retiens l'honnêteté, c'est déjà un bon point !

— Oui je te confirme, ajouta Nicolas, taquin. Il ne leur promet rien, parce qu'il n'a pas le temps d'aller jusque-là !

— Oui mais avoue que je suis plutôt fidèle ! se défendit Joffrey.

— Fidèle à toi même, oh oui ! le tacla Nicolas, la mine réjouie.

Ces deux-là étaient complices au point de se piquer continuellement. J'enviais leur façon de pouvoir faire ça sans craindre de blesser l'autre.

Le reste de la soirée passa à une vitesse folle.

Il était deux heures du matin quand je rentrais en compagnie de Nicolas chez moi. Une chose était sûre, malgré son insistance, jamais je ne présenterais Pauline à Joffrey ou pas avant qu'elle ait une bague au doigt, il était en tout point son talon d'Achille : séducteur, instable et avec les cheveux longs ! Le genre d'homme pouvant la mener directement à sa perte.

# NICOLAS

— On se retrouve chez moi ? m'avait-elle proposé.

Après quinze minutes de trajet, elle me retrouva devant son logement. Après avoir gravi ses trois étages tout en l'embrassant à chaque palier, je lui avais enfin posé la question qui me taraudait :

— As-tu passé une bonne soirée ?

Sa réponse fut nette : une soirée formidable. C'étaient ses mots. Joffrey était très agréable et intéressant et s'il avait pu l'agacer un peu au départ à cause de sa confiance en lui exacerbée, elle avait reconnu aimer son humour et sa gentillesse. Elle allait même plus loin, elle partageait son indépendance et sa soif de liberté assumée.

Je m'inquiétais.

— Dois-je comprendre que tu souhaites me faire passer un message ?

— Quel message ?

— Que tu es incapable de te projeter. Avec moi j'entends.

— Je ne suis pas capable de grand-chose tu devrais le savoir pourtant, je vis au jour le jour comme je te l'ai toujours dit, me répondit-elle, amusée. J'avance doucement parce que je me méfie, rien de grave. Je garde une réserve, ajouta-t-elle, hésitante, ça me semble normal, non ?

— Tu semblais tout de même d'accord avec Joffrey quand il disait ne pas forcément vouloir d'enfants, c'étaient bien tes mots, non ?

— Ce que je souhaitais dire et que j'ai dit à Joffrey, c'est qu'aujourd'hui, avec la société dans laquelle on vit, il est parfois difficile d'envisager l'avenir. Entre la pollution omniprésente, la montée des extrêmes, internet à outrance, l'obnubilation des gens à se mettre constamment en avant... il y a une certaine réticence à imaginer des enfants dans ce monde-là. C'est tout ce que j'ai dit. Mais je sais aussi que je ne veux pas d'enfants pour le principe, si j'en veux un jour, j'imagine que c'est parce que je serais avec quelqu'un qui m'en donnera envie.

Elle me souriait timidement tout en disant cela et je le pris comme une façon de me rassurer.

Je me permis d'ajouter :

— Oui et quand je te vois t'extasier devant les photos du bébé de ta cousine ou quand tu me parles pendant dix minutes des tenues que tu lui as trouvées, tu es tellement gaga, je vois que tu aimes ces petits monstres dans le fond !

— Ah ah ! C'est vrai, et surtout je n'ai que les bons côtés dans ce rôle ce qui me va à la perfection ! Mais ôte-moi d'un doute, tu n'en es tout de même pas à de tels questionnements avec moi ? On se découvre depuis peu.

— Je sais mais je ne cherche pas une histoire d'un mois, j'ai envie de m'investir.

— Tout comme moi, sauf que moi je n'aime pas le dire, je préfère le vivre. Les actes, rien que des actes !

— D'accord, ça me va. J'ai juste besoin de savoir dans quel état d'esprit tu es, je n'ai pas non plus envie d'enfants là maintenant, c'était une question dans l'absolu.

Je la regardai droit dans les yeux. Je n'avais pas besoin d'elle pour être heureux mais à deux, on pouvait l'être de façon décuplée. Je le sentais et je voulais le lui prouver. Se trouver c'était se démêler, détricoter les nœuds et puis démarrer une nouvelle création. Cela impliquait une forme de patience. Je devais me faire violence pour modérer mes envies de projection mais si cela en valait la peine alors pourquoi pas ?

# LAURENE

Il y avait une chose dont j'avais horreur pendant mes vacances, c'était que l'on me dérange. C'était bien trop souvent arrivé par le passé et je m'étais alors faite la promesse qu'on m'y reprendrait plus : cause perdue... ! Quand j'avais vu l'appel sur mon téléphone alors que je cherchais l'adresse d'un restaurant où dîner le soir avec Lætitia, mes yeux s'étaient presque injectés de sang. Je n'exagérais presque pas. Ma compagne, assise en tailleur sur son transat m'avait entendu lui dire :

— Mais qu'est-ce que me veut ce petit con d'Édouard ?

J'avais failli de ne pas décrocher et attendre le message sur le répondeur que j'écouterais plus tard. Je m'étais ravisée. Si Édouard ne m'appelait pas de la boutique, c'est qu'il devait y avoir une raison valable.

— Oui Édouard ! dis-je en décrochant, sur un ton peu engageant.

— Bonjour ma chef préférée ! Comment se passent tes vacances ?

— Bien Edouard ! Mais rassure-moi, tu ne m'appelles pas juste pour ça ? Sinon je peux encore t'envoyer une carte postale. La Drôme c'est splendide.

— Non je ne t'appelle pas pour ça ! rétorqua-t-il, amusé et gêné.

Dans ma tête, en une fraction de seconde, je comprenais à son ton plein de joie, mêlé à de l'angoisse, l'annonce d'une nouvelle perturbante.

— Je t'écoute !

— *Je suis venu te dire que je m'en vais...* plaisanta-t-il.

— Et mes *sanglots longs n'y pourront rien changer* ? continua-t-elle.

Il se mit à rire, avec prudence tout de même, pour ne pas trop aggraver mon cas.

— *Tu te souviens des jours anciens et tu pleures* ? me dit-il alors, inquiet.

— Non, c'est fabuleux ! Je suis extrêmement fière de toi ! lui dis-je sincèrement. Tu pars pour ton école, n'est-ce pas ? fis-je soudain, inquiète. Je ne fais pas fausse route ?

— Non j'ai encore échoué au Conservatoire... hélas ! Mais je suis pris dans le premier rôle d'un film d'auteur !

— Merveilleux mon grand ! C'est mérité. AM-PLE-MENT ! Bon, maintenant tu vas me dire quand tu pars évidemment.... Et là je sens que je vais moins rire !

Il allait parler quand je m'écriai soudainement :

— Ah ne me fais pas ça s'il te plaît ! Stop !

— Pardon ? Heu je n'ai encore rien dit !

— Je parlais à mon chien ! Il me lèche les pieds cet idiot ! Idiot c'est gentil dans ma bouche hein ! C'est affectueux !

— Oui bien entendu Laurène ! Je pars mi-septembre, j'ai posé mon préavis il y a quelques jours à la DRH. Ton chien est malin, il vient te réconforter…

Dans ma tête, tout s'était soudain emmêlé. J'étais partagée entre le « qu'il en soit ainsi », les louanges à donner à mon incroyable employé si doué, le manque évident qu'il allait laisser, son remplacement à prévoir, les paperasses à envisager, les plannings à changer. Intelligent, il avait compris mon trouble, ma pudeur, ma joie, mon angoisse. Il m'avait souhaité une bonne fin de vacances. Quant à moi, pour rester sur une note positive, je lui avais proposé d'organiser une soirée pour son départ. Je nous voyais dans un karaoké. Tous réunis et le voir sur scène encore un peu. J'inviterais Lætitia par qui tout avait commencé entre Édouard et moi. Il inviterait Ella qui serait son futur. Et les autres pourraient inviter aussi leur moitié. Ce serait festif, ce serait nostalgique, ce serait vivant, ce serait populaire et ça nous ressemblerait.

# BRITNEY

C'était le grand soir. Le soir du pot de départ. Toute la semaine, j'avais trépigné à l'idée de présenter Nicolas à tous, à mon équipe. La semaine à ses côtés avait été une expérience. Une expérience avec ses très bons et ses mauvais côtés. Une expérience parce que j'avais aussi rencontré un de ses amis et que de cette façon, j'en connaissais un peu plus sur lui. Mon jour de repos tombait le jeudi et comme toujours la veille de mes jours de repos, j'aimais être seule parce que fatiguée, parce que sur les nerfs. Je m'étais dit que cela serait différent parce-que j'étais pleine de sentiments mais c'était sans compter l'entrée d'un nouvel arrivant dans mon univers et surtout c'était sans compter mes humeurs. J'avais vu ses chaussettes sales de la veille, là, sur le sol, comme un joli cadeau du quotidien qui démarrait. Aurais-je dû me réjouir devant cette broutille qui marque le début des vies à deux ? Peut-être. J'avais ensuite vu son sachet de thé tremper dans l'évier. Il s'était vexé quand il m'avait entendu faire la troisième réflexion, celle selon laquelle je ne supportais pas les gens qui ne rangeaient rien derrière eux. Pour lui, ce n'était pas grand-chose et il était prêt à fournir des efforts. Il m'avait enlacée malgré son agacement comme pour me prouver sa bonne foi et je le lui avais alors avoué combien j'avais peur de me tromper sur mes envies. Il s'était mis en colère. Il ne comprenait pas cet état d'esprit ni mes doutes. Nous avions crié. Nous avions grimacé. Il m'avait rejoint dans le lit où j'étais prostrée et il m'avait prise dans ses bras. Il m'avait posé la simple question :

— Est ce que tu es heureuse avec moi ?

— Franchement, oui. Ma réponse toute pourrie. Nous avions fait l'amour par-dessus ces mots-là. Nous avions effacé l'épisode. Je repensais à cette scène datant d'il y a deux jours. Depuis nous avions passé outre et j'allais plutôt chez lui, c'était mieux ainsi. Je me faisais dorloter et j'étais plus sereine. Être chez lui, c'était être avec lui, dans sa vie, c'est être en sécurité, c'était aussi m'affranchir de mes manies, épouser le monde de l'autre. Dans quelques heures, je le présenterais à mon équipe. C'était tout de même un vrai défi pour moi : me montrer amoureuse face aux miens et donc plus vulnérable. J'imaginais Nicolas parfait, sociable, prévenant au milieu des autres tout en sachant se montrer présent à mes côtés. Je pouvais me tromper cependant et avoir une mauvaise surprise. Il pouvait très bien se montrer porté sur l'alcool, faire des blagues lourdes ou prêt à séduire les filles autour par des œillades appuyées. Hormis avec Pauline à la fête des bateaux, je ne l'avais pas encore vu évoluer au sein d'un groupe en soirée. Je n'avais plus qu'à attendre encore une heure et je verrais par moi-même. J'étais aussi inquiète que pressée. Pauline avait lourdement insisté pour chanter une chanson en hommage à Édouard, moi qui redoutais tant d'être mise en avant ! C'est elle qui tiendrait le micro, elle était prévenue. Je regarderais l'écran, concentrée sur les paroles. Elle avait choisi : « Vous les copains » de Sheila. Elle savait que ça ferait hurler de rire Édouard. Pauline voulait même que nous fassions des couettes dans nos cheveux pour accentuer le ridicule mais elle comprit à mon « non » furieux que je ne changerai pas d'avis. Il était temps de rejoindre la soirée. J'avais fermé la boutique au plus vite et Nicolas était passé me chercher. Craquant dans son tee-shirt blanc, j'étais fière d'arriver à son bras, fière qu'il soit mon homme.

## LUCIE

J'étais pour une fois à l'heure. Laurène et Edouard agitaient leurs bras en l'air pour que je puisse les voir dans l'ambiance tamisée du lieu. En m'approchant et après les avoir embrassés, je vis que sur la table rectangulaire, figuraient nos prénoms qui signifiaient l'endroit où s'asseoir. J'étais entre Selma et Ella, Édouard président en bout de table. En face de moi, Lætitia. Sur notre assiette m'attendait un petit mot : « raconte une anecdote drôle ou émouvante sur Édouard ». Il fallait ensuite la glisser dans une enveloppe. Nul doute que l'idée venait de Laurène assise à table au côté du seul homme de son magasin. J'étais venue seule. J'aurais pu venir avec mon mari mais encore aurait-il fallu demander à sa mère et je ne voulais pas la déranger. Sandro avait insisté pour que je m'amuse et que je profite. J'étais contente d'être là pour sortir un temps de mon train-train. La parenthèse enchantée avec mon mari avait été un véritable salut. J'avais bien fait d'insister auprès de Britney. Elle avait fini par me prendre en pitié. Elle avait, je le sais, accepté ma demande à contre cœur. Tant pis. Comme me disait Sandro lorsque j'hésitais à exprimer des attentes, ceux qui nous jugeaient aujourd'hui seraient ceux jugés demain. Sandro disait aussi qu'être parent, c'était avant tout deux choses : faire entendre ses besoins et ne pas écouter les critiques. Il était donc nécessaire de défendre un droit aux urgences. Cesser de culpabiliser pour des arrêts enfants malades, de culpabiliser pour les absences dues à la grève des écoles, ou pour des congés parentaux car en silence ces absences profitaient à toute la société. Loin de nous l'idée de penser que nous ne pouvions pas concilier emploi et famille : nous étions tous deux présents au maximum sur tous les fronts. Un peu d'indulgence était parfois nécessaire. Notre sortie à deux m'avait fait un bien fou, j'étais plus calme avec les enfants cependant les angoisses revenaient vite, telles des vagues assommantes et gigantesques. Des peurs sur l'avenir, des peurs sur la façon de protéger mes enfants, des peurs sur mon couple, des peurs sur la charge permanente. Des angoisses de tout, des paniques pour rien. Sandro m'aidait mais force était de constater qu'il était surtout un bon exécutant. Ce que je lui demandais, il le faisait, pas toujours au rythme que je désirais mais il agissait. Il prenait rarement des initiatives. Devais-je me réjouir de cela et m'en suffire ? Je n'oubliais pas non plus combien il était aussi un homme formidable et un pilier mais je m'épuisais vite avec mon gros ventre et mes deux enfants. Je pouvais vite monter en mayonnaise. Je peinais parfois à trouver mes mots avec mon cerveau rempli de questions et des réponses pas toujours précises. Je gérais aussi mal la position debout constante au travail. Rapidement, je le savais, je devrais m'arrêter. Je savais que cela impliquerait une autre embauche pour Laurène. Je culpabilisais un peu de lui infliger ça car je savais tout ce qu'elle sacrifiait pour son travail mais mon corps me disait stop et je savais qu'elle comprendrait. C'était la première fois que je venais dans ce restaurant karaoké. Nous avions accès à un superbe buffet à volonté de cuisine traditionnelle chinoise. Des mets raffinés et délicats selon Laurène qui connaissait bien l'endroit, rare pour ce type d'établissement avait-elle précisé. En arrivant, elle m'avait serrée dans ses bras et caressée mon ventre en me complimentant comme une mère aimante. Lætitia et elle formaient un couple incroyable. Elles étaient chacune rayonnante, inspirante et déterminée. Une flamme commune brillait dans leurs regards. Quant à Édouard et Ella, ils étaient assortis à tous les niveaux, intelligents et raffinés. Elle, portait une robe rouge vif au motif liberty et lui un joli nœud papillon du même tissu posé sur une chemise blanche à manches courtes. Je savais Ella couturière à ses heures perdues et je la complimentais pour ce beau travail qui je le savais était forcément une de ses créations.

Quelques minutes après qu'on m'ait versé du jus de mangue dans un verre, Pauline et Selma arrivèrent ensemble. J'étais contente de les voir dans un autre contexte. Je pourrais en profiter pour discuter avec mon amie et collègue et plaisanter avec Pauline qui avait toujours la verve joyeuse et l'esprit enjoué en groupe. Édouard m'expliqua que si je souhaitais chanter une chanson, il fallait s'inscrire auprès de l'homme vissé aux platines. Pauline en profita pour se manifester avec un engouement manifeste. Je n'étais pas vraiment partante pour chanter et le fit remarquer. Lætitia tentait de m'encourager sans succès. Selma insistait pour monter avec l'équipe sur scène pour un hommage à Édouard quand Britney s'approcha de la table aux côtés d'un homme que je reconnus rapidement. Selma m'avait expliqué qu'une histoire avait débuté entre eux mais j'ignorais que cela puisse être sérieux au point de nous le présenter. Cela m'émouvait de la voir si fière tout en étant tout d'un coup presque sans barrière. Je percevais son émotion, peut-être était-ce le premier qui s'intégrait autant dans sa vie ? Il salua tout un chacun et je vis qu'il était l'attraction de tous, à la fois pour lui et à la fois pour ce qu'il représentait pour Britney. Quand il fit la bise à Selma, je sentis une moue d'exaspération sur le visage de mon adjointe. Entre elles, ce n'était donc toujours pas résolu.

## S E L M A

Le plan de table m'avait installée entre Nicolas et Lucie et en face de Pauline. Reta était la grande absente mais elle avait évoqué une soirée prévue de longue date avec Joël, chez un ami commun. Je pensais surtout à une excuse. Elle ne se sentait pas à l'aise au sein de l'équipe. Tandis que je m'amusais à émettre des analyses plus ou moins poussées sur la situation tendue entre elle et Pauline, mon adjointe vint vers la table.

Aux côtés d'un grand jeune homme que je reconnus, elle salua ceux présents et lui fit de même avec beaucoup de classe et de charisme. Britney, elle, semblait intimidée bien que resplendissante de joie dans une tenue laissant vaquer les yeux de qui le voudraient dans un superbe décolleté. Elle m'avait regardée rapidement, visiblement déçue d'être assise dans ma diagonale. Elle n'avait clairement pas l'oublié l'affront commis lors du premier rencard entre elle et cet homme et elle m'en tenait toujours rigueur. C'est ainsi que je pris les devants en m'excusant auprès de Nicolas au moment où il s'asseyait à mes côtés. Elle fit des yeux ronds et me coupa net :

— Ce n'est ni le lieu, ni le moment Selma. Je n'ai plus envie d'entendre parler de cette histoire, on a plus cinq ans ! m'invectiva-t-elle.

— Comme tu voudras, en tout cas, je tiens à faire mon mea culpa, j'étais au plus mal ce jour-là.

— Aucun problème pour moi, me répondit poliment Nicolas, c'est oublié.

Au même moment, Pauline rapprocha son visage de nous au milieu de la table, guillerette et proposa :

— Bon moi j'ai une faim de loup, on va se chercher quelque chose ?

— Tu tombes à pic ! Même si je déteste la bouffe asiatique, je te suis ! balança Britney. Nicolas tu viens ou tu préfères discuter avec Selma ? Son ton était acide.

— Je viens, je meurs de faim, Selma tu te joins à nous ? demanda par pure gentillesse Nicolas.

— Non j'irai un peu plus tard, il y a beaucoup de monde ! répondis-je sans me départir du plaisir d'être là.

Lucie était en pleine conversation avec Ella et ne nous entendait pas.

Au moment où Nicolas se levait pour se diriger vers le buffet, un homme se mit en travers de son chemin et le salua avec énergie. Chauve, yeux noirs perçants, pas très grand en taille et presque du même âge que moi. Cet homme dans sa façon d'être était absolument pétillant et quand il m'aperçut juste derrière la silhouette de Nicolas, assise, les mains dans mes cheveux, son regard me transperça et j'eus l'impression que cet instant durait cent ans.

# **BRITNEY**

Selma n'allait tout de même pas gâcher cette soirée et raviver des moments embarrassants ! Elle voulait se libérer de ses remords, soit, mais pas maintenant, par pitié. J'étais déjà en stress intense, au bord de l'étouffement. Ma première grande sortie avec Nicolas en soirée et qui plus est entre collègues était une énorme nouveauté, j'étais tout sauf à mon aise et par-dessus le marché, je détestais les nems et autres potages à la nitroglycérine. Me restait en guise de joie pour mes papilles leurs fruits de mer, leurs frites et leurs desserts, le tout à volonté. Au moment où ces pensées gustatives s'entrechoquaient dans ma tête et alors que nous nous levions à peine de notre table, un homme se dressa devant Nicolas et lui fit une accolade chaleureuse.

— Hey qu'est-ce que tu fais là ? l'entendis-je lui dire tout en lui tenant le bras avec tendresse.

— Je suis à un karaoké, toi aussi on dirait ! s'amusa Nicolas.

— Oui en effet... ria-t-il, on fête le départ d'un ami à la retraite, le patron est un de ses frères ! ajouta-t-il plein d'entrain.

— Fais gaffe, ce sera sûrement bientôt ton tour !

— Oh laisse-moi encore un peu de temps tu veux bien, dit-il malicieux en lui lançant un clin d'œil. Puis se tournant vers Pauline et moi :

— Alors tu ne me présentes pas ?

— Britney, voici Hervé, mon ancien propriétaire et aussi mon ami. Je t'ai déjà parlé de lui tu te souviens ?

— Bonjour, lui dis-je tout en lui tendant ma main sourire aux lèvres, oui je me souviens en effet !

— Et voici Pauline continua Nicolas, son amie et collègue. On fête le départ d'un de ses collaborateurs.

— Très bien très bien !

Il chuchota quelque chose à l'oreille de Nicolas et Nicolas se tourna vers Selma.

# NICOLAS

— Selma, je te présente Hervé, un ami.

— Enchantée ! répondit-elle avec un bonheur non dissimulé.

— Vous avez là une superbe robe !

— Oh je vous remercie, je ne la sors qu'à l'occasion.

— Et l'occasion était trop belle !

Selma portait une somptueuse robe de soirée il est vrai : tout en mousseline et sequins.

Quel charmeur celui-là ! J'étais assez surpris, Hervé était sociable mais absolument pas séducteur. Pour qu'il se montre ainsi, Selma devait lui plaire. Hervé avait trompé sa femme il est vrai mais il était tout sauf enjôleur. La femme avec qui il avait eu une aventure était une erreur, un moment d'égarement lors d'un séminaire. Il l'avait reconnu et la fille en question ne voulait rien de sérieux.

Sa femme et lui s'étaient éloignés bien avant cela et il avait trouvé un réconfort passager dans cet instant fugace sans lendemain.

Depuis je ne l'avais connu aux bras d'aucune femme. Ils les fuyaient alors que son ex-femme, elle, avait refait sa vie. Refaire sa vie. Drôle d'expression. Comme si le simple fait d'être en couple faisait une vie tout entière. Hervé avait consacré une semaine sur deux au bonheur de ses deux garçons, des jumeaux drôles et bagarreurs qui avaient grandi avec beaucoup d'amour. Ils avaient maintenant presque 20 ans et étaient désormais des jeunes hommes en plein devenir. Hervé était à mes yeux un merveilleux cœur à prendre.

— Eh bien écoutez je vous souhaite à tous une excellente soirée, on se verra sûrement au buffet, quant à toi Nicolas, je t'écris d'accord ? conclut-il pour nous laisser vaquer à notre soirée.

— Parfait ! Avec plaisir ! Content de t'avoir vu !

Je le regardais s'éloigner vers son groupe de collègues quand Britney m'entraîna vers Laurène et Édouard concentrés à remplir copieusement leurs assiettes.

— Salut ! On est là ! ! souriait-elle, suivie de Pauline qui leur sauta au cou hilare.

— Hey salut mes jolies répondit Laurène en les embrassant chaleureusement sur la joue. Et bonjour jeune homme ! ajouta-t-elle, malicieuse, en s'adressant à moi.

— Enchanté Laurène ! C'est plus sympa de se parler comme ça qu'au magasin, n'est-ce pas ?

— On est d'accord ! Vous avez les oreilles solides ? C'est bientôt notre tour avec Lætitia !

Et tout en se tournant vers Édouard avec une affection non dissimulée :

— C'est ta première surprise mon grand !

Laurène aimait vraiment son équipe, cela se percevait dans le moindre de ses gestes et regards.

— Et ensuite c'est à nous n'est-ce pas Britney ? se permit d'ajouter Pauline.

— Oui ta fameuse idée ! Je ne suis pas responsable du choix de la chanson Édouard, sache-le ! Je tiendrai juste le micro, n'oublie pas Pauline !

— Oh ne commence pas à faire ta rabat-joie hein ? la taquina Laurène.

— Je veux vous entendre TOUTES les deux ! ! insista Édouard, c'est ma soirée, j'ai tous les droits, Ah ah !

Britney serait elle aussi la reine de la soirée. Je comptais lui dédier cette soirée à ma façon. Nous fêtions le départ de son collègue vers Paris, je voulais fêter le départ de notre histoire vers l'avenir...

## LAURENE

Je montai sur scène au bras de Lætitia, impatiente et joyeuse. En face de moi, à notre table, mon équipe. Ils étaient ma fierté. J'étais émue de les observer tous, attendant avec envie que leur responsable pousse la chansonnette. Cet été-là avait été celui des changements qui par ricochets avaient abouti à transformer un peu chacun de nous. Depuis l'arrivée de Nicolas dans la vie de Britney, mon adjointe était plus sereine, moins sombre. Et même avec l'équipe, elle avait mis de l'eau dans son vin, elle pouvait être plus à l'écoute, plus calme. Un dialogue s'était enclenché entre elle et Selma. La hache n'était pas enterrée mais il y avait au moins des paroles sur des maux. Je ne doutais pas qu'elles se rapprocheraient un jour et se manqueraient même sans doute. Selma me semblait dans une période plus douce et légère. Peut- être ses vacances, peut-être l'air du temps. Pauline grandissait, devenait femme, devenait plus sûre d'elle, elle me surprenait au travail, prenait de plus en plus d'initiatives pertinentes. Un jour, elle prendrait peut-être ma place. Quant à Lucie, je sentais une force unique la pousser vers un gros changement à venir. Une chrysalide discrète qui allait bientôt se révéler. Sa famille s'agrandissant lui apporterait de nouveaux bonheurs qu'elle méritait tellement. Elle était faite pour transmettre et partager sa gentillesse. Une vertu si belle, trop souvent qualifiée de niaiserie par les aigris. Lucie était de ceux qui parlaient peu, la race de ceux qui prenaient un risque à trop en dire ou qui avaient des choses à garder pour eux. Édouard était un peu taiseux lui aussi mais il s'exprimait à travers son art. J'étais plus confiante sur son bonheur intérieur comme celui à venir dans sa vie même si je ne pouvais lutter contre mon inquiétude. Je redoutais que la réalité soit moins jolie que ses rêves mais c'était la vie qu'il avait choisi : la vie d'artiste. Il devait faire ses expériences et apprendre. Paris. J'y avais vécu un an avant la boulangerie. Juste après mon coming-out. Une année bohème, une année de petits boulots comme ça, pour me ressourcer. Paris. Paris, mon Paris chéri. Paris, qui pouvait tout donner, Paris qui pouvait être dur et amer. Paris des beaux quartiers, Paris des classes populaires et moi la provinciale au milieu. Paris un nom comme une étoile pour ma nouvelle vie que j'acceptais. Paris, la liberté, Paris de tous les possibles. Partie de Paris pour revenir plus forte à Dijon. Puis aller à Bordeaux. Rencontrer Lætitia.

La mélodie commença. Les trompettes.

Je chantais Aznavour en chœur avec ma chère et tendre en guettant du regard les yeux rieurs de mon Édouard.

Il était fier. « *Je suis si malheureux d'avoir si peu de mots à t'offrir en cadeau...* ». Mes mains lui envoyaient des baisers. Nous fûmes longuement applaudis par la salle. Juste ensuite, l'animateur appela Britney et Pauline sur scène.

## PAULINE

J'étais toute fière et enjouée avec mes deux couettes de chaque côté de la tête. Fière de monter sur scène et de rendre hommage à mon collègue. Je n'avais pas toujours confiance en moi mais quand il s'agissait de s'investir pour les autres, pour leur faire plaisir, je puisais en moi, dans les ressources intérieures. Nous étions une famille, avec ses bons et mauvais côtés. Nous étions une maison d'hôtes. Certains partaient, certains restaient. D'autres arrivaient. Un perpétuel mouvement. Un cycle. Nous passions 35h à nous côtoyer par semaine. Mes collègues me connaissaient parfois mieux que mes amis, surtout avec ma tendance à parler comme un livre ouvert. Britney mon amie, était à mes côtés, peu paisible d'entonner le refrain. Elle ne me quittait pas des yeux, cherchant un repère amical. Elle n'osait regarder l'équipe, encore moins Nicolas. Elle souriait mais dans le fond, elle était pétrifiée. De mon côté, j'étais en transe. « S*i un jour nous sommes séparés, nous, on sait que notre cœur ne changera jamais...* » disais- je en m'adressant à Édouard.

Et je poursuivais avec ferveur les paroles sur l'écran. Sur les phrases à répéter, je tendais le micro vers la bouche de Britney qui se prêtait enfin au jeu et commençait un peu à se détendre.

Je ne craignais pas d'être ridicule avec ma chanson et mon apparence. Beaucoup pouvaient envier notre joie d'être heureux dans notre emploi, il était tellement rare d'allier métier et bonheur dans la même phrase ! Des frustrés se moqueraient sans doute facilement de ma pseudo naïveté à ne retenir que le meilleur. Certes tout n'était pas rose, nous avions des hauts et des bas mais si un jour tout s'arrêtait, il resterait notre engouement, notre solidarité, notre partage, nos voyages, notre amour des livres. Nous allions laisser partir Édouard avec un trésor précieux et nous allions accueillir le prochain membre avec délicatesse. Cette fois, je ne serais pas sombre comme avec Reta. J'avais retenu la leçon et je regrettais de n'avoir pas su faire la part des choses. Un nouveau chapitre s'ouvrait. Après notre représentation, ce fut au tour de Selma de grimper sur la scène du restaurant, délicieuse dans sa tenue brillante.

# EDOUARD

Selma n'était pas bien grande en taille mais elle prenait toute la lumière avec ses yeux noirs et ronds et ses boucles blondes entretenues chez un coiffeur régulier. Selma était tout en nuance, femme fatale parfois, femme au plus mal aussi sans que cela ne se voit trop. Femme puissante, femme blessée, femme vivant par procuration au travers de sa famille, femme touchante. Elle ne pouvait laisser personne indifférente. Les clients aimaient son caractère affirmé et son rire cristallin. Certains lui trouvaient des allures de bourgeoise et se moquaient de ses manières hautaines quand d'autres comme Lucie la voyait comme une mère.

Selma qui me chantait, enveloppée dans sa robe crème : « Sous le ciel de Paris » d'Edith Piaf, comme une carte postale de l'endroit où je vivrais désormais. Je sentais une forme de gravité dans sa voix, sa voix qui chantait faux mais qui disait vrai, sa voix tâtonnante, émue certainement de me voir partir ou de voir bouger son univers confortable. Peut-être m'enviait elle de partir, chose qu'elle ne ferait jamais ? Elle était née ici, et elle mourrait ici sans aucun doute mais Selma se complaisait dans cette vie.

« *Oui mais à Paname, tout peut s'arranger* » susurrait-elle à toutes les personnes présentes qui contemplaient sa prestation. Un inconnu en particulier, que j'avais vu rapidement plaisanter avec elle au buffet, semblait l'observer précisément. Debout près de gens que je supposais être ses amis, il ne la quittait pas des yeux et applaudit à tout rompre en sifflant quand elle eut fini. Elle se tourna ensuite vers lui et devint toute rouge. Selma ne semblait pas le connaître mais Nicolas devant mon visage stupéfait décida de me donner un semblant d'explication. Il pencha sa tête vers moi à la table :

— C'est un ami à moi. Il semblerait que Selma lui ait beaucoup plu !

Je vis alors Britney lui donner un coup de coude et persifler quelque chose qui ressemblait à un « Manquerait plus que ça ! ».

Pour rester dans une ambiance festive, je proposai alors cette fois de chanter à mon tour. Personne ne s'y attendait vraiment à ce moment-là. Mais c'était bien moi que l'animateur appelait. Il y avait une belle ambiance à table. J'étais heureux de cette soirée de départ. Notre Britney iconique échangeait avec Nicolas et Lucie sur des anecdotes de travail. Selma riait avec Ella sur les convives qui ne chantaient pas en rythme, Laurène se levait, allait voir chacun de nous pour babiller et moi je les regardais vivre, simplement satisfait d'être ici. C'était mon moment. J'avais choisi « Le blues du businessman » de Claude Dubois. Très sérieux avec mon nœud papillon, je les surpris par ma voix sûre de moi. Je n'étais plus le même sur les planches et j'avais répété le morceau. Les paroles résonnaient dans la salle : « *J'aurais voulu être un acteur, pour tous les jours changer de peau et pour pouvoir me trouver beau* ». J'étais joyeux, j'étais concentré, j'étais porté par le texte. Je sentais Ella touchée de m'observer avec un certain recul, elle qui me côtoyait au plus près depuis trois ans. Nous allions rentrer dans une vie commune, j'appréhendais cette nouveauté avec apaisement, je n'étais ni apeuré par le quotidien, ni par la routine envisageable. Je nous savais assez inventifs et rêveurs pour rester toujours alertes quoi qu'il arrive, j'avais foi en nous et j'étais amoureux. Ella était un peu comme moi, bohème, d'un calme légendaire, prenant les choses avec légèreté. Je repensais à Reta qui, elle, m'avait confié ne plus croire en les sentiments mais qui malgré tout était partie à l'autre bout de la planète avec un homme qu'elle connaissait depuis moins d'un an. Elle fuyait sa vie paumée mais elle cherchait surtout un eldorado, partir à sa propre conquête, repousser ses peurs. Cette fille touchante me manquait ce soir. Qui seraient mes prochains amis, mes prochaines rencontres ? Trouverais-je ce sentiment de famille si unique que j'avais trouvé chez Prismaculture ? Je l'ignorais. Toujours était-il que tout ce qui m'avait nourri ici serait un précieux bagage pour mon avenir. Revenu à table après avoir été longuement applaudi, l'équipe me proposa alors de fermer les yeux et Lucie déposa une enveloppe dans mon assiette qu'on me pria aussitôt d'ouvrir. Il s'agissait d'une cagnotte pour que je puisse m'offrir la guitare électrique dont je leur avais souvent parlé en long, en large et en travers. Ma mine radieuse leur indiquait ma joie et ma gratitude envers leur geste. En fond sonore, un inconnu chantait « Ne me quitte pas » de Jacques Brel avec un fort accent espagnol et malgré la mélancolie du texte et la musique pesante, nous étions hilares face aux paroles qui collaient tellement au moment précis. S'ensuivirent sur scène trois amis présents dans le restaurant qui chantèrent « Alexandrie, Alexandra » avec ferveur et dynamisme accompagnés d'une chorégraphie impeccable. Notre belle Lucie avait quitté sa timidité et se trouvait debout en train de les imiter, rapprochant ses bras points fermés près de sa poitrine pour ensuite les éloigner en ouvrant ses paumes et en poussant de petits cris. Avec son gros ventre, c'était quelque chose à voir. Nous étions tout sourire et excités de cette soirée lorsque l'animateur annonça dans son micro le prochain à chanter : Nicolas. Je vis alors une Britney se décomposer. Soit elle ignorait tout de son passage prévu, soit elle savait et sentait l'imminence d'un moment délicat.

# NICOLAS

*Playlist 21 - Song of you - Laurent Voulzy - Album Belle île en mer - 1989*

Au moment où mon prénom résonna dans la salle, je sentis la main de Britney se figer.

— Tu as prévu quelque chose pour Édouard ? me dit -elle en panique.

— Tu verras. Et je lui déposai un baiser tendre sur la joue tout en ne perdant rien de mon plaisir de lui faire une petite surprise. Je m'approchai de l'animateur et attrapa le micro qu'il me tendait. Les premiers accords de piano retentirent dans la pénombre, moi seul étant éclairé par un halo de lumière, comme à chaque fois qu'un individu venait se produire sur la scène. Un peu tremblant aux premiers mots, je me concentrais sur le visage de Britney et entreprit de lui chanter comme j'aurais fait une déclaration.

« Je te promets » de Johnny Hallyday.

Je vis ses yeux rouler vers ses collègues. Ils la regardaient, sourire aux lèvres, eux aussi étonnés par la situation mais visiblement charmés par cet hommage.

Je continuais désormais avec plus de force. Elle me regardait enfin dans les yeux, agitant ses pieds sous la table...

Je ne voyais plus rien que ses iris bouleversés, légèrement emplis de quelque chose qui brillait.

J'appuyais sur les mots et partageais ma conviction.

Et comme j'avais envie de m'accaparer la chanson en sa faveur, j'avais légèrement modifié la fin...

*« Pour toute la vie, pas quelques heures... »*, ce qui fit unanimement rire la salle, qui applaudit à tout rompre quand la lumière s'alluma. Britney, elle, n'applaudit pas. Elle se leva et quitta la table.

# BRITNEY

*Playlist 22 – Britney Spears - Unusual you - Album Circus - 2008*

Ce n'était ni le moment approprié, ni le lieu. Nous étions là pour honorer Édouard, pour accompagner un collègue, un ami, un compagnon de route vers un autre chemin. Nous n'étions pas là pour nous lancer des démonstrations d'amour. Ce n'était pas notre mariage, ni la Saint Valentin, ni mon anniversaire, ni ma fête, ni Noël. Je détestais les surprises, je haïssais tout ce qui échappait à mon contrôle, je n'aimais pas être le centre de l'attention mais il avait osé en toute connaissance de cause … nous nous connaissions depuis deux mois à peine, j'aurais dû hurler ou m'échapper... et pourtant … pourtant il n'était rien de tout cela. J'avais quitté la table et je l'avais rejoint à la sortie de la scène pour l'embrasser, pour dire à tous que cette promesse, elle était pour moi. J'étais fière que cet homme soit dans ma vie et qu'il partage ma pudeur et mes faiblesses. Bien sûr j'étais terrifiée à l'intérieur que tout ceci ne soit que du flan, mais j'avais envie de me laisser porter par sa prestance et par l'ambiance sereine de notre tablée, par la beauté de ce qui dégageait de ce cocon où l'on se sentait portés malgré les oppositions, les caractères, les conflits potentiels ou existants. Cette histoire n'aurait peut-être pas vu le jour si je n'avais pas eu dans ma vie cette équipe. Je n'aurais pas su y faire, ni garder mon calme si je n'avais pas eu ma Laurène, mon pilier, ni ma Pauline, mon amie, mon soutien et aussi si je n'avais pas eu mes clients : si je n'avais pas eu mon travail finalement, où j'aimais me rendre. À table, Nicolas était devenu la coqueluche. Son ami Hervé s'était précipité pour l'acclamer et en avait profité pour glousser une fois de plus auprès de Selma. Pauline avait aussitôt confié toute son admiration à Nicolas en vantant son courage et sa franchise, Laurène lui avait fait une bise appuyée sur la joue comme pour lui dire : « Tu es un bon toi ! ». Comme une mère protectrice qui adoube son gendre. Lucie était émue et envieuse. Tous étaient joyeux et je profitais de cette allégresse, grisée par le vin rouge naviguant dans mes veines. La soirée continua longtemps après cela. Nous nous racontions tous, nostalgiques, les moments drôles et parfois surprenants de notre quotidien qui nous liaient dans la même histoire.

— Il y a peu d'emplois dans lesquels on peut avouer être heureux, avait confié admirative Ella.

Et Laetitia se joignit à la réflexion :

— J'ajouterai pour paraphraser mon cher Tolstoï et prendre le contre-pied : « les employés malheureux se ressemblent tous, les employés heureux le sont tous à leur façon ! ».

Cette envolée lyrique fit sourire unanimement tous mes collègues.

Lætitia et Ella disaient vrai : au milieu de notre imperfection, nous n'aurions pourtant rien voulu changer. Prismaculture était un monde à part, un monde dans lequel on restait ou bien un monde duquel on partait et que l'on regrettait.

Lætitia avait renchéri en évoquant ses soucis de recrutement dans un milieu où la précarité rendait les relations parfois tendues et éphémères et où la pression pouvait pousser à bout.

Nicolas avait ajouté affectionner ses missions et son travail mais reconnaissait une ambiance pas toujours des plus calmes dans son équipe. Ils admiraient la bienveillance qu'il pouvait apercevoir à travers nous. C'était l'humain qui primait dans l'ADN de Prismaculture, une entreprise de plus de trente ans et c'est cela qui me rendait fière.

Après avoir longuement dit au revoir à tous et multipliant les discours, embrassades et recommandations, tous se séparèrent dans la douceur de cette nuit de septembre, où la température était toujours clémente. L'atmosphère avait le goût de notre soirée, douce et légère. Je pris place dans la voiture de Nicolas qui me conduisit jusqu'à ma voiture garée sur le parking du centre commercial. Il travaillait cette nuit-là et il était plus simple pour lui d'embaucher directement après la soirée. Avant de démarrer il me dévisagea longuement et lança comme une bouteille à la mer une proposition des plus étonnantes.

— Et si on partait vivre à la montagne, un jour ?

— Tu te vois déjà vivre avec moi ?

— Pourquoi pas ?

— Je ne sais pas... répondis-je, extrêmement gênée et prise de court.

— Rassure toi, respire Britney ! Je disais surtout cela dans l'absolu. On a tendance à rêver plutôt qu'à vivre, à attendre les vacances pour partir dans les destinations qui nous enchantent, pourquoi ne pas décider d'y habiter éternellement ?

— Parce que si je vis à la montagne, je rapporte le quotidien dans un paysage que j'aime et qui est lié pour moi à zéro contrainte. J'ai peur que cela abîme ma vision des choses.

— Pour ma part, je n'ai pas peur du quotidien. Tu aimes ton travail et j'aime le mien. Tu pourrais être mutée dans un autre Prismaculture ou ouvrir ta propre boutique. Tu aurais le décor en bonus comme la cerise sur le gâteau...

— Ça se tient... on y réfléchira plus tard tu veux bien ? lui dis-je avec tendresse.

Il me souriait et embrassa mes lèvres :

— Où tu veux Britney, quand tu veux Britney, tant que c'est avec toi...

— Ah non tu ne vas pas recommencer à faire ton romantique, ça fait beaucoup pour moi ce soir !

Ses yeux se plissèrent et ses dents blanches illuminèrent son visage.

— Je te taquinais... juste pour finir avec le romantisme, sache qu'Hervé m'a demandé le numéro de Selma...

J'écarquillai les yeux.

— Tu plaisantes ?

— Pas le moindre du monde...

— Cela signifie qu'on fera des repas tous les quatre? dis-je sur un ton mi-figue, mi-raisin.

— Ronchonne pas, je suis sûre que Selma a un bon fond, et si elle est bien accompagnée, elle sera peut-être plus épanouie et moins sur ton dos à envier ta place. Laissons-les faire leur vie... et concentrons-nous sur la nôtre !

Et il attrapa ma tête entre ses mains pour coller ses lèvres sur les miennes avec passion puis fit descendre ses paumes sur mes hanches et couvrit mon cou de baisers tout en me chuchotant des mots tendres.

Dans son habitacle, la radio chantait le tube du moment et la jeune fille s'égosillait :

« *Et dire que j'ai failli passer à côté*
*de ton appel*
*Maintenant tout est si différent...* »

Dans ma tête aussi c'était la mélodie du bonheur. ...

*Quelques petits mots susurrés*
*Lesquels ?*
*on ne sait pas*
*mais elle sourit*
*et c'est un sourire*
*qui grandit, grandit, grandit*
*comme sa confiance*
*sa confiance qui ferme la porte aujourd'hui*
*aux fantômes du passé,*
*et retrouve les joies, joies de son enfance*
*lui ne voit pas*
*lui ne sait pas*
*ce qu'on son esprit murmure à cet instant*
*un mot qu'elle garde au fond*
*Parce que pour elle un mot trop grand*
*un mot pour les grandes occasions*
*mais il ne sait pas*
*il ne devine pas*
*que tous ces moments heureux*
*dans ses bras*
*sont des jours sans trépas*
*des jours merveilleux*
*des jours où les yeux*
*brillent*
*scintillent*
*s'ouvrent en grand*
*et se ferment*
*dans le plaisir*
*de l'abandon*

*de la passion
il l'embrasse maintenant
ses yeux sont clos
elle fond
et elle a cette unique impression
d'être enfin heureuse à deux
avec elle-même et avec lui,
elle vit.*

# ANNEXE

*Texte d'Alfred de Musset -Extrait de On ne badine pas avec l'amour*

« Tous les hommes sont menteurs, inconstants, faux, bavards, hypocrites, orgueilleux et lâches, méprisables et sensuels ; toutes les femmes sont perfides, artificieuses, vaniteuses, curieuses et dépravées ; le monde n'est qu'un égout sans fond où les phoques les plus informes rampent et se tordent sur des montagnes de fange ; mais il y a au monde une chose sainte et sublime, c'est l'union de deux de ces êtres si imparfaits et si affreux. On est souvent trompé en amour, souvent blessé et souvent malheureux ; mais on aime, et quand on est sur le bord de sa tombe, on se retourne pour regarder en arrière ; et on se dit : " J'ai souffert souvent, je me suis trompé quelquefois, mais j'ai aimé. C'est moi qui ai vécu, et non pas un être factice créé par mon orgueil et mon ennui ».

## QUESTIONNAIRE DE PROUST

### BRITNEY

*Le principal trait de mon caractère ? Entière*
*La qualité que je préfère chez un homme ? Son charisme*
*La qualité que je préfère chez une femme ? Sa sincérité*
*Ce que j'apprécie le plus chez mes amis ? leur fidélité*
*Mon principal défaut ? exigeante*
*Mon occupation préférée ? boire un verre de vin au calme*
*Mon rêve de bonheur ? En trouver un*
*Quel serait mon plus grand malheur ? être rejetée par ma famille*
*Ce que je voudrais être ? riche*
*Le pays où je désirerais vivre ? Italie*
*La couleur que je préfère ? or*
*La fleur que j'aime ? pivoine*
*L'oiseau que je préfère ? merle*
*Mes auteurs favoris en prose ? Lucinda Riley*
*Mes poètes préférés ? je n'aime pas les poèmes*
*Mes héros dans la fiction ? Chuck dans Gossip girl*
*Mes héroïnes favorites dans la fiction ? Annelise dans Murder*
*Mes compositeurs préférés ? Matthew Bellamy et Danja*

*Mes peintres favoris ? mon père*
*Mes héros dans la vie réelle ? mon banquier !*
*Mes héroïnes dans l'histoire ? Simone Veil*
*Mes noms favoris ? Esmée*
*Ce que je déteste par-dessus tout ? le sable*
*Personnages historiques je méprise le plus ? les collabos !*
*Le fait militaire que j'admire le plus ? débarquement*
*La réforme que j'estime le plus ? droit avortement*
*Le don de la nature que je voudrais avoir ? don d'ubiquité*
*Comment j'aimerais mourir ? rapidement*
*État présent de mon esprit ? perdue*
*Fautes qui m'inspirent le plus d'indulgence ? le retard*
*Ma devise ? Mieux vaut être seule que mal accompagnée*

*QUESTIONNAIRE DE PROUST*

*RETA*

*Le principal trait de mon caractère ? Rêveuse*
*La qualité que je préfère chez un homme ? Ses bras*
*La qualité que je préfère chez une femme ? son tact*
*Ce que j'apprécie le plus chez mes amis ? leur présence*
*Mon principal défaut ? espiègle*
*Mon occupation préférée ? dormir et regarder des séries*
*Mon rêve de bonheur ? Faire le tour du monde*
*Quel serait mon plus grand malheur ? être sans toit*
*Ce que je voudrais être ? drôle !*
*Le pays où je désirerais vivre ? Japon*
*La couleur que je préfère ? fuchsia*
*La fleur que j'aime ? rose*
*L'oiseau que je préfère ? colibri*
*Mes auteurs favoris en prose ? Stephen king et Minier*
*Mes poètes préférés ? mon amie Christine*
*Mes héros dans la fiction ? Dr Mamour*
*Mes héroïnes favorites dans la fiction ? Marilyn Monroe*
*Mes compositeurs préférés ? Goldman*
*Mes peintres favoris ? Picasso*
*Mes héros dans la vie réelle ? ma tante*
*Mes héroïnes dans l'histoire ? Marie-Antoinette*

*Mes noms favoris ? Belle*

*Ce que je déteste par-dessus tout ? avoir peur*

*Personnages historiques que je méprise le plus ? Hitler*

*Le fait militaire que j'admire le plus ? aucune idée !*

*La réforme que j'estime le plus ? abolition peine de mort*

*Le don de la nature que je voudrais avoir ? lévitation*

*Comment j'aimerais mourir ? seule*

*État présent de mon esprit ? fatiguée*

*Fautes qui m'inspirent le plus d'indulgence ? le retard*

*Ma devise ? Tel est pris qui croyait prendre*

## QUESTIONNAIRE DE PROUST

## LAURENE

*Le principal trait de mon caractère ? Bouillante, volcanique*
*La qualité que je préfère chez un homme ? Son calme*
*La qualité que je préfère chez une femme ? sa force*
*Ce que j'apprécie le plus chez mes amis ? Leur joie de vivre*
*Mon principal défaut ? Intrépide et franche*
*Mon occupation préférée ? prendre un bain*
*Mon rêve de bonheur ? Écrire un livre*
*Quel serait mon plus grand malheur ? Passer à côté de ma vie*
*Ce que je voudrais être ? être soi est déjà un bon début !*
*Le pays où je désirerais vivre ? États-Unis*
*La couleur que je préfère ? rouge*
*La fleur que j'aime ? jasmin*
*L'oiseau que je préfère ? aigle*
*Mes auteurs favoris en prose ? Proust et Werber*
*Mes poètes préférés ? Prévert*
*Mes héros dans la fiction ? James Bond*
*Mes héroïnes favorites dans la fiction ? Superwoman*
*Mes compositeurs préférés ? Bach*
*Mes peintres favoris ? Klimt*

*Mes héros dans la vie réelle ? Marcel Cerdan*
*Mes héroïnes dans l'histoire ? Louise Michel et Cléopâtre*
*Mes noms favoris ? Lolo*
*Ce que je déteste par-dessus tout ? le beurre doux*
*Personnages historiques que je méprise le plus ? tous les dictateurs*
*Le fait militaire que j'admire le plus ? D'avoir repris la Lorraine aux Allemands ?*
*La réforme que j'estime le plus ? droit de vote des femmes*
*Le don de la nature que je voudrais avoir ? chanter*
*Comment j'aimerais mourir ? en planant*
*État présent de mon esprit ? positif*
*Fautes qui m'inspirent le plus d'indulgence ? phote d'auretografe*
*Ma devise ? Rien ne sert de courir, il faut partir à point*

*QUESTIONNAIRE DE PROUST*

*LUCIE*

*Le principal trait de mon caractère ? nerveuse*
*La qualité que je préfère chez un homme ? bienveillance*
*La qualité que je préfère chez une femme ? douceur*
*Ce que j'apprécie le plus chez mes amis ? Leur énergie*
*Mon principal défaut ? pessimiste*
*Mon occupation préférée ? manger !*
*Mon rêve de bonheur ? Dormir jusqu'à 12h !*
*Quel serait mon plus grand malheur ? perdre mes enfants*
*Ce que je voudrais être ? plus grande*
*Le pays où je désirerais vivre ? Guadeloupe*
*La couleur que je préfère ? vert émeraude*
*La fleur que j'aime ? Fleur de lotus*
*L'oiseau que je préfère ? paon*
*Mes auteurs favoris en prose ? Amélie Nothomb, Anna Gavalda, Agatha Christie*
*Mes poètes préférés ? Ronsard*
*Mes héros dans la fiction ? Jack Sparrow*
*Mes héroïnes favorites dans la fiction ? Mathilda dans Léon*
*Mes compositeurs préférés ? Brassens et Angèle*
*Mes peintres favoris ? mes enfants*
*Mes héros dans la vie réelle ? mon mari*

*Mes héroïnes dans l'histoire ? Angela Davis*
*Mes noms favoris ? Elisa*
*Ce que je déteste par-dessus tout ? l'humiliation*
*Personnages historiques que je méprise le plus ? Hitler*
*Le fait militaire que j'admire le plus ? Y en a-t-il un ?*
*La réforme que j'estime le plus ? droit avortement*
*Le don de la nature que je voudrais avoir ? guérir avec ses mains*
*Comment j'aimerais mourir ? en parachute*
*État présent de mon esprit ? zen soyons zen !*
*Fautes qui m'inspirent le plus d'indulgence ? retard*
*Ma devise ? L'espoir fait vivre*

## QUESTIONNAIRE DE PROUST

*SELMA*

*Le principal trait de mon caractère ? Pétillante*
*La qualité que je préfère chez un homme ? Son indulgence*
*La qualité que je préfère chez une femme ? sa tolérance*
*Ce que j'apprécie le plus chez mes amis ? leur bonté*
*Mon principal défaut ? anxieuse*
*Mon occupation préférée ? faire des cadeaux*
*Mon rêve de bonheur ? Revoir mon père*
*Quel serait mon plus grand malheur ? rester seule*
*Ce que je voudrais être ? meilleure*
*Le pays où je désirerais vivre ? Italie*
*La couleur que je préfère ? vert*
*La fleur que j'aime ? rose*
*L'oiseau que je préfère ? moineau*
*Mes auteurs favoris en prose ? Didier Van Cauwelaert*
*Mes poètes préférés ? Rimbaud*
*Mes héros dans la fiction ? Tintin*
*Mes héroïnes favorites dans la fiction ? Angélique marquise des anges*
*Mes compositeurs préférés ? Bruel*
*Mes peintres favoris ? mon voisin*
*Mes héros dans la vie réelle ? Martin Luther King*
*Mes héroïnes dans l'histoire ? Simone de Beauvoir*

*Mes noms favoris ? Manelle et Cassandre*
*Ce que je déteste par-dessus tout ? douter*
*Personnages historiques que je méprise le plus ? Napoléon*
*Le fait militaire que j'admire le plus ? ? ? ?*
*La réforme que j'estime le plus ? congés payés*
*Le don de la nature que je voudrais avoir ? guérir*
*Comment j'aimerais mourir ? entourée*
*État présent de mon esprit ? songeuse*
*Fautes qui m'inspirent le plus d'indulgence ? La paresse*
*Ma devise ? Souris à la vie et la vie te sourira*

*QUESTIONNAIRE DE PROUST*

*PAULINE*

*Le principal trait de mon caractère ? énigmatique*
*La qualité que je préfère chez un homme ? humour*
*La qualité que je préfère chez une femme ? Sa parole*
*Ce que j'apprécie le plus chez mes amis ? leur générosité*
*Mon principal défaut ? impatiente*
*Mon occupation préférée ? lire*
*Mon rêve de bonheur ? Apprendre une nouvelle langue et voyager*
*Quel serait mon plus grand malheur ? Mourir seule*
*Ce que je voudrais être ? Une fée*
*Le pays où je désirerais vivre ? Inde*
*La couleur que je préfère ? orange*
*La fleur que j'aime ? pétunia*
*L'oiseau que je préfère ? rossignol*
*Mes auteurs favoris en prose ? Thilliez et Pancol*
*Mes poètes préférés ? Baudelaire évidemment !*
*Mes héros dans la fiction ? Jack dans Titanic*
*Mes héroïnes favorites dans la fiction ? Furiosa*
*Mes compositeurs préférés ? Grand corps malade*
*Mes peintres favoris ? Chagall*
*Mes héros dans la vie réelle ? Mon cousin Luc*
*Mes héroïnes dans l'histoire ? Frida Khalo*
*Mes noms favoris ? Apolline*

*Ce que je déteste par-dessus tout ? avoir froid*
*Personnages historiques que je méprise le plus ? Trump*
*Le fait militaire que j'admire le plus ? Débarquement (copié sur Britney, pas d'idées !)*
*La réforme que j'estime le plus ? Mariage pour tous*
*Le don de la nature que je voudrais avoir ? voler dans les airs*
*Comment j'aimerais mourir ? en buvant un mojito !*
*État présent de mon esprit ? Ça va !*
*Fautes qui m'inspirent le plus d'indulgence ? Faute de goût*
*Ma devise ? Qui vivra verra !*

*QUESTIONNAIRE DE PROUST*

*EDOUARD*

*Le principal trait de mon caractère ? curieux*
*La qualité que je préfère chez un homme ? respect*
*La qualité que je préfère chez une femme ? tolérance*
*Ce que j'apprécie le plus chez mes amis ? Le respect de l'espace vital*
*Mon principal défaut ? discret*
*Mon occupation préférée ? monter sur scène*
*Mon rêve de bonheur ? Être un grand acteur*
*Quel serait mon plus grand malheur ? perdre tout*
*Ce que je voudrais être ? reconnu*
*Le pays où je désirerais vivre ? Paris, « mon pays c'est Paris »*
*La couleur que je préfère ? noir*
*La fleur que j'aime ? coquelicot*
*L'oiseau que je préfère ? corbeau*
*Mes auteurs favoris en prose ? Doyle, Alexandre Jardin, Molière, JK Rowling*
*Mes poètes préférés ? la Fontaine*
*Mes héros dans la fiction ? Sherlock Holmes*
*Mes héroïnes favorites dans la fiction ? Alice au Pays des merveilles*
*Mes compositeurs préférés ? Legrand et Daft punk*
*Mes peintres favoris ? Leonard de Vinci*
*Mes héros dans la vie réelle ? Bruce Lee*

*Mes héroïnes dans l'histoire ? Marie Curie*
*Mes noms favoris ? doudou*
*Ce que je déteste par-dessus tout ? l'humiliation*
*Personnages historiques que je méprise le plus ? Hitler, Franco*
*Le fait militaire que j'admire le plus ? Je ne sais pas*
*La réforme que j'estime le plus ? droit de vote des femmes*
*Le don de la nature que je voudrais avoir ? Contrôler le temps*
*Comment j'aimerais mourir ? sur scène*
*État présent de mon esprit ? En plein ébullition*
*Fautes qui m'inspirent le plus d'indulgence ? les fautes dénoncées par d'autres*
*Ma devise ? Pour vivre heureux, vivons cachés*

# REFERENCES MUSICALES

Puisqu'il est important de *rendre à César, ce qui est à César*, voici les quelques titres de chansons que j'ai utilisées en citations ou références dans mon roman, comme un hommage à ces artistes de talent.

Page 50 : je fais un clin d'oeil à France Gall et sa chanson *Ella, elle l'a*.
Page 60 : Nicolas cite Renaud, extrait de la magnifique chanson *Mistral Gagnant*.
Page 240 : Nicolas et Britney citent Ménélik et son magistral titre *Bye-Bye*.
Page 317 : Joffrey cite Renaud et sa très belle chanson *Manu*.

# REMERCIEMENTS

Un roman est une aventure personnelle mais impossible à réaliser sans les autres. Un grand merci à tous ceux et celles qui ont donné de leur temps pour lire, corriger, suggérer et améliorer mon histoire. Ami(e)s, collègues, ou de ma famille, vous vous reconnaitrez sans que je vous nomme. Vous êtes des humains incroyables qui me donnent espoir en l'humanité et m'inspirent chaque jour. Sachez que votre confiance, votre soutien, votre engouement m'ont permis de poser le point final.

Un merci de plus à mon amie Abygaëlle pour l'élaboration de la couverture et à tous ceux et celles qui m'ont aidé à la peaufiner, notamment ma sœur Clotilde et mon amie Cécile pour toute la partie orthographe, grammaire et fautes de frappe.

Enfin un merci particulier à mon amie Mélanie avec qui l'histoire a démarré : tu as été ma première lectrice et mon soutien jusqu'au bout !